Re:제로

Re: Life in a different world from zero

부터 시작하는 이세계 생활

「너무 힘을 줬습니다.
팔, 다리, 목, 허리. 그리고 얼굴에.

「그리고 가끔은 이렇게 입장도 직함도 다른 이와 잔을 주고받는 것도 나쁘지는 않아.」

가벼운 도자기 소리와
들어간 얼음이 찰랑이는 소리가 겹치고,
크루쉬는 눈을 가늘게 떴다.

Rem
렘

Re: Life in a different world from zero

The only ability I got in a different world "Returns by Death"
I die again and again to save her.

CONTENTS

Re: Life in a different world from zero

부터 **시작**하는 **이세계 생활**

나가츠키 탓페이 지음
오츠카 신이치로 일러스트
정홍식 옮김

표지 · 본문 일러스트
오츠카 신이치로

프롤로그 『그 이름은──』

──깡마른 남자였다.

검은 복색의 집단에 둘러싸인 그 남자는 본인도 검은 법의로 몸을 두르고 있었다.

스바루보다 다소 큰 키, 눈에 닿을 정도의 길이인 심록(深綠)의 머리카락. 뺨은 홀쭉하고 뼈에 최저한의 살점과 가죽만 씌워 인간 모양새를 갖추고 있다.

그런 표현이 적절하게 여겨질 만큼, 생기가 느껴지지 않는 육체를 가지고 있는 이였다.

단, 그 광기로 번들번들 빛나는 두 눈을 제외했을 때의 얘기이긴 해도.

"과아아여언……. 이건 참, 확실히 흥미롭군요."

남자는 몸을 비스듬히 기울인데 더해 고개까지 90도 꺾어 뒤룩거리는 눈으로 거리낌 없이 스바루를 바라보고 있다. 괴이한 꼴이라고 평할 수밖에 없는 언행의 남자는 이해한 듯 끄덕였다.

그리고 남자는 비스듬히 기운 자세로 자기 오른손 엄지를 아무렇게나 입안에 찔러 넣고, 그 끝부분을 주저 없이 물어뜯었다.

살이 터지고 뼈가 깨져 뚝뚝 흐르는 피를 빠는 남자가 탁한 눈을 부릅뜨고 물었다.

"당신…… 혹여, '오만' 이 아니십니까?"

남자의 물음은 벽에 구속된 스바루에게 날아간 것이었다.

그러나 스바루는 남자의 질문에 대답하지 않았다. 그저 눈앞에 서 있는 남자의 얼굴을 멍하니 쳐다보며 실실 상황에 어울리지 않는 웃음만 짓고 있을 뿐이다.

상궤에서 벗어난 행동거지의 남자와 비슷하게, 정신이 나가 버린 검은 눈이 공허하게 깜빡이고 있었다.

"흠……. 대답, 들을 수 없나 보군요."

입술에서 손가락을 뽑은 남자는 피가 흐르는 오른손으로 이제야 기억났다는 듯이 제 이마를 쳤다.

"아, 그렇지요. 그러고 보니 실례를 하고 있었던 모양입니다. 저라는 자가 아직도 인사를 하지 않았잖습니까."

생뚱맞은 실례를 사과한 남자가 색소 옅은 입술을 가로로 찢고 흉험하게 웃었다.

남자는 그 상태로 천천히 정중하게 허리를 숙이며 입을 열었다.

"저는 마녀교, 대죄주교——."

허리를 숙인 자세 그대로, 재주 좋게 고개만 쳐들어 똑바로 스바루를 쳐다보았다.

"'나태' 담당, 페텔기우스 로마네콩티……입니다!"

이름을 밝히며 양손 손가락으로 스바루를 가리킨 남자는——

페텔기우스는 낄낄 웃었다.

낄낄, 낄낄, 낄낄 하고——.

제1장 『부패한 정신』

1

　──활짝 개인 푸른 하늘이 위를 보고 쓰러진 스바루의 시야 가득히 펼쳐져 있었다.

　이세계 소환된 뒤로 어언 약 2개월 반 남짓 경과했다.
　그동안, 이런 모양으로 푸른 하늘을 올려다보는 꼴이 된 건 벌써 몇 번째일까.
　두터운 뭉게구름이 햇살을 가로막고 있지만 강렬하게 내리쬐는 햇빛은 구름의 두께를 뚫고 지상에 쏟아지고 있다.
　눈 속을 태양의 빛에 태우던 스바루가 문득 두서도 없이 떠올렸다.
　"그러고 보니…… 이리 오고 나서 여태껏 비 오는 날을 마주치질 않았군."
　밤늦게 내리는 보슬비나 저녁놀 전후해 지나가는 비 정도라면 몇 번 경험했지만, 하루 내내 내리는 장마와는 지금까지 맞닥뜨린 적이 없다.

루그니카의 기온은 긴소매로 지내기엔 약간 덥다. 체감상으로는 원래 세계의 6월, 혹은 늦더위를 벗어난 9월 정도의 감각일까.

비가 적은 점으로 보아 이쪽 세계의 건기인 걸지도 모른다.

"슬슬 끝내드릴까요?"

드러누워 사고유희를 하고 있던 스바루에게 별안간 그런 말이 들렸다.

위를 보고 누운 채로 고개만 들어 올린 눈길 앞에는 한 노인이 서 있다.

키가 크고 검정 일색의 집사복을 둘러 입은 인물이다. 연령을 몰라 볼 단련된 몸과 꼿꼿한 등. 풍성한 백발을 주의 깊게 매만지며 품위 있는 자세로 서 있다.

부드러운 얼굴에는 평온한 주름이 새겨져 있어 어딘가의 온후한 노신사 같은 행색이지만, 그 손은 칼몸이 긴 목검을 잡고 있었다.

"아니죠, 아직. 지금은 잠깐 철학하던 중이었거든요."

"호오, 흥미로운 말씀이군요. 무슨 생각을 하고 계셨습니까?"

"위는 대화재, 아래는 홍수…… 이건 뭐게—? 라고요."

두 다리를 쳐들었다가 내리찍는 동작으로 기세를 붙여 일어선다.

몸의 중심부에 묵직한 감이 남아 있지만, 타박상의 아픔이 주는 영향이라 해 봐야 미미한 것이다.

가볍게 손발을 돌려 그 사실을 확인한 스바루는 쥐고 있던 목검을 빙글빙글 돌려 정면에── 빌헬름에게 들이댔다.

"그럼 또다시 한 수 지도 부탁드리겠습니다."

"참고로 방금 철학의 답은?"

"별거 없는 답이에요. ──오줌 싸고 적반하장."

헛소리로 응수하고 파고들어, 낮은 자세에서 반원을 그리듯이 목검을 휘둘렀다.

칼끝이 대기를 후리며 바람을 휘마는 타격은 힘 조절이라곤 없는 일격이다.

그러나.

"으자!"

"너무 힘을 줬습니다. 손, 발, 목, 허리. 그리고 얼굴에."

때려 넣은 일격은 빌헬름의 목검이 받아 흘리고 매끄러운 움직임으로 노린 곳에서 비껴낸다. 머리를 노린 일격이 상대의 머리 위로 빠지고, 몸을 돌린 노인의 손바닥으로부터 춤추는 듯한 검격이 번뜩였다.

머리, 목, 명치, 회음부── 정중선에 속한 인체 급소를 부드럽게 어루만진 빌헬름의 목검은 건드리기만 한 충격으로도 스바루의 몸을 날려버렸다.

절묘하게 힘이 조절된 반격기 덕분에 대미지 자체는 거의 없다. 하지만 그래도 급소를 맞은 충격에 숨이 막히고 낙법을 삐끗해 비명을 지르는 처지는 벗어나지 못했다.

"끄엑!"

대(大) 자로 누워 등을 두드리는 고통에 정신을 못 차리고 있는데, 눈앞에는 또다시 이쪽을 조소하는 푸른 하늘이 비쳤다. 활짝 갠 맑은 하늘이 왠지 밉살스럽다.

"슬슬 끝내드릴까요?"

억양이 없는, 비꼬는 기색도 모멸도 담기지 않은 빌헬름의 잔잔한 물음.

스바루의 의사를 묻는 그 목소리도 벌써 몇 번째가 되는 것일까.

"열심히 하는군."

푸른 하늘을 밉살스럽게 올려다보고 있던 스바루는 끼어든 목소리에 고개를 쳐들었다. 옥외 난간에 기대어, 정원에 대 자로 누운 스바루를 내려다보는 여성의 모습이 보였다.

"목소리만 듣고 있었지만 꽤 열정적으로 하고 있는 모양이지?"

난간에 체중을 싣고 스바루와 빌헬름을 내려다보는 사람은 녹발의 아름다운 여성이었다.

검은색에 가까운 광택의 녹발을 길게 기르고, 자연히 등이 곧추서는 늠름한 분위기의 인물이다. 여성다운 기복이 두드러지는 몸에 남자용으로 보이는 군복 같은 의상을 입고 있다.

이 저택의 주인이며, 빌헬름의 주인이기도 한 크루쉬 칼스텐 공작이다.

아직 젊은 여성이긴 해도 나라의 요직에 앉아 있는 재원이자 —— 지금의 루그니카 왕국에는 매우 중요한 입장에 있는 인물이기도 하다.

"이런 크루쉬 님. 집무를 보시는 데 방해가 되었는지요?"

"아니, 한숨 돌리고자 생각하던 참이야. 신경 쓸 건 없네."

크루쉬는 관대하게 끄덕인 다음, 드러누운 스바루 쪽으로 눈길을 옮겼다.

"그리고 누군가가 노력하는 걸 무턱대고 부정할 만큼 거만해지고 싶지는 않아. 고용한 사람을 놀려두는 것도 마찬가지고. 실컷 일해다오, 빌헬름."

"알겠습니다. 그건 그런데."

크루쉬의 방식대로 내려온 허가에 빌헬름이 깊이 허리를 숙이며 답했다.

그런 다음 노인은 슬쩍 스바루를 곁눈질하며 물었다.

"슬슬 끝내드릴까요?"

"지금 이 흐름에서 끝낸다고 말할 수 있을 만큼, 저도 분위기 파악 못하는 놈이 아니죠."

풀로 범벅된 몸을 털면서 일어선 스바루는 몸을 돌려 다시 한번── 자그마치 10여 번째로 무사한 것을 확인. 손가락을 뚝뚝 꺾으면서 숨을 내뱉었다.

"미인이 지켜보는 앞에서 무지막지 당하는 건 남자 입장에선 꽤 못 배겨낼 이벤트란 느낌인데. 강한 남자 게이지가 쭉쭉 깎여."

빌헬름이 던져준 목검을 무난하게 캐치한 스바루가 쓴웃음.

"신경 쓸 필요는 없다. 경이 호되게 당하는 모습을 보는 건 처음이 아니야."

"으극."

머리 위에서 터진 무자비한 한마디에 스바루는 가슴을 움켜쥐고 신음했다.

"저야 경위만 들었습니다만, 지금 건 크루쉬 님께서 너무 직설적이신 듯하군요."

"그런가?"

빌헬름의 말에 크루쉬는 악의 없는 얼굴로 눈썹을 치켜들었다.

"실력이 못 미치는 상대에게 이기지 못하는 건 자명한 이치야. 그러고도 굽히지 않겠단 의지만큼은 표명했다면, 분할망정 부끄러워 할 일은 아니라고 본다만."

크루쉬가 턱을 만지며 지론을 읊자 스바루는 미약하게 불편한 감정을 맛보았다.

단편적이라고는 해도 일전의 추태를 평가해준 게 뜻밖이었고, 그 추태를 전후해 일어난 인생에서 가장 큰 실패가 떠오르고 말았기 때문이다.

왕성의 대기실에서 일어난, 최저 최악으로 이별한 순간이.

"내가 보기에는 오히려 어젯밤 쪽이 더 받아들이기 어렵지. 전해들은 거긴 하지만…… 경의 심중을 생각하면 비분은 짐작하고도 남네."

"……파하하."

크루쉬의 시선에 동정적인 기색이 섞이고, 스바루는 메마른 웃음과 함께 뺨을 긁었다.

 어젯밤—— 불과 반나절 전의 사건은 그렇게 반응할 도리밖에 없는 일이었다.

 이 크루쉬 저택까지 스바루를 찾아온 '검성(劍聖)' 라인하르트와의 상봉은.

 "그리고 말이야. 여성이 지켜보는 앞에서 지도를 받는 게 고통이라면, 그건 이미 한참 반복하던 일이지 않나?"

 스바루의 표정 변화를 본 크루쉬는 화제를 한 단계 앞으로 되돌렸다. 난간에서 몸 절반을 내민 그녀의 눈은 정원 가장자리를 의미심장하게 보고 있었다.

 그곳에, 지금까지 침묵을 고수하고 있는 파란 머리 소녀가 조용히 서 있었다.

 크루쉬가 소녀를 보고 있는 걸 이해한 스바루는 머쓱한 심정에 얼굴을 찡그렸다.

 "……한 식구 앞에서 망신당하는 거하곤 또 다른 감각이라고."

 "머잖아 적이 될 상대의 터전 안에서 재간을 드러내고 있는 것도 문제라고 보지만…… 그런 상대를 저택에 들인 나도 같은 부류겠군. 자기 마음이란 의외로 모를 놈이야."

 스바루의 대답에 크루쉬는 자신을 돌이켜 보듯 몇 번씩 끄덕였다. 그렇게 한 차례 생각에 골몰한 다음, 크루쉬는 밑에 있는 빌헬름을 불렀다.

 "빌헬름."

"옛."

"잠깐 몸을 움직이고 싶어졌어. 지금 남은 집무를 정리하고 그쪽으로 내려가겠다. 예정보다 이르지만 오늘의 지도를 부탁하지."

"알겠습니다. 모쪼록 천천히 준비하시길."

"지금 내 심경으론 그건 다소 어려운 제안이군그래."

크루쉬가 옅은 미소와 함께 난간에서 떨어지고는, 등을 바로 펴고 집무실로 돌아갔다.

늠름한 동작. 녹색의 머리카락이 춤추듯이 찰랑이고 부드럽게 햇빛을 받으며 스바루의 시야에서 사라졌다. 그 모습을 지켜본 스바루는 희미한 긴장감을 날숨에 실어 내보냈다.

없어진 시선에 노골적인 안도를 느낀 스바루는 자기 자신에게 쓴웃음을 보냈다.

솔직한 얘기로 스바루에게 크루쉬라는 여성은 쥐약인 타입 그 자체다.

올곧으며 흔들림 없는 눈길은 이쪽 마음속까지 꿰뚫어볼 것처럼 맑았다. 정직하고 성실한 성격과, 그 신념에 뒷받침된 언동에도 불편한 느낌을 받을 때가 많다.

자신감으로 넘쳐흐르며 자기가 해야 할 일에 망설임을 일절 품지 않는 고상한 자세.

자연히 지금의 자기 입장과 비교할 수밖에 없어 처량함만 두드러지는 기분이었다.

"슬슬 끝내드릴까요."

기분을 다잡듯 고개를 내젓는 스바루에게 도로 마주 보고 선 빌헬름이 그렇게 말했다.

"의문형이 아닌 걸 보면 그 뜻인가 보죠."

목검으로 천천히 자세를 잡는 빌헬름의 말—— 그 어미에서 물음표가 사라진 것을 포착한 스바루는 이 매섭고도 온화한 시간의 종국을 깨달았다.

스바루의 검은 눈이 솔직하게 유감스러운 감정을 띠자 빌헬름은 살짝 쓰게 웃었다.

"크루쉬 님께서 오신다면 저도 지도역으로서 책무를 다해야 합니다. 칼스텐 가문이 저를 데리고 있는 이유 중 절반은 그 때문이니까요."

"더 이상의 투정은 부리지 않는다고요. 안 그래도 빈 시간을 쪼개주시고 있는 판국인데, 제대로 벌 받을걸요."

스바루는 대련의 종결에 적적함을 느끼면서 목검을 정안(正眼)으로 잡았다.

중학 검도에서 그친 수준이어도 배우기는 한 검의 기본이다. 차분한 마음가짐으로 꼿꼿하게 선 스바루를 본 빌헬름의 표정에도 온정이 사라진다.

"——갑니다."

"언제든지."

선언에 따라 스바루의 몸이 흙을 박차고 앞으로 튀어나갔다.

견제고 뭐고 없다. 스바루는 정면으로 잔재주 없는 일격을 내리친다.

대상단에서 내려치기로 들어가는 일도가 허공을 가르고, 칼끝이 종점을 놓쳐 대지에 박힌다. 표적을 놓치고 기세 때문에 헛발을 디딘 스바루는 앞쪽으로 넘어질 뻔했다.

그리고.

"윽——!"

무수한 참격이 번뜩인 것처럼 느끼며, 스바루는 박살났다.

2

나츠키 스바루가 크루쉬 칼스텐의 저택에 들어온지 벌써 사흘이 지났다.

칼스텐 공작의 저택은 왕도의 상층부인 귀족가의 가장 안쪽——한층 더 현란한 집들이 줄지어 선 한쪽에 존재했다. 왕도 체재 중에만 이용하는 별장이라고 하는데, 그 규모야 어쨌든 호화로운 실내 장식은 로즈월의 본댁마저 능가했다.

그러나 그 과도하게 치장된 저택의 실내 장식이 크루쉬 본인의 취미일 리는 없다. 내객이 많은 왕도이기에 준비한 배려—— 귀족에게 요구되는 허영에 속할 것이다.

요 사흘 동안 스바루는 빈번하게 저택에 누군가가 방문하는 모습을 몇 번씩 목격했다.

——라인하르트 반 아스트레아의 내방도 그 사건 중 하나였다.

반나절 전의 그 기억은 스바루에게 쓰디쓴 경험으로 새겨져 있다.

"연병장 사건, 말리지 못해서 정말로 미안했어. 그저 보고 있을 수밖에 없던 내가 부끄러워."

라인하르트는 호출에 응한 스바루 앞에서 입을 열자마자 사과했다.

마법등(魔法燈)으로 밝혀진 칼스텐 저택의 문 앞에서 라인하르트가 머리를 숙이고 있다.

'검성'이라고 불리며 온 나라의 신뢰와 존경을 한 몸에 모으고 있는 인물에게 깍듯한 사과를 받은 것이다. 대할 낯이 없다고 생각 중이던 스바루는 라인하르트의 그 행위에 놀라고 말았다.

"자, 잠깐, 잠깐, 잠깐만. 뭐가 어쨌다고 네가 사과할 필요가 있는데. 네가 잘못한 거라곤 아무것도 없었잖아."

"그럴 수는 없어, 스바루. 난 너와도, 율리우스와도 친구야. 친구 사이의 충돌을 말리지 못한 건 나 자신이 부덕한 소치야."

"친구, 사이……."

지금 세상에서 두 번째로 듣고 싶지 않은 이름이 나오는 바람에 스바루는 작게 숨을 집어삼켰다.

하지만 라인하르트에게 악의는 없다. 오히려 그 자리에서 끼어들지 않았던 것에 감사까지 하고 있다. 만약 참견을 했더라면 지금에 비할 바 없이 더 비참했으리라.

스바루와 율리우스 사이의 결투── 그 모양새가 거의 무너졌다고 하더라도, 결투의 판가름을 다른 사람에게 맡길 수는 없다. 그 점만은 명목을 유지하고 있었다.

라인하르트의 기분은 느낄 필요 없는 죄책감에 불과하다. 그래도 사과를 하고 마는 성실한 태도야말로 라인하르트를 '기사 중의 기사'이게 만드는 것이다.

"……하여간, 뭐가 어쨌든 일부러 와준 건 고마워. 네 쪽도 지금은 이래저래 바쁠 상황이잖아?"

"바쁜 상황과 우의를 같은 저울에 올려 얘기하고 싶진 않지만. 오늘 밤을 놓치면 네게 이렇게 사과할 기회도 한동안 마련할 수 없을 것 같았어."

"한동안…… 혹시 어디 가는 거야?"

"왕도를 떠나 펠트 님을 우리 친가로 모실 거야. 펠트 님께선 배우셔야 할 일이 많고, 새롭게 고용한 사람들에 대한 교육도 필요하거든."

라인하르트는 살짝 쓰게 웃었지만, 그 웃음에는 앞날의 고생을 기대하는 눈치가 얼핏 엿보였다. 주종관계가 원만할지에 대한 불안은, 적어도 라인하르트 쪽만은 느끼지 못하는 모양이다.

"펠트와는 잘 지낼 수 있을 것 같아?"

"──기발하지만 지금껏 없는 발상을 하실 수 있는 분이셔. 뜻과 그릇을 능력이 따라잡았을 때, 틀림없이 누구나 다 놀랄 거야. 난 그 미래에 일조할 수 있도록 힘쓸 뿐이지."

"⋯⋯그래. 그건 잘됐네."

망설임 없는 답변을 들은 스바루는 무심코 라인하르트로부터 시선을 뗐다.

바로 보고 있을 수 없었던 것이다. 붉은 머리 청년은 고난을 힘들다고 여기지 않으며 주군과의 관계에도 고민이 없다. 자기 자신에게 내린 사명을 따르는 것에 일절 걱정이 없는 것이다.

이는 지금의 스바루와는 너무나도 차이가 나는 모습이어서──.

"후회, 하고 있는 거야?"

라인하르트는 자신을 보지 않는 스바루의 태도에 염려하듯 고운 눈썹을 찡그렸다.

후회── 그가 입에 담은 단어를 머리에 떠올린 스바루는 입술을 깨물었다.

후회라면 계속 하는 중이다. 어제는 그전의 일을. 오늘은 어제 일을. 내일이 되면 분명히 오늘 일을 후회하게 될 것이다.

삶이 선택의 연속이란 이야기는, 삶은 후회의 연속이라는 이야기이기도 하다.

고르지 못한 선택지의 그다음을, 지금과는 다른 세계를 바라지 않을 수가 없다.

"마음은 이해한다는 경솔한 말은 않겠어. 다만 그때 일 때문에 부끄러운 바가 있는 건 나도 마찬가지야. 처음에도 말했지만, 분한 심정이야."

스바루의 침묵에 라인하르트는 눈을 내리깔았다.

그 말은 왠지 미묘하게 스바루가 품고 있는 원통한 기분과는 엇나가 있다. 하지만 그것도 당연한 노릇이다. 입장이 다르면 시각도 다르다. 스바루와 라인하르트는 같은 광경을 볼 수 없다.

때문에 스바루는 라인하르트가 무슨 말을 하더라도 동요하지 않을 마음의 대비를 하고 있었다.

단, 그 마음가짐도――

"그날 벌어진 결투에…… 너와 율리우스와의 싸움에는 아무 의미도 없었어. 그걸 알면서도 아무것도 못 한 까닭에 넌 부당한 상처를 입어버렸지. 뻔히 눈뜨고 지켜봤던 게 쭉 마음에 밟히더군."

"――――."

그런 소리를 듣기 전까지의 짧은 각오에 불과했지만.

"――아무, 의미도 없다?"

"응, 그래. 그 자리에서 너와 율리우스가 충돌해서 무슨 일이 있었지? 넌 다치고, 율리우스도 자기 경력에 먹칠을 했을 뿐이야. 그 친구가 그 결투 다음에 근신 처분을 받은 건 알아? 율리우스도 지금쯤 자기 소행을 후회하고 있을 거야."

율리우스가 처분을 받은 건 금시초문으로, 스바루에게는 뜻밖인 사실이었다.

관중이던 기사들이 그만큼 한편을 들어주던 율리우스다. 영락없이 그 뒤처리를 위해 미리 손을 써두었으리라고 여겼었다. 그런데 처벌을 받았다니.

――그러나 율리우스가 그것을 후회하고 있으리란 생각은 들

지 않았다.

그 사실만은, 목검이라고는 해도 검을 맞대본 스바루만은 똑똑히 이해할 수 있었다.

라인하르트는 그런 스바루의 속마음을 깨닫지 못하고 성의 어린 눈으로 호소했다.

"둘 다 시간을 뒀으면 냉정하게 대화할 수도 있었을 거야. 괜찮다면 내가 그 자리를 준비해줘도 돼. 화해만 하면 그 결투의 응어리도 없는 걸로 돌릴 수 있어."

"……그 결투를, 없는 걸로?"

"그래. 조금 전해지기 어려운 구석이 있지만, 평소의 율리우스는 성실하고 이해력이 있는 남자야. 한 번만 속을 터놓고 대화하면 금방 오해도 풀려서……."

"라인하르트."

스바루는 애쓰는 목소리를 막으며 라인하르트의 이름을 불렀다.

붉은 머리 청년은 입을 다물고 맑은 눈초리로 스바루를 마주 응시했다. 그 창궁(蒼穹)을 비추는 눈동자 안에는 어두운 감정은 일절 맺혀 있지 않았다.

즉, 라인하르트는 진심으로 하는 소리다.

진심으로, 그 결투의 의미를 알지 못하는 것이다.

——그는 물러설 수 없는 긍지의 충돌에 대해 이해를 못 하는 것이다.

"네 마음은 알았고, 고마워. 넌 정말로 좋은 녀석이야."

"그렇다면."

"하지만 그 제의는 못 받겠어. 받을 수가 없어. ······얘기 끝내자."

스바루가 말을 끊고 돌아서자 라인하르트는 놀란 얼굴로 숨을 집어삼켰다. 저택으로 돌아가려고 문을 넘는 스바루의 등에 그는 순간적으로 손을 뻗으려 했다.

"라인하르트. 네가 끝장나게 좋은 놈이고, 방금 한 말에 아무 악의도 심술도 없으며, 모조리 다 곱게 티 한 점 없이 자란 선의에서 튀어나온 행동이란 건 바로 알고 있어. ······그건 알고 있어."

스바루의 말에 라인하르트의 움직임이 멈췄다.

등으로 그 사실을 느끼면서 스바루는 돌아보지 않은 채 문을 지나갔다.

그리고.

"하지만 그것만은 안 돼. 그 결투의 의미를······ 네게 빼앗길 순 없어."

그런 건 스바루도, 율리우스도, 결투를 지켜본 기사들도 바라고 있지 않다.

그 결투에 의미는 있었던 것이다. 확고한 의미가 있었던 것이다.

'검성'이. 라인하르트가. 이를 이해할 수 없다고 하더라도──.

"그렇다고 하더라도······ 넌 그 결투로 뭘 얻었지? 잃기만 했을 뿐이잖아."

멀어지는 스바루와의 거리를 메우듯이 라인하르트는 할 수 있는 말을 다하려고 했다. 그러나 그 때문에 그가 고른 말이야말로 결정적인 것이 되었다.

"에밀리아 님과의 일도, 너는."

"오늘은 돌아가, 라인하르트. 네 주인님이 외로워서 아우성치기 전에."

지금, 세상에서 제일 듣고 싶지 않은 이름이 나오는 바람에 스바루는 되는 대로 검성에게 답했다.

높은 소리와 함께 닫히는 문이 이날 두 사람의 이별을 결정지었다.

"……쓸데없는 오지랖이시라고."

얼굴 보고는 할 수 없었던 악담을 흘린 스바루가 어젯밤의 기억에 이를 갈았다.

입술을 비틀고 아직 생생한 기억을 떨쳐내듯이 머리를 쥐어뜯었다.

"안 돼요, 스바루 군. 머리를 맞았으니 얌전히 있어주세요."

그리고 드러누워 있는 스바루의 고막을 자애에 찬 목소리가 다정하게 어루만지고 지나갔다.

흘끗 들어 올린 시선 앞에서 스바루를 내려다보며 미소 짓는 사람은 파란 머리의 소녀였다.

흑색 기조의 기장이 짧은 개조 에이프런 드레스. 잔디에 무릎 꿇고 앉아 무릎 위에 스바루의 머리를 얹어서 무릎 베개 자세를 유지하는 건 귀여운 이목구비의 메이드── 렘이다.

메이드로서 스바루를 보필하도록 지시받은 렘은 스바루의 머리카락을 손가락으로 빗으면서 속삭였다.

"특훈 수고하셨어요. 잠시 그대로 렘의 무릎 베개에서 편히 쉬고 있어요."

"특훈……이랄 정도도 아니지. 단순히 내 공격 연습이야. 보면서 지루했었지?"

"아뇨, 지루하긴요. 렘은 스바루 군과 함께 있기만 해도 충분히 행복해요."

쏟아지는 렘의 완전 긍정을 지금의 스바루는 정면으로 받지 못했다.

손바닥으로 얼굴을 가리고, 스바루의 꼴불견조차 호의적으로 보는 렘에게서 시선을 뗀다. 놀아준 거나 마찬가지인 대련을 처음부터 끝까지 지켜보고 있던 것이다. 머쓱한 걸로 끝날 수준이 아니다.

그렇게 감정을 어물어물 넘기려는 스바루에게 렘은 아무 말도 하지 않는다.

그저 가만히 스바루의 무게를 애정과 함께 받으며, 시간이 멈추지 않았다고 깨우쳐주듯이 부드러운 몸짓으로 스바루의 짧은 흑발을 빗고 있었다.

"……렘은, 말이야."

침묵을 못 버틴 스바루가 먼저 항복했다.

스바루의 잠긴 목소리에 렘의 손가락 움직임이 멎었다. 스바루는 가만히 말을 기다려주는 렘의 호의를 받아 듬뿍 시간을 들인 다음 뒷말을 이었다.

"날, 한심하다거나…… 하는 생각은 안 해?"

입에 담고 나서야 자신은 무슨 대답을 바란 것일지 자문한다.

긍정하길 바란 건가. 부정하길 바란 건가. 어디부터 어디까지를 평가해서 대답해주길 바라고 있는 건가. 지금인가. 아니면 사흘 전인가. 혹은 더 이전인가——.

"생각해요."

그 자문이, 선뜻 물음을 긍정하는 렘의 말에 중단되어버렸다.

"생각하냐. 그럼 왜 한심하단 나랑 같이 남은 건데? 그렇게 시켜서 그래?"

고민 중이던 문제가 바로 풀린 스바루가 항의하듯이 밑에서 렘을 노려보았다.

거꾸로 된 시야에 비친 렘은 스바루의 그 심술궂은 말에 천천히 고개를 가로저었다.

"한심하다고 생각하는 것과 함께 있는 것은 모순이 아니에요. 그리고 명령 받지 않아도 렘은 틀림없이 스바루 군과 함께 남았을 거예요."

"……왜야?"

"렘이 그러고 싶기 때문에요."

간결한 대답이었다.

그렇게 딱 잘라 말한 답에 스바루는 순간적으로 다음 말을 잇지 못했다. 무슨 말 좀 해야겠다고 헤매던 끝에, 스바루는 렘의 답변에 속이 가벼워진 걸 자각했다.

알 수 없는 자문자답에 알 수 없는 대답을 살그머니 제출받은 것처럼.

"렘은…… 대단한걸."

"네. 하지만 언니 쪽이 훨씬 더 대단해요."

"그람 지상주의만은 이해 못 하겠지만, 대단해."

항복하듯이 손을 든 스바루는 온몸에서 힘을 빼고 렘의 무릎에 모든 것을 맡겼다.

렘은 그렇게 다시 눈을 감은 스바루의 앞머리에 손가락을 집어넣어 가지고 놀면서 말했다.

"렘은 스바루 군이 해주길 바라는 걸 하기 위해 여기 있으니까요."

"그리 말하면 내가 깨지는 모습을 지켜봐주길 원한 데다가, 그다음에 한심하다 부끄럽다 자학하는 걸 긍정받고 싶어한 것 같은데."

"아니에요?"

렘은 이상하다는 얼굴로 고개를 갸우뚱하며 순수한 시선으로 물었다.

이에 대해 스바루는 그저 깊은 한숨만 코로 내쉬고 말없이 있는 것으로 대답했다.

고요하고, 훼방이 없는, 나태한 시간이 흘러간다.

"슬슬 돌아갈까요? 크루쉬 님의 검술 대련에 거추장스러운데."

"좀만 더. 머리 맞았으니 지금은 움직이면 위험할지도 몰라."

스바루는 이동하려고 하는 렘의 무릎을 잡고 머리를 옆으로 돌리며 어리광을 피웠다.

"네. ──스바루 군이 그러길 바란다면."

무릎에 힘을 넣으려던 렘이 그 힘을 빼고, 스바루의 제안은 수용되었다.

스바루는 그 무제한적인 자상함에 어리광을 피우면서, 생각하고 싶지 않은 사항을 생각하지 않고 넘어가는, 진구렁의 안식 속에 그 몸을 깊디깊게 가라앉혀간다.

──왕선(王選)의 개시가 선언된 날, 스바루와 에밀리아가 결별한 날로부터 사흘.

나츠키 스바루는 순조롭게 썩어가고 있었다.

3

뭘 잘못한 걸까. 스바루는 생각할 시간만 나면 그런 생각을 하고 만다.

꺼림칙한 기억임을 알면서도 정신만 들면 생각은 그날의 석양에 이르러, 은발의 소녀가 등 돌려 멀어지는 광경을 수도 없이 회상해버린다.

뭐가 부족했던 걸까. 스바루는 닫히는 문 소리가 울릴 때마다 생각하고 만다.

스바루도 말이 지나쳤음을 느끼고 있었다.

깨진 직후였다는 영향도 있다. 에밀리아가 연거푸 몰아세우는 말에 쫓기다가 정신이 드니 원래 말하고 싶었던 것하고는 괴리된 내용을 외치고 있었다.

결과적으로 그 말이 스바루와 에밀리아 사이를 가르는 결과를 낳은 것이다.

순간적으로 튀어나온 말이므로 그 자리에만 한한 빈말인 걸까.

순간적으로 튀어나왔기에 심중에 늘 떠돌고 있던 마음인 걸까.

상대를 염려했던 것이든 인정받고 싶다고 생각한 것이든, 둘 모두 사실이다.

그 장면에서 자신의 본심이 어디에 있었는지 그마저도 이미 알 수 없었다.

"──봐, 형씨. 이봐! 형씨!"

바로 지척에서 뒤집어쓴 탁한 목소리에 자문자답의 바다에 잠긴 의식이 현실로 끌려나왔다.

눈을 깜빡이는 스바루의 정면에서 굵직한 소리를 지르고 있던 인물이 어이없다는 듯이 어깨를 으쓱였다.

"부탁 좀 하자, 형씨. 너무 남의 가게 앞에서 위험한 눈매 하지 마. 손님 발길에 영향 끼친다."

얼굴을 종단하는 흉터가 인상 깊은 험상궂은 남자가 미간에 주름을 잡으며 그렇게 말했다.

현실로 돌아오자마자 임팩트가 강한 안면을 직시한 스바루는 조용히 눈꺼풀을 주물렀다.

"이봐, 아찌. ——손님 노려봐서 겁주는 건 좀 그렇잖아?"

"안 그랬어! 오히려 걱정하고 있었잖냐! 네가 정체 모를 행색을 한 놈에게 끌려가고, 덤으로 네 전언 전한 롬 영감과는 연락도 안 되지, 내가 얼마나 안절부절못했었는지 가르쳐주고 싶을 정도다!"

노성을 터트린 남자가 굵은 팔을 카운터에 내리쳤다. 그 순간 진열대에 올라와 있던 과일이 충격으로 바구니에서 굴러 떨어져 어어 하다 북새통에 흩어지려 했다. 그러나.

"먹을 걸 함부로 하면 안 되죠."

춤추듯이 치맛자락을 나부끼며 가게 앞의 공간에 착지한 렘. 그녀의 팔은 가게 앞에 있던 것과 같은 바구니를 잡고, 그 바구니에다 떨어질 뻔한 과일을 전부 부드럽게 받아내고 있었다.

"오오. 고마워, 아가씨."

안심한 얼굴로, 안도감과 그 기막힌 재주에 한숨을 내쉬는 남자── 카도몬은 회수된 바구니를 렘에게서 받고는 살짝 목소리를 죽이면서 스바루를 보며 말했다.

"그러니까 아가씨 생각에 하는 말인데, 이 눈매 사나운 형씨에게선 떠나. 불행해진다고."

"뭔 소리를 불어넣고 그래. 얼토당토않은 소리를 퍼뜨리면 안되지, 이 사람아."

"얼토당토않다고 할 만큼 헛짚은 소리도 아니잖아. 애당초 지난번에 데려온 아이와는 또 다른 여자애 아니냐. 저번 아이가…… 아—, 왠지 그다지 기억에는 안 남았지만, 안 남았단 건 이쪽 애 쪽이 귀엽다는 뜻이겠지. 절조 없다니 지옥에나 떨어져라."

"무절조할 수 있을 만큼 배포 크게 보여? 애초에, 왜……."

에밀리아와 왔던 걸 잊고 있느냐……고 입에 담으려다가 스바루는 머뭇거렸다.

카도몬이 에밀리아를 잊고 있는 건 에밀리아의 정체를 숨기기 위해서 입혔던 인식 저해 마법의 영향이다. 그 사실을 기억하고, 에밀리아의 얼굴이 떠오른 직후에 가슴이 쓰라려졌다.

스바루가 입을 다물자 미심쩍은 눈의 카도몬은 렘에게 타일렀다.

"저 봐. 이 찔릴 것 없다는 태도. 이런 놈한테 애써줘 봤자 힘들기만 하다고."

"염려 감사합니다. ……하지만 렘은 좋아서 하고 있는지라."

뺨을 발갛게 물들이고 흘끔 곁눈으로 스바루의 모습을 엿보는 렘. 그 눈초리의 열기에 카도몬은 그 이상은 괜한 짓이라고 여겼는지 원통한 듯 참견을 접었다.

"그건 그렇다 치고, 오늘은 거리의 분위기가 평소랑 다른데. 사람이 많은 건 변함없지만…… 미묘하게 들떠 있다고나 할까."

말을 머뭇거린 걸 얼버무리듯이 스바루는 북새통을 바라보면서 화제를 돌렸다.

"발길을 멈추고 있는 사람들이, 평소보다 많아…… 보이나?"

"의외로 두 눈 잘 뜨고 있군. 뭐, 그렇지. 큰 사건이 일어날 때는 뭐든지 간에 상인에겐 돈벌이할 때지. 지금은 소문 하나라도 남보다 더 많이 원할 상황이야."

스바루의 감상에 카도몬이 수긍하고, 가게 앞에 진열한 과일 하나를 손에 들어 깨물었다. 붉은 과일에 잇자국을 남긴 주인을 본 스바루는 "파는 물건이잖아……."라고 어이없어하면서 말했다.

"뭐, 왕선 난리통에서 과일 가게가 어떻게 장사할 기회를 찾아낼지는 의문이지만. 스타트 시점부터 딴 데보다 뒤처졌다니 이미 천부적인 재능이군, 아찌."

"개소리는. 좌우간 평소보다 수군거리는 대화의 비중이 많은 건 그런 이유다. 지금은 너 나 할 것 없이 그 얘기로 시끄럽겠지. 저기, 저쪽 봐라."

쓱싹 과일을 심지만 남긴 카도몬은 거리 가장자리에 있는 입간판을 손가락으로 가리켰다. 눈에 띄려고 필사적인 간판들이 늘어선 시장 안에서도 입간판은 높이로 그 존재를 주장하고 있다.

"뭐, '이 문자' 말고 다른 글 쓰면 읽을 수 없습니다만요."

"뭐냐, 공부 안 했군. 그럼 넌 우리 가게 간판은 읽을 수 있는 거냐?"

"이 문자에 가까운 상형문자가 그려진 것 같은데, 글씨를 못

써서 못 읽겠습니다."

스바루는 공부 부족을 악담으로 얼버무려 카도몬을 어이없게 만들었다.

"그래서, 결국인즉슨 간판에는 뭐라 적혀 있는 건데."

"제목뿐이라면 몇 번씩 말했었잖아. '왕선, 개시'야."

갈피를 잡을 수 없는 대답에 스바루가 얼굴을 찡그리자, 카도몬은 머리를 난폭하게 쥐어뜯었다.

"알았어. 그럼 슬쩍 읽어주마. 아가씨, 잠깐 가게 좀 봐줘."

"알겠습니다."

당연한 듯이 일을 내던지는 카도몬과 그걸 거드는 입장에 서는 렘의 태도. 위화감이 없는 연계에 위화감밖에 느낄 수 없어 스바루는 어깨를 으쓱였다.

"그렇게 선뜻 초짜를 가게에 세우지 마. 그리고 렘도 선뜻 경솔하게 떠맡지 말고."

"가격표대로 돈 받고 상품이랑 거스름돈 주기만 하면 되는 일이야. 어차피 손님도 안 와."

"마침내 제 입으로 단언해버렸다!"

정색한 얼굴의 카도몬에 이끌려, 손을 흔드는 렘의 배웅을 받고 입간판으로 향한다.

"그건 그렇고 늙은이나 젊은이나 왕선에 흥미진진해 하는군. 아찌는 어떻게 생각해?"

"거 보자. 뭐 임금님이 누가 될지 그런 거야 하늘나라 얘기지만, 왕좌가 비어있단 건 두고 볼 수 있는 것도 아니지. 후딱 정해주길 바란다는 게 본심이다."

스바루의 말에 카도몬은 씁쓸한 얼굴과 함께 그렇게 대답했다.

"하지만 이렇게 말하면 뭐하지만, 현인회란 사람들이 있으면 국정이 굴러가긴 하잖아? 임금님 없는 상황이면 국민한테 얼마나 영향이 가는데?"

"이봐이봐, 장난질은 눈매 사나운 걸로만 해두라고. 그야 국정에 관해서 국왕님은 장식이란 악평도 있었지만…… 드래곤과의 맹약은 왕족이 대대로 계승해온 거야. 남쪽 볼라키아와의 충돌이 옥신각신 수준으로만 끝나고 있는 것도 루그니카가 용(龍)에게 수호받고 있기 때문이잖아."

북쪽의 구스테코, 동쪽의 루그니카, 서쪽의 카라라기, 남쪽의 볼라키아.

그것이 이 세계를 지배하는 네 대국의 이름이다. 그밖에도 곳곳에 몇몇 소국이 있다고 하지만, 어느 곳이나 대국의 속국 취급인 모양이다.

"볼라키아 제국은…… 용이 없어지면 쳐들어오나?"

"부국강병, 약육강식이 그곳 제정(帝政)의 모토니까. 400년 전, 용이 루그니카와 맹약을 맺기 직전까지 전화를 주고받았다고 하더군. 드래곤의 간섭 때문에 성에 차지 않았던 걸 지금도 앙심을 품고 있다는 구린 얘기지."

"그게, 왕가가 비어 있는 국민의 감정이란 건가."

"그게 아니어도 나라라는 생물의 머리가 떨어진 상태는 싱숭

생숭해. 선왕님은 현명한 임금님은 아니어도 나쁜 임금님이 아니었어. 내 생각은 그래."

크고 작은 갖가지 인종이 뒤섞인 북새통을 가로질러 키가 큰 카도몬보다 더욱더 높은 간판 앞으로 간다. 같은 목적으로 간판을 올려다보고 있는 사람들 틈에 섞여 몸을 뻗으며 읽을 수 없는 문자를 좇는다.

"적혀 있는 건 왕선 개시의 통지와 개요군. 3년 뒤의 친룡의(親竜儀) 전에 국왕을 뽑아, 그 뒤의 의식을 집행한다는 듯해. 그밖에는 후보자에 관한 사항이 대강 적혀있어."

스바루를 대신해 카도몬이 내용을 읽어주지만 알고 있는 내용뿐이다. 스바루는 관심이 식을 뻔했으나, 마지막의 '후보자'라는 단어가 그것을 잡아 세웠다.

마른 입술을 핥는 스바루를 곁눈질한 카도몬은 이해한 듯이 턱을 주억거렸다.

"후보자가 궁금하냐? 왕선의 후보자는 다 해서 다섯 명. 개중에서도 특히 이름이 널리 알려진 사람은 크루쉬 칼스텐 공작과 호신 상회 회장인 아나스타시아란 애일까."

"유명한 사람이야? 그, 크루쉬 공작이란 사람은."

"공작님이다, 공작님. 왕도에 살면서 이름 모르는 놈은 거의 없어. 아직 젊은데도 집안을 물려받은 여공작으로, 왕국사를 통틀어도 걸출한 재원이라더군. 당주를 계승하는 계기가 된, 칼스텐령(領)에서의 첫 출진 이야기는 왕도에도 소문이 파다했을 정도고 말이야."

"첫 출진……."

"칼스텐령에 성가신 마수(魔獸)가 나타났을 적에, 부상당한 당시의 공작…… 선대 어른이지. 그분을 대신해 부하를 지휘해서 신속하게 일을 수습한 걸로 이름이 퍼졌어. 원래부터 슬기롭고 재기가 넘친다고 말이 자자했지만, 부친이 열일곱 먹은 딸에게 가장 자리를 물려줄 정도의 그릇이란 거지."

크루쉬의 차원이 다른 평가를 다른 사람 입을 통해 들은 스바루는 점점 더 움츠러드는 기분을 맛보았다.

카도몬은 그런 스바루의 속마음을 깨닫지 못하고 얼굴의 흉터를 손가락으로 매만지면서 말을 이었다.

"호신 상회를 봐도 요 몇 년간의 대약진을 모르는 장사꾼은 없어. 대표인 젊은 여자── 아나스타시아란 아가씨가 대상회를 잡아먹고 산하로 들였단 얘기는 딱 '황무지의 호신' 의 입지전 그 자체. 호신이 다시 나왔다는 말까지 들을 정도야."

아나스타시아에 관해 설명하는 카도몬이 어딘가 자랑스러워 보이는 건 같은 상인으로서의 공감이 있기 때문일까. 일개 상인이 왕 후보. 신데렐라 스토리가 여기서 극치에 이르렀다.

늠름한 분위기가 인상적인, 강철 같은 신념에 따르는 크루쉬.

그리고 옅은 보랏빛 머리에 해사한 칸사이 사투리가 특징적이기 짝이 없는 아나스타시아.

입간판의 내용은 왕선의 무대에서 설명된 것과 차이가 없다. 저잣거리에 사실을 주지시키는 것에 철저한, 과히 불공평한 느낌을 주지 않는 성실한 문면이다.

"일단 이 두 사람이 현재 왕선의 유력 후보라는 소문이지. 개인적으론 타국 출신의 상인보다야 왕국의 중진인 크루쉬 님 쪽이 유력하다고 생각하지만."

"최유력 후보라고는 들었었지."

단, 이것도 그 뒤 본인의 소신 표명 때문에 꽤 요동친 평가일 것이다.

그래도 크루쉬의 입장과 집안이 강력한 뒷배임은 확실하다. 그녀의 연설을 모르는 저잣거리 쪽에서 보면 크루쉬가 왕좌에 앉는 게 틀림없이 가장 자연스러운 계승일 것이다.

"유력 후보가 크루쉬 씨. 대항마가 아나스타시아……. 그렇게 되면, 변수는 어느 쯤이 되겠어?"

"변수 쪽 얘기는 어렵군. 방금 두 명을 빼면, 나머지 세 명은 이만저만 무명이 아냐."

카도몬은 남은 세 후보자의 이름을 읽어 내리고 난감한 얼굴로 팔짱을 꼈다.

"왕도 생활 오래한 나도 이름을 모르는 후보자야. 일단 프리실라란 후보자는 가명(家名)으로 봐서 귀족 같은데, 남은 두 명은 가명도 안 보여. 호신 상회의 상회주가 후보로 오른 걸 봐서 후보자를 어떻게 골랐는지는 솔직히 의문이군."

그 점에 관해서는 사정을 알지 못하면 스바루도 완전히 같은 의견이었을 거라고 생각한다.

공작가 당주가 있나 싶더니, 다른 나라의 젊은 상회주가 있고, 이름이 알려지지 않은 방계 귀족이 이름을 올리지, 나머지는 성조차 애매한 출신 불명의 인물이 두 명.

　선출 기준을 모르는 국민에게는 불친절한 정보다. 그러나 용을 본뜬 휘장이 후보자를 택했음을 알고 있는 스바루도 용(龍)이 무슨 기준으로 그녀들을 골랐는지 진의는 알지 못한다.

　얼굴 밝히는 용이 취향으로 골랐다는 생각은 아무리 그래도 떠올리지 않으려 하고 있지만.

　시답잖은 억측에 저도 모르게 실소할 뻔했다. 바로 그 순간이었다.

　"다만 후보자에 하프엘프가 들어있단 건 미쳤다는 생각밖에 안 들어."

　눈을 가늘게 뜨고 입술을 혐오감으로 비튼 카도몬이 내뱉듯이 그렇게 말했다.

　"후보자의 내력이 어느 정도 적혀 있는데, 에밀리아란 이름의 하프엘프…… 반마(半魔)가 후보자에 낀 모양이야. 말도 안 되는 소리도 작작 좀 하라지."

　"반마……냐."

　"마녀와 한배인 것들에겐 딱 맞는 호칭이지. 높으신 분들도 뭔 생각을 하고 자빠졌대."

　머리 두 개 몫은 높이 위치한 입간판을 노려보는 카도몬. 그 눈에는 못마땅한 기색이 짙었다.

　그런 카도몬의 말에 스바루는 순간적으로 반응을 하지 못했다.

　"＿＿＿＿."

스바루는 이 흉터 얼굴의 주인장에게 적잖은 호감을 품고 있었다.

이세계에서 처음 말을 주고받은 상대이며, 재회한 뒤의 관계로도 됨됨이에 신뢰를 줄 수 있는 인물이라 여기고 있다. 험상궂은 외견에 반해 바른 기풍을 가졌고, 아내와 딸을 각별히 사랑하는 사나이——— 적어도 스바루는 그를 선한 쪽의 인물이라고 의심치 않았다.

그런 그의 입에서 당연한 듯이 다른 사람을 비방하고 중상하는 말이 나온 게 뜻밖이기 그지없었다. 그것도 스바루에게는 결코 못 들은 척할 수 없는 형태로.

"……다들 남김없이 그 마녀인지 뭔지랑 관계가 있진 않을 거 아냐."

"엉?"

그래서 그만, 입에서 비집고 나오듯 반론하고 말았다.

카도몬이 이상한 표정을 짓는 모습을 보면서 스바루는 감정 그대로 거듭 말했다.

"하, 하프엘프라고 싸잡아서, 맘대로 단정 짓지 마. 그, 에밀리아란 애도, 엄청…… 뭐랄까, 나라를 위한 생각 하고 그럴지도 모르잖아. 뭔가 엄청, 착한 애일지도 모르잖아."

"그만. 왜 그리 필사적인지는 모르겠지만, 반마를 감싸는 소리는 관둬라. 누가 들을지 모를 노릇이라고."

"아아, 그렇겠지. 무서운 얼굴로, 얼굴도 모르는 누군가의 악담을 하는 아빠 모습은 직장 견학하러 온 귀여운 딸에겐 보여줄 수 없으니 말이지."

스바루가 꽤 세게 악의를 섞어 비꼬아대자 카도몬은 이마에 손을 짚었다.

"알았으니까 관두라고. 내 주둥이가 지나친 건 사과할게. 봐, 요렇게."

"……쯧."

어쩔 수 없이 한다는 티가 나는 사과이긴 해도 카도몬이 어른 스러운 반응을 보여주자 스바루는 물러섰다. 하지만 카도몬은 그렇게 공세를 거둔 스바루에게 "하지만 말이다." 하고 운을 뗀 다음 말했다.

"네가 어떻게 생각하는지 자유지만, 하프엘프가 임금님이 되는 건 불가능해."

"또 그런 소릴……! 왜야? '질투의 마녀'가 이유야? 그 마녀 님이란 게 하프엘프였으니 다른 하프엘프도 전부 위험하단 소리냐고?!"

"──그래."

다시 불붙은 언쟁에 짜증내는 스바루에게 그 한마디는 생각 외로 차갑게 늘렸다.

"또 그런 소릴……!"

반론하려던 스바루의 목이 막혔다. 스바루를 보는 카도몬의 눈에 두려움이 서려 있었다.

"마녀가 무섭다. 그건 당연하며 누구나 품고 있는 공통인식이 야. 네가 얼마나 세상물정 어두운진 모르겠지만, 적어도 웬만한 사람들은 다 같은 이유로 반마를 기피할걸."

"…………."

"잘 들어. 마녀──'질투의 마녀'는 진짜로 차원이 다른 괴물이었다고 해. 400년 전에 대륙의 절반은 마녀의 그림자에 삼켜지고, 숱한 이름 있는 영웅들이, 용(龍)이, 그 앞에 가라앉았어. 신룡의 힘과 현자의 지식, 그리고 당시의 검성이 없었으면 세계는 멸망했었을 테지."

들은 적 없는 단어와, 들어 넘길 수 없는 내용이 늘어서는 바람에 스바루는 카도몬의 진지한 표정에서 눈을 떼지 못했다.

"그 지경인데 그만한 짓을 할 '질투의 마녀'의 정체는 거의 모르고 있어. 아는 건 마녀가 은빛 머리의 하프엘프였다는 것. 말도 통하지 않고, 의사소통을 할 수 없는데다가 온 세상의 모든 것이 미워서 못 견디겠다는 양 날뛰어댔다는 것뿐."

카도몬의 떨리는 동공에 스치는 감정의 물결은 결코 단조로운 문장만으로는 다 표현할 수 없는, 이 세계에서 살아가는 인간의 삶의 감정이 물씬 발라져 있었다.

스바루도 그림책으로 보았듯이 마녀의 전승은 활자와 구전, 여러 형태로 면면히 전승되고 있다. 그건 이야기꾼에 따라 거푸 과정을 바꾸면서도, 절대적인 공포라는 같은 종점으로 매듭지어져 이 세계에 사는 사람들의 마음에 사라지지 않는 쐐기를 박고 있는 것이다.

"마녀는 공포의 대상이야. 정체 모를 그것을 모두 다 무서워하고 있어. 그러니 알고 있는 내용만이나마 멀리하지 않을 수 있겠느냐고."

"……그렇다고 하프엘프를 차별하는 걸 정당화하면."

"적어도 반마에 성격이 꼬인 놈이 많단 건 사실이야. 하기야 그게 날 때부터 그런 건지 환경이 그래서 그런 건지까지는 모르겠다만."

소태 씹은 듯한 카도몬의 찌푸린 얼굴은, 스바루의 쥐어짜내는 듯한 말에 그 나름대로 고뇌한 결과일 것이다.

카도몬 스스로도 자기가 주워섬긴 내용이 부조리한 걸 이해하고 있는 것이다. 단지 '마녀'를 생각하면 솟구치는 감정이 이 이치에 대한 반론을 내켜하지 않을 뿐이지.

그리고 그건 이 세계의 근저에 뿌리박힌 보편적인 의식일지도 모른다.

"———."

그 사실을 깨달은 순간, 스바루는 왕선의 무대에서 에밀리아가 탄원한 내용의 진짜 의미를 몸소 실감했다. 하프엘프라는 사실. 그것은 그녀에게 끊으려 해도 끊어낼 수 없는 숙명이며, 절대 다른 이와 같은 출발점에 설 수 없게 만드는 쇠사슬인 것이다.

"그러니까, 그렇게 여겨지는 이상은 첨부터 승산 따위 없는 거야. 누가 좋아서 그 반마를 떠받들어 올렸는지 원…… 까불고 앉았어."

팔짱을 끼고 불만스러워 하는 카도몬은 이번엔 후보자인 에밀리아 본인에서 승산 없는 마차에 그녀를 태운 인물에게로 분노의 창끝을 돌린 모양이었다.

　그 자세는 카도몬의 선한 성격을 의미했지만, 거기에 하프엘프라는 존재에 대한 나쁜 인상이 도사리고 있는 이상 위안거리도 되지 못한다.

　에밀리아라는 소녀는 우선 이 편견이라는 장애와 싸워야만 하는 것이다.

　"그 애가 그런 핸디를 짊어져야만 할 짓을 뭘 했다고 그래."

　카도몬은 스바루더러 세상물정에 어둡다고, 그렇게 말했다. 하프엘프가 박대 받아온 역사를, 그 원인인 마녀의 공포를 이해하지 못하고 있다고.

　확실히 스바루는 이 세계의 역사에 관해 무지(無知) 덩어리다.

　마녀의 악행에 관해서도 글에 적힌 것 이상의 내용을 알지도 못한다.

　사람들이 하프엘프를 얼마나 두려워하고, 얼마나 경원했는지. 그러한 환경에 있던 하프엘프들이 인간을 어떻게 여기고 있는지 상상하기도 어렵다.

　하지만 그녀는 확실하게 말한 것이다.

　『──거기서 끝이야, 악당.』

　늠름한 은방울 목소리는 고통과 굴욕 속에 땅을 기고 있던 스바루를 틀림없이 구원한 것이다.

　그때 그녀의 행동에, 타산이나 다른 의도가 어디 있었단 말인가.

스바루는 이 세계의 역사를 모르고, 마녀를 모르고, 하프엘프를 모른다.

그렇지만 에밀리아에 관해선 알고 있다.

『내 이름은 에밀리아. 그냥 에밀리아야. 고마워, 스바루.』

그 은빛 머리의, 고집쟁이에다 호인이며, 자신의 손해득실을 고려하지 않고 움직여버리는 소녀가 '질투의 마녀'와 동일시될 까닭 따위 먼지만큼도 없음을 알고 있다.

결코 자신에게 친절하지 않은 환경에서 살아왔을 소녀가, 그럼에도 다른 사람에게 친절하게 베풀 수 있는 심성의 주인임을 알고 있다.

설사 이 세계가 그녀에게 얼마나 혹독하다고 하더라도, 스바루만은 그녀에게——

『——자신을, 위해서잖아?』

불현듯 상념과 추억에 끼어들어온 냉랭한 목소리에 등줄기가 얼어붙었다.

뇌리에 그리던 사랑스러운 소녀의 미소가 날카로운 눈초리와 야속한 목소리로 갈아치워진다.

『믿고 싶은데…… 믿게 해주지 않은 건 스바루 쪽이잖아!』

신뢰가 짓밟힌 소녀의 비통한 목소리가 스바루의 좁은 두개골 안에 메아리치고 있다.

이해한 줄 알고, 다 알았단 생각에, 아는 척하는 얼굴로, 가벼운 마음으로 약속을 어겨버린 상대에게 던지는 규탄이 다시 가슴에 꽂혔다.

『──스바루. 말해주지 않으면, 몰라.』

한없이 되풀이하며 추억 속의 에밀리아가 그날 스바루의 소행을 꾸짖는다.

가슴을 쥐어뜯기는 듯한 고통을 맛보며 서러움으로 찌부러질 것만 같았다. 그러나 스바루 또한 자신을 노려보는 소녀에게 분노를 드러냈다.

그토록 헌신해왔다. 그토록 도와왔다. 그토록 상처 입어왔다. 그렇다면 보답받는 걸 바란들 뭐가 잘못이란 말인가. 화답해주기를 바란들 뭐가 잘못이란 말인가.

──말해주지 않으면 모르는 건, 내 쪽도 똑같아.

왕선에 대해서도, 차별에 대해서도, 그날의 마음도. 에밀리아는 아무것도 가르쳐주지 않았다. 스바루를 지탄하고, 목적에서 떼어놓고, 단역으로 취급하려 했다.

그래서 스바루는 아무 말도 해주지 않는 에밀리아에 관해 아무것도 모른다.

스바루는 에밀리아가 어떤 생활을 해왔는지도, 무슨 생각으로 왕좌를 뜻하는지도, 자신을 마녀와 동일시하는 세상을 어떻게 생각하고 있는지도 모른다.

에밀리아가 스바루를 어떻게 여기고 있는지를, 알고 싶지 않다.

"──형씨. 괜찮은 거냐, 이봐!"

"……어?"

정신을 차리니 카도몬이 바로 지척에서 이쪽의 얼굴을 들여다

보고 있어서 스바루는 몸을 확 젖혔다.

"으악! 그만둬, 아찌! 자기 얼굴이 사람 잡는 원인이 된단 자각 좀 가지라고!"

"말버릇 한번 지독하구만! 아까도 그렇지만 갑자기 멍 때리지 마라. 지병이야?"

"내, 내 가슴을 정열로 애태우는 이 마음을 병이라 부른다면, 혹시 그럴지도 모르지. 때로 다정하게, 때로 엄격하게. 그 병은 열병처럼 야단스럽게 사람을 현혹하니까…… ."

"네가 질 나쁜 병에 걸린 건 알았다. 이제 충분하지? 가게로 돌아간다."

허를 찔린 속마음을 얼버무리는 너스레에 카도몬은 못 맞춰주겠다고 고개를 저었다. 스바루는 가게로 돌아가는 등을 따라가면서 온몸이 식은땀으로 흥건히 젖은 것을 알아차렸다.

그게 자신의 어떤 감정에 기인했는지 고민하는 발걸음은 몹시 무거웠다.

"그리고, 쓸데없는 소리일지도 모르겠는데."

밑을 보고 있던 스바루에게 등을 보인 채 걷고 있는 카도몬이 불쑥 중얼거렸다.

카도몬은 스바루의 귀에 닿을락 말락 할 만큼 자그마한 성량으로 이어 말했다.

"대놓고 큰길바닥에서 마녀란 단어를 주워섬기는 건 관둬. 나도 포함해서 하는 얘기지만…… 어디서 누가 듣고 있을지 모르는 일이야."

조금 전 나눈 이야기의 재탕……은 아니다.

카도몬의 어조가 심각해서 스바루는 알았다는 의미로 침묵했다.

뿌리박힌 차별 의식, 공포의 원인을 떠드는 바람에 누구 역정을 살지 알 수 없다. 적어도 왕도에서 더 이상의 말썽을 일으키는 건 사양이다.

"──누가 듣고 있을지, 말이야."

그런 스바루의 수긍을 아랑곳 않으며 카도몬이 그렇게 반복한 게 인상에 남았다.

그대로 북새통을 빠져나와 가게로 돌아오는 스바루와 카도몬 사이의 분위기는 왠지 무겁다.

스바루는 속에 품은 감정을 정리하지 못하고, 카도몬은 스바루와의 논쟁에서 욱한 걸 머쓱해하는 기색이다. 두 사람은 거의 말도 없이 카도몬의 가게로 돌아왔다.

그러나.

"어서 오세요. 방금 마지막 손님께서 돌아가신 참입니다."

상품과 거스름돈을 주고 정중한 인사로 내객을 배웅한 렘이 그렇게 대답한 모습을, 카도몬은 입을 벙 벌리고 멍청히 쳐다보고 있었다.

얼빠진 낯짝을 드러낸 주인장의 눈에는 비어버린 판매대의 진열장이 비치고 있다.

가게를 떠맡고 자포자기한 렘이 상품을 떨이로 팔아버린──게 아님은 대금을 넣은 바구니가 화폐로 가득 차 있는 걸로 보아

명백하다. 즉, 완매.

"우, 우리 가게의 하루 평균 판매량 이상의 매상이, 이 단기간 만에……."

장사꾼으로서의 자존심이 상처 받았는지 얼굴을 손바닥으로 가린 카도몬이 무릎을 꿇었다.

렘은 주인장의 긍지를 아랑곳 않고 카운터를 스륵 빠져나와 스바루 옆으로 달려왔다.

"어때요, 스바루 군. 렘의 이 분투. 스바루 군의 은인이시라 들어서, 그나마 보탬이 되고자 힘내봤어요. 칭찬해줘도 된답니다?"

흘끔흘끔 스바루를 쳐다보는 렘이 보이지 않는 꼬리를 붕붕 흔드는 걸 알 수 있다.

'칭찬해줘 칭찬해줘!' 하고 언외로 주장하는 렘의 모습에 스바루는 속이 아주 약간 가벼워진 걸 깨달았다.

"……역시, 렘은 대단한데."

"네. 하지만 언니 쪽이 훨씬 더 대단해요."

"그러니까 그 황당이론은 난 못 알아먹겠다고."

쓰게 웃은 스바루는 조심스럽게 내밀고 있는 렘의 머리를 부드럽게 쓰다듬었다. 완전히 친숙해진 머리카락 감촉을 맛보는 스바루. 부드러운 손놀림에 렘도 작게 가르릉거렸다.

그런 두 사람의 모습을 등지고 있는 카도몬은 얼굴 흉터를 손가락으로 매만지며 어깨를 축 늘어뜨렸다.

"역시 외모 문제가 컸나……."

그 중얼거림은 자기 가게의 매상 부진에 대한 뒤늦어도 한참 늦은 원인 규명이랄 수 있었다.

4

"오—호냥. 그래서 사온 선물이 삼과라는 거구냥."

머리 부분의 야옹이 귀를 드러내고 있는 인물이 잘라놓은 붉은 과일더미에 포크를 찍고, 과즙이 배어나오는 과일을 입가로 나르면서 교태와 함께 미소 지었다.

어깻죽지에서 자른 황갈색 머리에, 같은 색깔의 짧은 고양이 귀. 크고 장난기 어린 동그란 눈동자와, 머리카락을 장식하는 하얀 리본이 인상적인 미소녀—— 풍의, 미소년이라고 해야 할까.

"뭐, 맛보기용만 확보하고 나머지는 주방에 넘겼지만. 그건 그렇다 치고, 추파 보내면서 입술 날름거리지 마. 등이 오싹하다."

아니, 자신의 외견과 성별을 알고서 행동하는 거니까 이 경우에는 낭자애라고 불러야 할 것이다.

시간은 저녁 전의 간식 때로, 삼과는 간식용이라며 들고 온 물건이다.

그 삼과는 단기간에 가게의 매상 기록을 경신한 렘에게 카도몬이 감사와 분한 심정의 표식으로서 들려준 선물이었다. 한 번

갈아입으러 방으로 돌아간 렘하고는 나중에 이 방에서 합류해 저녁식사 때까지 왕도 체재 중의 일과를 마치겠다는 약속을 했다.

"그랬는데 방에 돌아왔더니 앞질러 온 낭자애가 와 있네. 잠가놓지 않은 건 내 부주의지만 기사님답지 않은 무례한 짓 아냐?"

"뭐 어때. 그만큼 페리가 마음을 터놓고 있는 증거라구 여겨. 요런 해이한 모습은 크루쉬 님께는 실수로라도 못 보여드리구——."

말하면서 낭자애——페리스는 앞으로 쓰러지듯이 스바루의 옆으로 뛰어들었다. 들썩이는 감촉을 엉덩이로 맛본 스바루를 엎드린 페리스가 의미심장하게 올려다봤다.

"방금, 두근해버렸어?"

"흠칫해버렸어. 나쁘고 자시고 생각은 안 하지만, 그런 취미는 눈곱만큼도 없습니다. 내 성적 취향은 지극히 평범. 여자를 좋아한다고."

스바루 입장에선 아무리 외모가 귀여워도 성애(性愛)가 성별의 벽을 넘어서는 일은 전무하다.

충격 먹은 척 교태를 부리는 페리스에게 스바루는 질린 듯이 고개를 저었다.

"애초에 네가 마음을 터줄 이유가 안 떠올라. 특별히 너랑 친해진 기억이 없는데, 내가 그렇게 위험한 페로몬이라도 풍기고 있냐?"

"아, 그건 얘기가 단순해. ——왜냐면 스바루 큥은 페리보다 틀림없이 약하니까. 약해빠졌으니 안심하는 거지."

턱을 괸 페리스가 아무렇지도 않게 한 말을 듣고, 스바루는 일순 말을 머뭇거렸다.

"너 성격 무지 나쁘군."

"얼라라, 뜻밖이어랑―. 더 화낼 줄 알았는데냥."

"사실은 사실이지. 욱하진 않아."

자신이 약하다고 통감한 것쯤이야 스바루에겐 몇 번이나 경험한 일이다.

이세계 소환된 이래 스바루는 수도 없이 무력함에 깨져왔다. 그 연병장에서 율리우스와 맞상대한 날이 최고조라면, 이 저택에서 빌헬름에게 때려눕혀진 건 최다수라고 할 수 있을 것이다. 그리고 그 무력감은 딱히 이세계만의 전매특허도 아니다.

자신의 무력함에 대한 통감이야 어느 장소에서 살고 있든지 한 번은 맛보기 마련이다.

"날 약하다 약하다 그러는 넌 반대로 어떤데. 물론 근위기사란 곳에 소속해있으니 그럭저럭 단련하고야 있겠지만……."

"응, 페리? 검 실력이라면 젬병인데? 기사검도 무거우니까 풀어놓고, 크루쉬 님께 받은 단검밖에 들고 있지 않구. 휘두르면 물집 잡혀서 안 휘두르는걸."

깔깔 웃으며 다리를 바동거리는 페리스. 스바루가 질린 표정을 지었다.

선뜻 약하다고 긍정하는 모습이 당당하게도, 분하게도 느껴졌다. 지금의 스바루는 약한 걸 약하다고 여기지 않는 태도가 도저히 긍정할 수 없었다.

입을 다문 스바루의 속마음이 비쳐 보이는지 페리스는 "그치만—."하고 어미를 끌며 이어 말했다.

"페리의 장점은 그거랑 다른 곳에 있으니 말이야. 그러니까 기사로서 무용지물이라두 전혀 신경 쓰지 않는답니다."

"그러셔. 본인이 그걸로 납득하고 있다면 좋은 일이지. —— 좋은 일이야."

기댈 데가 될 부분이 확고하게 있기 때문이리라. 페리스의 발언에는 자신감이 넘쳐흐르고 있었다. 그것이 없는 스바루는 불편한 기분에 시선을 피했다.

그렇게 스바루가 돌아섰기 때문일까. 침대에 누워 있던 페리스가 몸을 일으켜 그대로 스바루의 어깨에 기대듯이 체중을 실었다.

"두근거리냥?"

"첫날은 그랬는데, 이제 안 해. 할 거면 고분고분 담백하게 부탁하겠습니다."

"재미없어—."

입술을 삐죽인 페리스는 몸을 일으키고는 스바루의 두 어깨에 살짝 손을 얹었다. 어깨 안마하는 듯한 자세지만, 페리스는 그 자세 그대로 가만히 눈을 감았다.

——온기가, 페리스의 손바닥을 통해 스바루의 어깨부터 온몸을 순환하기 시작한다.

페리스의 손바닥에서 나오는 물의 마나의 힘이 스바루의 몸

내부에 있는 게이트라고 불리는 마법기관을 돌고, 힘이 충만해지는 걸 알 수 있었다.

"천천히ㅡ, 축축히ㅡ, 포근히ㅡ. 아, 갈라진 머리 발견. 스바루 큥은 참 생각 외로 고생 중인 티가 배어 나오고 그러네. 아, 새치도 있다. 뽑아야지."

"아얏! 아니 수다 떨면서 일하지 말아줄래? 몸속을 마나가 쭉쭉 흐르는 이 느낌, 꽤 기분 나쁘다고. 정신 바싹 차리지 않음 까무러칠 것 같아."

조금 머리가 무겁고 손발이 노곤하다. 건강해지려고 하는 작용에 몸이 눌리는 감각이다.

왕도에서 으뜸가는 물의 마법사인 페리스ㅡㅡ 본명 펠릭스 아가일.

그 페리스가 행사하는 치료 마법의 힘으로 스바루 몸 안의 손상된 게이트를 치료한다는 것이 스바루가 크루쉬의 별장에 신세 지고 있는 이유였다.

수마법에 의한 치료는 단어만 따지면 시원하고 부드럽게 여겨지지만, 실상은 결코 쉽지가 않다. 마법을 쓰는 기관인 게이트, 스바루가 그 게이트를 손상시킨 건 고갈하려던 마나를 도핑으로 억지로 쥐어짜낸 게 직접적인 원인이다.

무리를 거듭한 결과를 다스리려면, 치료도 그 나름대로 과격한 수단이 되는 게 필연이었다.

"요는 물이 잘 안 나오는 호스의 구멍 뚫린 부분을 막으면서, 관 안에 괸 곰팡이나 쓰레기 등을 밀어내는 치료법인 거라지……."

"뭘까. 어쩐지 별루 달갑지 않은 투로 들리는데냥—?"

"자학 개그야. 신경 쓰지 마슈. 아—, 메스꺼워."

고개를 돌려 등 뒤의 페리스에게 기분의 악화를 호소하면서 이를 참는다.

크루쉬의 저택에서 지내는 생활은 3일째—— 즉, 페리스의 치료를 받는 것도 3일째가 되지만, 조금은 이 시간도 익숙해지기 시작했을까.

첫날에는 치밀어 오르는 구역질을 참지 못하고 즉각 죽는 소리를 한 판국이었지만.

"뭐— 첫날은 어쩔 수 없었지만. 가장 탁할 대로 탁해진 곳에다 직접 때려 넣었단 이유도 있구, 심신 모두 만신창이라 살아 있는 송장 상태였던 것도 영향 있구?"

"너, 남의 찔리고 싶지 않은 데를 푹푹 건드리신다."

이쪽 표정은 보이지 않을 테지만 움찔거림 하나로 스바루의 의도를 짚어내는 페리스가 얄밉다. 주저 없이 상처자국을 헤집는 건 자각 없이 마음의 딱지를 뜯어내는 라인하르트보다도 악랄하다고 해도 될 것이다.

"역시 스바루 큥 입장에선 앙갚음 같은 걸 생각하구 그래? 빌 영감에게 훈련받고 있는 것두 그거랑 무관하진 않지?"

"그런 남자 입장에서 민감한 부분을 찌르는 거 관두지 않겠냐? 너도 내 마음을 알…… 알 수 있나? 이 경우에?!"

"모르는 것도 아닌데? 페리도 강해지고 싶어! 같은 시기는 있기도 했구. ……뭐—, 지금은 그런 무모한 생각은 포기해버렸지만."

낭자애적인 부분에 대한 언급은 가볍게 피한 페리스는 아주 약간 어조를 낮추었다.

그 반응이 왠지 그의 본심으로 느껴진 스바루는 약간 놀랐다. 페리스처럼 맺고 끊는 게 단호한 인물이라도 역시 방황하던 과거란 있는 것이다.

방황한 끝에 페리스는 마법의 소질을 깨달아 무(武)의 길을 걷기를 포기했다. 그렇다면 스바루는 어떨까. 무언가, 남에게 자랑할 수 있는 게 하나라도 있을까.

그걸 찾아낼 수 있다면, 이 가슴의 비참한 기분은 씻어낼 수 있을까.

"그─러─니─까, 앙갚음 같은 침침한 생각 안 하는 편이 낫지 않나웅? 이런 말 하구 싶지 않은데…… 다음 기회 생기면 죽어버릴지도 모르거든?"

"……그딴 거야 나도 알아."

앵돌아진 얼굴로 한쪽 눈을 감은 스바루는 입속에만 남는 중얼거림으로 대답했다.

지난번 율리우스와의 일전에서, 스바루는 그에게 말로 표현할 수 없을 만큼 박살났다. 그리고 그만큼 당했음에도 불구하고 율리우스에게 온정을 받았단 사실 역시 이해하고 있다.

그렇지 않으면 그토록 맞고서 후유증 하나 남지 않은 점이 설명되지 않는다.

치료한 페리스의 실력뿐만이 아니다. 율리우스와 스바루에겐 절망적인 차이가 있었다.

스바루는 이를 이해하고서 빌헬름에게 사사하고 있다. 딱히 불과 며칠의 수행으로 현격하게 강해질 수 있단 꿈을 꾸고 있진 않다. 단지——

"뭐 어때. 나태에 빠져도. 스바루 큥은 별일 다 있는 바람에 몸은 끝내주게 엉망. 치료라는 명목으로 자고 있어도 타박당하지도 않구. 마음과 몸을 느긋하게 게으름 피웠다고 누구한테 군소리라두 듣는데?"

페리스는 스바루가 변명할 틈도 주지 않고 곧장 쏟아붙이듯 말을 이었다.

미묘하게 배알 꼴리는 표현은 배려가 모자랐지만, 내용은 지금의 스바루가 품은 심경에는 지극히 감미롭게 느껴졌다.

평소라면 반감을 느낄 만한 말투에 지금만은 왠지 마음이 흔들린다. 그러나.

"——펠릭스 님. 너무 스바루 군을 홀리지 말아주십시오."

거기서 차분한 음성이 끼어드는 바람에 스바루는 살짝 안달 나는 감정과 함께 돌아보았다.

방 입구에 선 사람은 무표정하게 이쪽을 보고 있는 렘이다. 옷을 갈아입으려 자기 방으로 돌아갔을 터인데, 그 복장은 왕도 구경 때하고 달라진 구석이 없어 보였다.

의구심에 눈썹을 찡그린 스바루를 알아챈 렘은 치맛자락을 훌쩍 잡아 들었다.

"외출용 메이드복에서 지금은 방문용 메이드복으로 갈아입었어요."

"어, 어엉. 그렇구나. 렘은 언제나 내 마음을 짚은 답변을 돌려주는군."

"네. 스바루 군 앞에선 언제나 신선한 렘이고 싶기에."

"마음은 고맙지만 그 말투면 생야채 같은걸."

렘이 신선함을 전면으로 내세우자 스바루가 그렇게 답했다. 렘은 그런 스바루의 말은 상대하지 않고 눈길을 페리스 쪽으로 돌렸다.

"연일의 스바루 군에 대한 치료 행위, 감사하고 있습니다. 하오나 이를 틈타 스바루 군을 유혹하는 건 그만둬주십시오."

"유혹이라니 누가 듣고 오해하게. 페리는 틀림없이 빈틈없이, 스바루 쿵 생각에 말해주고 있을 뿐인데에."

페리스는 렘의 말에 수상쩍게 웃으며 재차 스바루의 등에 몸을 실었다. 손바닥을 통해서 어깨로 흘러들어오던 힘이 몸을 통해 등 전체로 단번에 주입된다.

허용량을 넘는 마나의 투입에 스바루의 의식이 한순간에 날아가려 했다.

하지만──.

"펠릭스 님. 희롱은 삼가주세요. 장난으로 끝나지 않을 때도 있습니다."

날아가려던 의식이 부드러운 충격을 머리에 받음으로써 되돌아왔다.

퍼뜩 정신을 차린 스바루의 시야를 하얀 천이 덮고 있었다. 시력을 집중하니 머리에 밀어붙인 그게 눈에 익은 에이프런임을 알고, 렘에게 머리가 안겨있단 사실 또한 눈치챘다.

"이봐이봐, 렘. 남 앞에서 이건 좀 창피…… 읍."

"스바루 군은 잠깐 조용히. ――펠릭스 님?"

렘의 팔이 부끄러움을 너스레로 얼버무리려고 하는 스바루를 더욱 깊이 껴안았다. 그 입술이 내놓는 말소리는 격식을 차린, 감정이 얼어붙은 냉담한 것이었다.

"그렇지. 렘도 물 계통을 조금은 쓸 수 있었던가. 그렇다면 페리의 방식에 항의하고 싶어질지두 모르겠네."

장난이 발각된 어린애처럼 말한 페리스가 스바루의 등을 손가락으로 쓸어내렸다.

"어이, 페리스. 그 왠지 요망한 손가락질, 남자한테 받아도 전혀 달갑지 않…… 어라, 잠깐, 렘 양? 머리가 그, 기분 좋지만 조금 힘이 세, 센데, 끼아아!"

"아아, 스바루 군, 미안해요. 펠릭스 님이 좀처럼 떨어져주시질 않기에…… 남에게 빼앗길 바에는 차라리……라는 생각에……."

"그 발상 좀 위험하다, 야?!"

두개골이 삐걱거린 느낌이 들어 스바루는 렘과 페리스 두 명에게서 굴러서 도망쳤다. 방구석에서 경계심 그득히 둘을 노려보자, 렘은 슬퍼하듯이 고개를 가로저었다.

"스바루 군, 가엾게도. 어지간히 무섭게 느꼈나 봐요."

"네 마지막 한마디가 가장 무서웠거든! 렘 살짝 *얀데레 소양 있지?!"

스바루의 항의를 무시하고, 침대를 사이에 두며 마주 보는 형국이 된 렘과 페리스. 렘의 감정 없는 시선에 페리스는 머쓱하게 황갈색 머리에 손가락을 얽었다.

"렘이 화내는 건 지당한데, 페리도 꿍꿍이만 가지구 그런 게 아니거든? 아주 살짝쿵은 스바루 큥도 생각했다니깐."

"아주 살짝쿵, 외의 부분은?"

"나머지는 페리 친구의 마음을 참작해서, 그 외의 전부는 크루쉬 님을 위해서인데? 시종으로서 당연하지 않아? 렘은 다른가 봐?"

"다르지 않습니다. 그러니 렘이 뭐라고 대답할지 펠릭스 님은 알고 계실 터예요."

렘의 시선에서 페리스는 무엇을 봤는지 항복하듯이 두 손을 들었다.

"알았어. 알—겠—습—니—다. 치료를 빙자해 세뇌하는 건 관둬줄게."

"앞으로의 치료에는 반드시 렘이 시종하는 걸로 알아주시길."

"어머머, 신용 못 받아라. 별루 상관없지만."

곁눈으로 스바루를 보는 페리스. 렘이 그 시선으로부터 스바

---

* 얀데레: '병들어있다'는 뜻의 『얀데루』와 '수줍어한다'는 뜻의 『데레루』의 조어. 특정 인물에게 병적인 호감과 집착을 표시하는 성격을 뜻하는 말로 쓰인다.

루를 감싸듯이 이동하자, 페리스는 발돋움해 렘의 어깨 너머로 스바루를 내려다봤다.

"그런 이유로, 렘의 꾸지람을 받았으니 오늘은 여기까지. 다음엔 좀 더 들키지 않을 장소에서 밀회하자?"

"밀회라니 난 그런 느낌 없고, 애당초 너 방금 세뇌라고 말했었지?! 그런 살벌한 소리를 하는 놈이랑 단둘이서 만나다니 소름 끼친다!"

"네네, 유혹수 유혹수."

"아는 것처럼 알지도 못하는 소리 하지 마라?!"

맘대로 수긍한 얼굴로 페리스가 침대에서 내려와 발을 돌리며 문 쪽으로 갔다.

"렘."

그 발이, 문을 잡기 직전에 멈춰서 돌아본다.

"네."

"이런 말 해두 믿어주지 않을지 모르겠는데…… 스바루 큥 생각해서 저런 짓 했단 말, 죄다 거짓말인 것도 아니거든?"

"……알고, 있습니다."

뒤쪽에 서 있는 스바루의 위치에서는 렘의 표정을 볼 수 없었다. 단지 렘이 짧게 대답하는데 아주 약간의 주저가 있었던 게 마음에 걸렸다.

"그래. 그럼 됐지만. 그럼 바이비—."

가벼운 말과 웃음을 남기고, 이번에야말로 페리스는 객실에서 나갔다.

왜인지 확 지친 기분이라 스바루는 단번에 힘이 쭉 빠져 주저앉았다.

　"치료의 시간이었을 텐데 왜 이렇게 피곤한 기분이 들어야만 하는 거냐고."

　"스바루 군, 별 일 없었어요?"

　"음…… 없었다 싶어. 잘 모르겠는데 뭔가 도움 받은 거야?"

　"글쎄요. 펠릭스 님은 별달리 스바루 군에게 악의를 품고 있진 않고, 방금 행위도…… 본뜻은 알 수 없지만요."

　렘의 고민에 스바루는 갸우뚱했다.

　"어─그, 결국, 방금은 어떤 상태였던 건데?"

　"방금까지 스바루 군은 펠릭스 님에게 온몸의 마나에 간섭을 받고 있었어요."

　"그렇지. 치료를 위해서, 그리됐을 테지. 솔직히 꽤 메스꺼워지고 그래서 썩 좋은 기분은 아니지만, 어떻게든 참고 있었달까."

　"그렇게 마나를 타인에게 맡기는 건, 자신 안에 그 사람을 받아들이는 것과 동일하거든요. 스바루 군은 펠릭스 님의 말을 훨씬 수용하기 쉽게 되어 있던 거예요."

　"그거 듣기에 따라선 꽤 위험한 느낌으로 들리는뎁쇼?!"

　스바루는 당황해 일어나서 자신의 몸을 더듬더듬 만지며 확인하면서 물었다.

　"괜찮나? 뭐 이상해지지 않았어? 기분 탓인지 내 어딘가가 여자 같아졌다거나, 말투 군데군데 아양 부리는 약아빠진 느낌이

끼었다든가!"

"괜찮아요. 스바루 군은 근사해요. 쭉 스바루 군을 보고 있는 렘을 믿어주세요."

미묘하게 그냥 넘어갈 수 없는 발언으로도 느껴졌지만, 스바루는 그 말을 그냥 넘어가고 안심해 가슴을 쓸어내렸다. 그 뒤에 다시금 자신이 어디 있는지를 실감했다.

"그렇게 생각하면 뭣한데 그래. 여기는 말하자면 적의 본거지 중 하나잖아. 꽤 긴장 풀어서 경계심이 흐늘흐늘했지만."

"안심해주세요. 흐늘흐늘하고 노곤노곤해서 답이 없는 스바루 군이, 아무 걱정도 하지 않고 있을 수 있도록 렘이 주의를 기울이고 있으니까요."

"흐늘노곤하고 답도 없게 얼 빼고 있어서 미안?!"

지금 밝혀지는 충격적인 진실. 스바루가 헤프게 시간을 보내는 동안에, 렘이 얼마나 고군분투하고 있었는지를 상상하자니 못 배길 지경이다.

"앞으로는 나도 좀 더 신경 쓸게. 이곳에 있는 건 '적' 뿐이니까."

"……적……인가요."

시야가 좁아져 있던 자신을 도로 다잡는 스바루.

그런 스바루의 결의에 렘은 무슨 말을 중얼거렸지만, 스바루는 알아채지 못했다.

몸이 무사한 걸 확인하자, 스바루는 방의 벽에 있는 마각결정(魔刻結晶)을 바라보고 말했다.

"이크, 시간 까먹었군. 저녁밥 먹으라고 부를 때까지 공부할까요, 렘 선생님."

그렇게 말하고는 스바루는 방에 준비된 책상으로 갔다. 책상 위에는 남은 삼과와, 로즈월의 저택에서 들고 온 스바루의 공부 세트가 놓여 있다.

아직도 이세계어를 마스터하지 못한 스바루의, 공부의 시간 이라는 얘기다.

"그렇게 부르는 거, 몇 번 들어도 익숙해지질 않네요."

"배우고 있는 입장이니 괜찮다 싶은데…… 싫으면 관둘까요, 선생님?"

"아뇨! 그대로 부탁드려요! 렘만의 호칭이니까요! 다른 사람 에게 말하면 안 돼요! 화낼 거예요!"

"그렇게 척척 들이대면 나도 어쩌지 하고 당황해! 으그그, 지 지 않는다……!"

이상한 오기를 발휘하고 사납게 책상에 앉는 스바루.

렘은 그 등 뒤에 서면서 애정 어린 눈으로 스바루를 보고 있다. 그러나 때때로 마음이 멀리 떠난 눈으로, 그 표정을 살짝 굳히 는 것이었다.

"선생님, 여기를 잘 모르겠는데요."

"참, 스바루 군은 어쩔 수 없는 사람이네요. 렘이 없으면 아무 것도 못 한다니까요. 가끔은 그에 대한 감사를 행동으로 표시해 줘도 상관없거든요?"

그 표정의 낌새도, 스바루의 목소리를 들은 순간에 종적 없이 흩어졌지만.

5

"마침 좋을 때에 있군. 나츠키 스바루. 잠깐, 함께하지 않겠
나."

그 말을 들은 건 스바루가 목욕을 마치고 방으로 돌아가려는
도중이었다.

장소는 크루쉬 저택의 2층 로비. 계단을 다 올라간 시점에 말
을 건 사람은 그 손에 쟁반을 안은 긴 머리의 여성이었다.

한순간 그게 누군지 알 수 없었던 까닭은 복장과 분위기가 평
소와 달랐기 때문이다.

"……크루쉬 씨……인가."

"그렇다만? 뭔가 이상한 점이라도…… 아아, 그런가. 집무에
서 벗어난 복장을 경이 본 건 처음이었군. 그렇다면 당혹할 만
도 하지."

눈살을 찡그린 스바루의 반응만으로도 뭐에 당혹했는지를 간
파한 듯한 크루쉬.

그녀의 복장은 현재 평소부터 착용하는 군복 같은 의상을 벗
고, 얇은 검정 잠옷에 어깨에 걸치는 케이프를 두른 상태다. 단
단히 앞을 여민 군복과 다르게, 낙낙한 잠옷 차림이면 여성다운
몸의 기복을 뚜렷이 알 수 있어서 그 인상이 크게 달라진다.

스바루는 왠지 모르게 민망해서 눈을 돌렸지만 크루쉬는 그 반응은 알아채지 못하고 말했다.

 "어쨌든 의문이 풀렸다면 다행이군. 처음 질문으로 돌아가겠는데 시간은 있나. 만약 괜찮으면 저녁 술자리에 어울려줬으면 하네."

 "……나, 술은 못 마시는데."

 "물만 홀짝여도 돼. 나도 취할 만큼 마실 작정은 아니니."

 크루쉬는 옅게 웃으며 더욱 위로 계단을 올랐다. 스바루는 잠시 망설였지만 역정을 살 필요도 없다고 앞서 간 크루쉬 뒤를 잔달음질로 쫓았다.

 ──크루쉬가 스바루를 데리고 나온 곳은 저택 3층의 발코니였다.

 "오늘은 밤바람이 선선해서 좋아. 밤하늘을 보면서 술을 즐기기에 안성맞춤인 날씨지."

 발코니 끝에 설치된 하얀 테이블과 의자. 먼저 앉은 크루쉬가 시선으로 마주 앉으라고 가리키자 스바루는 조심조심 의자에 내려앉았다.

 "오늘은 왜 또 불러주신 거래요. 페리스 쪽이 차라리 나을 텐데."

 "물론 평소라면 페리스가 함께한다만. ……오늘 밤은 일이 오래 끌고 있어."

 크루쉬가 입에 담은 페리스의 일── 그것은 바로 왕도에도 부르는 사람 많은 치료술사로서의 활동이다. 페리스는 저녁에 스바루에게 한 것과 같은 치료를 매일 많은 사람들에게 베풀고 있다. 진짜 쉴 틈도 없을 만큼 과밀한 스케줄로.

"그리고 가끔은 이렇게 입장도 직함도 다른 이와 잔을 주고받는 것도 나쁘지는 않아."

"두 번째로 말하지만, 전 술 못 마시니까요."

"얼음은 많이 넣어주지. 차가운 물을 잔에 담아 주고받으면 돼. 자."

놔둔 쟁반에 오른 술잔. 한쪽에는 호박색의 술을, 다른 한쪽에는 투명한 물을 따른다. 내민 물의 술잔을 받은 스바루는 마지못해 크루쉬의 잔과 맞부딪쳤다.

가벼운 도자기 소리와 들어간 얼음이 찰랑이는 소리가 겹치고, 크루쉬는 눈을 가늘게 떴다.

"여러모로 골머리를 썩이고 있는 것 같지만 안심하게. 특별히 경에게서 무슨 말을 캐내려고 꾀하는 건 아니야. 그와 같은 초라한 짓은 맹세코 하지 않아."

"아니, 별로…… 그런 걱정은."

"밤바람에 섞여 불안과 의심의 빛이 보여. 섣부른 눈속임은 필요 없어. 진영상으로는 정적인 이상, 오히려 경의 경계는 바람직하지. 나도 소신을 잊지 않을 수 있네."

유리잔에 절반가량 따른 술을 크루쉬는 붉은 혀로 핥듯이 즐긴다. 속마음을 간파당한 심정의 스바루는 궁한 나머지 차가운 물로 목을 축였다.

"그러고 보니 매일, 바빠 보이던데…… 역시 왕선 관계 때문에요?"

"——하하하! 경계는 필요 없다고 말한 직후에 곧장 상대의 심중을 살펴보다니. 그건 제 아무리 나라도 예상을 못 했군. 정적으로서 올바른 자세라고 생각한다마는."

"타고난 뻔뻔함과 분위기 파악 않는 성격이 제 가장 큰 특색인 까닭에."

"단점을 장점처럼 선전하는 언변도 덧붙이게나. 확실히 연일 이어지는 바쁜 상황은 왕선에 관계된 잡무가 늘었기 때문이야. 페리스에게도 빌헬름에게도 수고를 끼치고 있어."

술잔을 즐겁게 기울이며 크루쉬는 흡족하게 누설해주고 있다. 이 눈치라면 가능하겠다고 스바루는 더욱 관심을 보이며 흘끗 시선을 발코니에서 보이는 정원으로 돌렸다.

"이것저것 저택으로 나르거나 출입하고 있는 사람들도 그거랑 관계됐다든지?"

"의외로 주의가 꼼꼼하군……. 아니, 그만큼 공공연히 하면 알아채는 게 당연한가."

기분이 상한 기색도 없이 크루쉬는 스바루의 질문에 웃음을 머금었다.

"관계가 없진 않지. 당가에선 지금 어느 사건에 임해 한창 사람과 물자를 모으고 있는 중이야. 근일 중에 경과 렘에게도 조금 폐를 끼칠지도 모르겠군."

"오히려 크게 폐를 끼치고 있는 건 우리라 신경 쓰지 않지만…… 어느 사건이라면?"

"──빌헬름이 나를 보필하는 경위를, 경은 전해 들었나?"

질문에 질문으로 대꾸 받은 스바루는 아무 말도 못 하고 입을 우물거린다.

단지 크루쉬가 언급한 사건이 빌헬름과 관련된 일이란 것만은 알 수 있었다. 그리고 그 이상의 내용에 그 노인의 허가 없이 파고들 수 없단 것도.

"추측은 자유야. ……말이 너무 많았군. 이래선 빌헬름에게 질책당할지도 모르겠어."

"빌헬름 씨는 주인에게 그런 짓 할 사람으로 보이지 않지만……."

"저래 봬도 빌헬름은 봐주는 게 없는 남자야. 내가 검의 지도를 받는 모습을 한 번 견학해 보게. 처음 안면을 텄을 때의 이야기는 본인도 망신이라 여기고 있을 테니."

엷게 미소 짓고, 붉은 혀끝으로 술을 핥으며 크루쉬가 화제를 일단락 지었다. 스바루도 한 번 머리를 리셋하기 위해서 다른 화제를 찾았다.

"검의 지도라고 하니, 크루쉬 씨도 매일 열심히 하고 있던데."

"경도 '여자가 검이나 휘두르고'라고 직언할 작정인가?"

스바루가 저도 모르게 머쓱해하자 크루쉬는 한쪽 눈을 감았다.

"농담이다. 어릴 적부터 들어서 익숙하거든. 칼스텐의 공주는 아가씨인데도 검술광. 꽃을 보듬기보다 꺾는 걸 좋아하는, 공작가에서 으뜸가는 천치라고."

"……내가 들어온 소문과는 꽤 달라져버렸군. 세간에선 크루쉬 씨를 침이 마르도록 칭찬하며 왕국사에 이름을 남길 걸물이라던데."

"공적을 보고 평하는 부분을 바꾸는 법. 태도를 뒤집는 건 타산적이라고 생각은 하지만, 그때까지 결과를 내지 못하고 지내온 건 내 태만이지. 평가를 고친 제후를 탓할 생각은 없어. 그 저잣거리 소문에 관해서는 낯간지러운 평가라고 할 수밖에 없지만."

호오 가리지 않고 자신에 대한 평가를 통째로 받아들이는 건 그릇이 크기 때문일까.

이 크루쉬라는 여성도 '여자가 감히'라는 편견의 눈은 피할 수 없다. 그녀의 평가가 극적으로 바뀐 공적── 그것에 스바루는 짐작 가는 데가 있었다.

"그 태도를 뒤집는 계기가 된 게, 유명한 크루쉬 씨의 첫 출진이란 그건가 보죠?"

"음……."

화제에 한 수 치고 들어간 스바루 앞에서 유리잔에 입을 댄 크루쉬가 말을 머뭇거렸다. 그 뒤에 크루쉬는 호박색의 두 눈을 가늘게 뜨며 말했다.

"망신이지."

그리고 어울리지 않게 토라진 듯한 기색으로 얼굴을 돌렸다.

"망신이라니, 그럴 것 없잖아요? 영지를 덮친 마수를 아버님 없이 훌륭하게 처치했다고 들었어요. 그게 첫 출진이라니 멋있잖아."

"멋있을까 보냐. 그리고 한 가지 생각을 고쳐주겠네. 난 마수를 해치우지 못했어. 그저 쫓아낸 것에 불과하지. 부상 입은 아버지를 대신해 낯짝 두껍게도 신하를 지휘한 건 경솔했어."

"하지만 결과는 내놓은 거죠?"

"당연하지. 아버지의 반대를 무릅써서까지 출진했는데 실패해서야 어쩌겠나. 단지 결과 여하가 아니라 과정이 문제야. 그때의 내 풋내는 내게 견디기 어려운 망신이야."

불쾌해하진 않지만 크루쉬는 말붙일 생각도 못 내게 했다.

저잣거리에선 영웅담처럼 전해지는 사건도 당사자에게는 꼭 그렇지도 않다. 크루쉬에게 스바루가 고른 화제는 제대로 아픈 약점인 것이다.

"경도 퍽이나 심술 맞은 얘기를 다 하는군. 과연 정적이라고 해야 할까?"

그런 말로 화제를 매듭지은 크루쉬가 장난스러운 눈으로 스바루를 꿰뚫었다.

완전히 엉뚱한 용의를 받은 스바루로서는 변명할 여지도 없다. 거북함을 얼버무리고자 물이 든 유리잔에 입을 댄 다음, 이야기의 변경을 시도한다.

"차, 참고로 그것과 관계없이 뭔가 달라진 점은 있었어요?"

"──그렇지. 왕선 이야기가 퍼진 이후, 혼담이 비약적으로 늘었어. 원래 공작가라는 입장상 틈만 나면 들어오는 얘기이긴 했지만."

"풉!"

정적의 속사정을 살핀다는 의도에서 벗어난 얘기로 나아가는 바람에 스바루는 무심결에 뿜어냈다.

"호, 혼담이면 즉, 결혼이란 거죠?"

"나도 벌써 스무 살……. 연령상으로는 혼인을 맺었더라도 이상하지 않아. 성별과 입장이 까다로운 까닭에 여태까지는 적당히 피해온 문제였지."

"아―, 공작에다 여자가 되면, 확실히 남자는 기가 죽을…… 지도?"

"솔직하군. 하지만 그게 맞아. 지금까지는 직접 나가서 됨됨이를 보여주면 손을 떼는 자들뿐이었지만…… 이번만은 상황이 상황이지."

눈을 감은 크루쉬는 지금까지보다 더 많은 양의 술을 입에 머금어 혀로 음미했다.

왕위 계승자가 됨으로써, 크루쉬의 입장은 지금까지 이상으로 나라의 요체가 된다. 그때까지 혼담에 내켜하지 않던 무리들도 모두 다 크루쉬에게 몰려들기 시작했으리라.

"크루쉬 씨는 그 혼담에 대해 긍정적인 거예요? 결혼, 할 생각이고?"

"글쎄다. 제 아무리 나라도 고심할 내용이지. 혼인을 맺는 상대에 따라서는 왕선을 우위로 진행하는 의미로도 도움이 돼. 이 문제에서 후보자는 전원 홀몸이고 말이지. 조건은 마찬가지겠지. 미망인인 프리실라 바리에르만 약간 상황이 다를지도 모르겠지만."

"그, 그런가……. 다들 독신이니까. 조건은 동일……. 결혼
이라……."

크루쉬의 의견을 들은 스바루의 마음속에 불안의 파도가 밀어
닥쳤다.

혼인—— 권력자와 강하게 맺어짐으로써, 상대의 진영을 흡
수한다는 건 고려할 수 있는 이야기다. 크루쉬는 물론, 다른 후
보자들에게도 이 방면의 혼담에 관한 얘기가 있어도 이상하지
않다.

당연히 에밀리아라는 소녀에게도 같은 소리를 할 수 있다.

"앙갚음 치고는 못 되어먹었군. 용서해라, 나츠키 스바루."

"……응?"

에밀리아가 혼인할 가능성에 정신이 팔려 있던 스바루는 그
사과에 반응이 늦었다.

"여타 약정 때문에 친룡의의 왕선 기간 중에는 후보자 개개인
의 혼인은 금지되어 있어. 개인에 헌신하기 전에 국가에 헌신하
라는 명목이지만, 실상은 혼인 관계로 파벌 경쟁을 비대화시키
지 않기 위한 고육지책이 될까."

"그, 그럼, 크루쉬 씨에게 오고 있는 혼담 제의라는 건?"

"전부 왕선 종료 후를 내다보고 한다는 게 되지. 결정 후에 제
의하기보다, 결정 전에 제의하는 편이 소문도 좋지 않겠나. 공
수표를 떼는 건 사양이지만."

스바루는 훅 안심했다. 협정으로 결혼 새치기 금지령이 떨어

졌다면, 에밀리아가 모르는 새에 누구랑 혼인을 맺을 일도 없다.

"단, 혼인을 맺는 건 나중으로 돌리고 내밀하게 입을 맞춰두는 건 가능하지."

"……크루쉬 씨, 내 남심 가지고 놀며 즐기고 있지?"

"경이 먼저 내 치욕을 들췄어. 이쯤이야 주고받은 수준이지."

스바루가 호소한 불만에 크루쉬는 떳떳한 얼굴로 유리잔을 흔들었다.

"그리고 신분이 다르단 자각이 있음에도 여전히 자신의 마음에 정직한 사람은 별로 보질 못해서. 실제로 어떠한 결말을 맞이할지 내 딴에 흥미롭게 여기고 있네."

"남의 연애길보다 자기 연애길이지. 크루쉬 씨도 스무 살이라면 이거저거 있지 않고요?"

"안타깝지만 칼스텐에 태어난 시점에서 자유로운 혼인은 바랄 수 없어. 그리고 여자라는 것도 나는 새삼스러이 집착하지 않도록 하고 있네."

놀림 받은 데에 대한 스바루의 반격에는 생각 못 한 대답이 뒤따랐다.

스바루의 연애 상황을 의식하는 한편, 크루쉬는 자신의 자유연애를 일찌감치 체념하고 있다. 맺어질 상대는 자의식이 아니고 신분과 집안에 따라 선택되는 게 자연스러운 결혼관이다.

유리잔 안에 녹는 얼음을 보는 크루쉬의 눈에 조용한 결의와 꺾이지 않는 신념이 떠오른다. 긴 시간을 들여 모양을 빚어낸 그것에, 스바루가 창졸간에 대꾸할 수 있는 말은 아무것도 없었다.

밤바람이 발코니를 쓴다. 크루쉬가 나부끼는 자신의 머리카락을 살그머니 손으로 어루만졌다.

하얀 살결. 길고 날카로운 눈. 아름다운 녹발과, 떨리도록 기품으로 가득 찬 미모의 얼굴.

여자로서 사는 데에 집착은 없다. 그렇게 말하더라도 크루쉬는 아름다운 여성이었다. 그녀의 신념이 고상하고 고결하다 해서 그 사실이 흔들리지는 않을 것이다.

"크루쉬 씨는 말이죠……. 그, 왕선에 대해선 어떻게 생각하고 있어요?"

침묵에 버티다 못해 스바루가 고른 화제는 갈피를 잡을 수 없는 것이었을지도 모른다. 크루쉬는 물음에 "흠." 하고 고민하듯 눈을 감으며 입을 열었다.

"왕선의 무대에서도 설명한 말이지만, 난 나라의 존재방식에 의문을 품고 있었다."

"……그렇게, 말했었죠."

"가령 내가 왕좌를 얻으면, 방침은 그 자리에서 설명한 것과 같아. 그럼에도 불구하고 용력석(竜歷石)은 나를 후보자로 간택했지. 용(龍)과의 맹약을 끊을 나를. 이게 용의 의지거나 혹여 하늘의 안배라면 멋 부린 짓이야. 그리 생각하진 않나, 나츠키 스바루."

크루쉬의 물음에 순간적으로 스바루는 대답을 하지 못하고 침묵을 지키고 말았다.

"나는 내 자신의 능력과 입장을, 과소하게도 과대하게도 평가하지 않아. 평가는 본인이 아니라 타인이 내리는 법이지. 따라서 후보자의 지위를 내가 얻은 것도, 눈에 보이지 않는 누군가가 나를 평가했기 때문일 것이야. 내 지금까지의 삶을 누군가가 평가했기에 그런 것이다."

"그 누군가의 평가에, 보답하고 싶다거나 그런 식?"

"반대지. 평가는 타인이 매기는 것이지만, 나중에 덧붙이는 것이라는 게 내 생각이야. 그자의 능력에 걸맞은 행위라고, 그 결과를 본 타인이 매기는 것이지. 그렇게 단정짓고 있는 나를 왕좌에 손이 닿는 위치로 부른 용력석—— 그 의도가, 멋들어졌다고 여겨지거든."

유리잔 안에서 이지러지는 얼음을 보면서 크루쉬는 호박색 눈동자를 살짝 좁힌다. 스바루는 응답할 말이 눈에 띄지 않았다. 그저 보는 세계가 다름을 뼈저리게 느낀 기분이었다.

침묵을 견디지 못한 스바루는 수중의 유리잔에 든 얼음을 입으로 던져 넣고 깨물었다.

"앗—! 왜 스바루 큥이 여기에 있냐옹?!"

침묵을 얼음 소리로 얼버무리고 있던 스바루를 느닷없이 끼어든 목소리가 비난했다.

목소리가 들린 쪽을 보니 발코니에 뛰어 들어온 사람은 어깨를 들썩이는 페리스다. 다그쳐대는 페리스가 테이블에 손을 짚으니 유리잔을 흔드는 크루쉬가 노고를 치하했다.

"수고했군, 페리스. 미안하다. 귀가가 늦을 거라는 생각에 나츠키 스바루를 안주 삼아 먼저 한 잔 하고 있었다."

"날 안주 삼았다고 했어?!"

"아유―, 한시도 방심할 수 없다니깐! 어라? 게다가 크루쉬 님, 술이 평소보다 훨씬 진도 나갔잖아요!"

유리잔과 술병을 번갈아 본 페리스가 그 내용물이 줄어든 정도를 언급한다.

"스바루 쿵도 살짝 친밀한 티 나구……. 그렇게 즐거운 이야기를……. 질투가!"

"기대 이상으로 술을 즐겼던 건 사실이군. 동석자와도 드물게 얘기에 꽃을 피웠어. 욕을 본 얘기도 있었지만."

"그 부분만 떼어내면 남이 듣고 오해할 소리야! 크루쉬 씨!"

"울컥―! 뭐냥 뭐냥! 그리고 크루쉬 님, 그렇게 무방비한 복장으로!"

페리스의 지적에 크루쉬는 잠옷에 어깨만 걸쳤을 뿐인 자신을 내려다봤다. 그 뒤에 고개를 갸우뚱하더니 유리잔을 놓고 일어섰다.

"이상한가? 평소, 페리스와 저녁 술자리를 할 때와 다를 바 없는 복장이라고 생각하는데?"

"그―게―! 안 된다는 거예요! 페리랑 같이 있을 때랑, 이런 굶주린 짐승 같은 남자랑 단둘인 걸 같이 취급하면 아니 되어요! 남자는 늑대예요!"

"자기만 빼놓지 마! 너도 남자잖냐!"

어머니처럼 크루쉬에게 주의 주는 페리스에게 스바루 또한 고함친다. 스바루의 마음은 페리스의 성별에 배신당했을 때를 잊지 못하고 있다.

"페리는 크루쉬 님을 응큼한 눈으로 보고 그러진 않으니까 상관없거든요―. 하지만 스바루 큥은 요기 헤롱헤롱, 조리 헤롱헤롱거려서 신용이 없단 말이야옹."

"장난도 적당히 해두어라, 페리스. 나츠키 스바루의 정인이 누구인지 왕선의 무대에 있던 전원에게 알려졌다. 나와 같은 귀염성 없는 여자에게 눈짓이라도 주겠나."

동의를 구하려드는 크루쉬의 시선에 스바루는 일순 망설이다가 대답했다.

"어, 저…… 뭐, 그럴……까요?"

"어? 뭐니? 크루쉬 님이 뭐 부족하기라도 하단 거니? 죽인다?"

"넌 나한테 무슨 대답을 받아야 납득할 거냐?!"

"잠깐. 왜인지 지금 경 쪽에서 거짓과 주저의 바람이 흘러왔다. 그건 어찌 된…… 아아, 그런가. 경에게는 렘도 있었군. 확실히 내 말이 모자랐어."

"이쪽은 이쪽대로 이상하게 납득했어!"

수긍하는 크루쉬와 무감정하게 스바루를 노려보는 페리스. 크루쉬가 내놓은 결론도 무섭지만 평소에는 애교 있는 페리스가 정색한 얼굴의 박력도 상당한 것이었다.

필사적인 변명으로 어떻게든 오해를 풀고, 다시금 셋이서 발코니의 밤바람을 받는다.

물을 톡톡 핥는 스바루 앞에서 크루쉬와 페리스가 서로의 유리잔에 술을 채운다. 그 주거니 받거니를 본 스바루가 문득 의문을 입에 올렸다.

"두 사람은 꽤 친한 듯한데 알고 지낸지 오래되기라도 해요?"

"흠. 적의 실정을 계속 탐색하려나 보지?"

"그런 속셈은 없어요. 홀딱 반한 페리스 보고 순수하게 의문으로 여겼을 뿐."

크루쉬의 옆으로 의자를 당긴 페리스는 같은 술을 즐기는 주군을 곁눈으로 보고 있다.

과도할 정도의 페리스의 마음은 짧은 시간으로 함양된 것은 결코 아니리라.

"그렇군. 나와 페리스의 관계는 오래됐지. 벌써 이래저래…… 10년이 되나."

"10년하고 122일 여섯 시간 정도네요."

"그 정확함 무섭거든!"

페리스가 무섭게 노려보았다. 스바루가 쓸데없는 한마디를 후회하고 있으려니 페리스는 자신의 뺨에 손을 대고 말했다.

"지금도 처음 뵈었을 때의 크루쉬 님 모습은 눈에 눌어 붙어 떨어지지 않아요. 페리는 그날부터 크루쉬 님의 영원한 종이 됐답니다."

"페리스는 좀 과장스럽군. 난 내가 해야 할 것을 했음에 불과해. 그 결과로서 너라는 충신을 얻을 수 있던 건 생애 가장 큰 행운이라고 할 수 있겠다만."

별 것 아니다. 벡터만 다를 뿐이지, 이 두 사람은 서로 홀딱 반한 관계다. 왕선에 도전하는 주종 가운데 관계성에서 가장 굳건하다고 할 수 있는 페어일 것이다.

"어디 누구씨네하고는 아주 달라서, 사이좋으니 말이지?"

"─── 윽."

"아유─, 정말 스바루 큥은 알기 쉽다니깐─."

떠올리려다가 묵살한 생각을 고스란히 말로 뱉은 페리스가 웃는다. 뺨이 굳은 스바루가 노려봐도 유리잔을 기울이는 고양이 눈동자는 시침 떼는 기색이다.

"짐작컨대, 경을 얽매어 붙잡고 있는 건 에밀리아와의 주종으로서 지킬 자세인가."

대신에 화제를 이어받은 크루쉬가 씁쓸한 얼굴의 스바루를 보면서 한쪽 눈을 감았다. 작게 주억인 크루쉬는 알코올로 젖은 입술을 살짝 핥고 이어 말했다.

"마주하는 방식의 문제도 있겠지만, 나와 페리스의 관계는 경에게 참고가 될 리 없어. 경이 지금 얽매여 있는 문제를 나와 페리스는 10년 전에 지나쳤지."

"……내가, 얽매여 있는 문제?"

"아니면 통과의례라고 불러야 할지도 모르겠지만. 주군과 시종, 이것이 참된 의미로 주종이 되기 위한……. 극복하는 방법은 저마다 다르겠지. 생각해 보면 보필한다고 결정한 직후, 페리스도 자신이 무엇을 할 수 있을까 시행착오도 하고 그랬지."

"자, 잠깐, 크루쉬 님! 그만하세요, 창피하잖아요!"

솔선해 괴롭히는 아이의 얼굴이던 페리스가 뜬금없이 과거가 폭로되는 바람에 얼굴을 붉힌다. 그 페리스의 모습에 크루쉬는 고개를 가로저었다.

"쑥스러워할 건 없다. 자신의 입장과 보필하는 상대에 어울리겠다고, 그렇게 소원하며 노력하는 모습에 무슨 수치가 있겠나. 내 쪽이야말로 너의 그 과감한 모습에 감명받기도 했지. 이렇게까지 해주는 네게 부끄럽지 않은 주군이 되자고. 지금도 그럴 수 있는지는 확실하지 않지만."

"페리가 크루쉬 님께 불만을 품는 일은 일평생 있을 수 없어요오!"

"너는 내가 진종일 게으름을 탐하고 있어도 같은 말을 할 것 같군. 너무 내 어리광을 받아주지 마라. 난 그만큼 타락의 유혹에 강한 성격이 아니니까."

크루쉬가 본심으로 그 말을 하고 있더라도 겸손으로밖에 들리지 않는 발언이다. 페리스는 점점 더 크루쉬에게 열정적인 눈길을 보내고, 스바루는 반대로 자리가 부담스러워졌다.

눈앞에 있는 주종의 관계가, 절대로 무너지지 않는 신뢰가 지독하게 마음을 뒤틀리게 하고 있었다.

"──고개를 숙이지 마라, 나츠키 스바루."

"······어?"

크루쉬의 날카로운 목소리가 스바루를 불렀다.

"눈이 어두워지면 영혼에 그늘이 진다. 그건 미래를 닫아걸고, 사는 의미를 잃었다는 뜻이다."

"―――――."

"자신의 정의를 따를 때, 고개 숙이고 행하는 이가 얼마나 해낼 수 있겠나. 고개를 들어 앞을 보고 손을 뻗어라. 누군가를 위한 행위도 상대를 보고 있지 않아선 닿을 리 없어."

목이 턱 막히고, 온몸의 피가 얼어붙는다. 크루쉬의 말은 한순간에 스바루의 마음을 얽매었다.

크루쉬는 경직된 스바루가 아니라 기울인 술잔 속의 술을 바라보고 있다.

만약 이때, 그 눈에 꿰뚫려 있었더라면 스바루는 어찌 되어 있었을까.

――어쩌면 그 순간, 아무 주저도 없이 이 자리에 엎드려 절하고 있었을지도 모른다.

"아아, 크루쉬 님……."

훤히 꿰뚫어 보고 있던 데에 대한 놀람과, 이를 웃도는 위정자로서의 그릇에 대한 탄복. 스바루가 순간적으로 무릎 꿇지 않고 넘어간 건, 같은 말을 들은 페리스가 먼저 경복(敬服)을 표시했기 때문이다.

"이 신명, 전부 크루쉬 님을 위해서 불사르겠습니다. 지금, 새로이 그렇게 맹세했습니다."

"그렇다면 난 네 충의에 온 마음으로 응할 따름이다. ――나츠키 스바루도, 결코 제 본연의 자세를 그르치지 말라. 나는 경을 시시한 적이라고는 생각하고 싶지 않으니."

페리스의 충성, 크루쉬의 고결. 어느 것이나 스바루의 간담을 떨게 한다.

스바루는 바싹 마른 입술을 축이고, 몇 번쯤 말을 지어내는 걸 실수하다가 가까스로 뱉어냈다.

"적에게, 온정을 베풀다니…… 퍽, 자상한걸."

"이번 일건은 나라의 미래를 좌우하는 큰일이다. 이렇게 말하면 조심성 없는 것도 유분수지만, 왕좌를 다툴 바라면 겨루는 적 또한 호적수이기를 바라고 싶다. 취약한 상대와 경쟁해 얻은 관으로는, 제후에게 본을 보일 수도 없겠지."

"……상대가 강하더라도 이길 자신이 있단 뜻이냐."

"자신 같은 건 없다. 있는 건 의지다. 난 내가 이루어야 할 일을 이루기 위해서, 결과를 끌어당기기 위한 최대한의 노력을 한다. 따라서 상대에게도 최대한의 노력을 바라지."

비천한 생각과는 철두철미하게 인연이 없는 게 크루쉬 칼스텐이라는 인물인 것이다.

이렇게 술잔을 나눌 때까지 그녀에게 품고 있던 '성실', '고귀' 라는 인상이 바뀐다.

열화처럼 매서우며 칼집에서 나온 칼날처럼 용서가 없다. 그야말로 검과 같은 여성이다.

"어쩐지 갑갑한 얘기가 돼버렸는데, 요쯤에서 힘 좀 뺄까."

그 분위기를 가르고 마음을 이완시키는 말을 꺼낸 페리스가 박수를 쳤다. 시원한 바람을 쐰 스바루가 이마에 땀을 흘리고 있던 것을 깨달았다.

"흥이 오르면 술이 급해져서 안 되겠군. 듣기 부담스러운 이 야기를 해서 미안하다."

"아─뇨아뇨, 크루쉬 님께서 사과할 것 암것두 없어요! 자자, 뭐, 스바루 큥도 이해했을 거예요. 해야 할 일이라든가, 앞으로의 일이라든가."

"앞으로의, 내가 해야 할 일……?"

얘기를 정리하려드는 페리스의 말이 스바루에겐 매우 공허하게 울리며 들렸다.

'이해했을 것'이라는 말을 들어봤자 짐작이 가지 않는다. 스바루가 이 저녁 술자리 시간에 깨달은 건 크루쉬와 페리스 사이의 절대적인 유대, 그리고 자기 자신의 왜소함과 망설임뿐이다.

해야 할 일도 앞날의 일도 아무것도 보이지 않는다.

그런데도 스바루의 뭘 알았다는 듯이 말하는가.

"…………."

"페리로서는 스바루 큥과 에밀리아 님 사이가 틀어져주는 편이 분명히 편하겠지만, 크루쉬 님께서 그걸 바라지 않으셔. 그─러─니─까, 스바루 큥은 얼른 에밀리아 님이랑 화해해줘야지. 그러기 위해서도, 할 수 있는 일."

"할 수 있는 일."

그런 게 있기는 할까. 지금 이렇게 답보만 하고 있는 자신에게.

"그래. 페리가 옛날, 갓 크루쉬 님의 기사가 됐을 적에 고민하며 생각했었던 것. 자신에게 무엇이 가능한가, 할 수 있는가——그걸 다 내어 놓아 바치는 거야."

가슴에 손을 대고 그 시절을 떠올리는 페리스. 크루쉬가 그 모습을 곁눈질하며 입술에 웃음을 머금는 걸 보고, 스바루의 가슴 속에서 한 번 가슴이 크게 뛰었다.

——나츠키 스바루만이 할 수 있는 일.

그것은 마치 하늘의 계시가 내려온 것처럼 깨우치게 된 말이었다.

"할 수 있는 일이라면, 있어."

"————."

스바루의 중얼거림을 듣고 두 사람이 이쪽을 보았다.

"나만이 할 수 있는 일이라면 있어. ——아아, 그랬었어. 들을 필요도 없지."

알았다. 아니, 알고 있었다.

하마터면 잊을 뻔한 걸 되새기게 해주었다.

크루쉬도 페리스도 호인이다. 정말로 적의 진영에게 온힘을 다해 온정을 베풀어주고 있으니까.

——스바루가 에밀리아를 위해서 무엇을 할 수 있는지, 깨우치게 해주었으니까.

"그렇지. ……내게는 그게 있었어. 있지 않느냐고."

힘도, 지식도, 지위도 신분도 관계없다. 필요 없다.

페리스가 말한 대로, 그거야말로 스바루만이 가질 수 있는 유일하고도 가장 큰 무기.

처음부터 그건 스바루의 수중에 있었던 것이다. 그러나 너무나도 많은 일이 일어난 바람에 완전히 의식 구석으로 쫓아내고 말았었다.

율리우스가, 라인하르트가, 에밀리아의 모습이 잇달아 뇌리에 떠오른다.

지금 스바루의 처참한 심경을 무엇보다 예리하게 상처 입힐 수 있는 얼굴들.

──나츠키 스바루가 옳다는 것을, 누구보다도 증명해야만 하는 이들이다.

"나머지는 계기야. 그것만 있으면…… 전부 다, 문제 따위 지워 없앨 수 있어."

암운이 개는 듯한 기분으로 스바루는 망설이는 마음에 확신을 얻었다.

주먹을 쥐고, 뇌리에 강하고도 강하게 은빛 소녀를 그린다.

"바람이 불기 시작했군."

나직이 크루쉬가 중얼거리고, 그녀는 손아귀 속의 유리잔을 가볍게 돌렸다. 그리고.

"내일은 또, 약간 거친 날씨가 될 것 같아."

녹은 얼음이 가벼운 소리와 함께 유리잔 안에서 깔끔하게 갈라지고 있었다.

제2장 『움직이기 시작하는 사태와 렘의 의사』

1

이마에 목검의 끝이 닿고 다음 순간에는 원심력을 수반한 한 방에 날아간다.

천지가 역전하는 감각을 맛보면서 스바루는 팔을 돌려 대비, 낙법을 취하며 깔끔하게 구른다. 넘어진 대미지를 제로로 만들고 자신의 향상에 의기양양하게 입술을 핥았다.

"으겍, 흙 묻었어. 퉤퉤퉤. 풀맛 나. 퉤퉤."

"슬슬 끝내드릴까요?"

"웬 농담을. 제 낙법이 향상된 모습을 보시기나 하셨수까. 지금 꽃 피는 나의 낙법 재능!"

날마다 당하는 배역 스킬만이 향상되어, 자기 입으로 말하면서도 마음이 꺾일 지경이었다.

크루쉬 저택에서 스바루와 빌헬름의 맞상대는 연일 이어지고 있었다.

변함없이 스바루의 공격은 스치지도 않지만, 마냥 그저 빌헬름에게 당하고만 있지 않은 건 그 향상된 낙법으로 알아챌 수 있을 것이다.

"단, 진검으로 하는 승부라면 쓸모없는 기술이군요."

"사실을 말하지 말아주실래요?! 내 마음의 꼿꼿한 청죽에 금이 갔다고!"

한 칼이면 종료되는 진검 승부를 감안하면, 갈고닦은 낙법은 말마따나 못 써먹을 스킬이다.

수련 전용의 기술을 기르는 본말전도 같긴 해도, 그만큼 대련 시간을 길게 쓸 수 있는 건 사실.

"그나저나 오늘 아침은 약간 평소와 마음가짐이 다른 기색입니다만."

"어젯밤 잠깐 크루쉬 씨에게 고민 상담 받았죠. ——덕분에 미혹이 갰습니다. 지금은 꽤 상쾌한 기분이에요."

"지난번 읽은 책 속에 지금의 스바루 님 같은 발언을 한 인물이, 익숙해지기 시작한 전장을 쉽게 본 탓에 목숨을 잃더군요."

"이세계에서도 사망 플래그는 건재하구나?!"

말하면 죽을 것 같은 대사라는 걸 느끼는 감각은 세계를 사이에 두어도 공통적이구나 싶었다.

그러나 빌헬름이 걱정하며 했던 말에, 지금의 스바루가 애타게 기다리는 것이 있었다.

"스바루 님?"

"……아무것도 아녜요. 정말, 아무것도."

빌헬름이 미심쩍게 눈썹을 찡그리자 스바루는 웃음을 띠며 고개를 가로저었다.

── '죽음'도 '전장'도, 지금이라면 쌍수 들고 환영할 수 있다.

그거야말로 나츠키 스바루의 가치를 누구 눈에나 새길 수 있는 활약 무대이므로.

"군더더기가 많습니다."

"으각!"

대련을 재개하고, 최소한의 움직임을 의식해 덤벼도 빈틈으로 파고드는 검에 맞는다.

쓸데없는 힘과 불필요한 운동력을 전부 이용당해, 별반 힘을 담은 것처럼 보이지도 않는 빌헬름의 검격에 스바루의 몸이 가볍게 하늘을 날았다.

"이까짓!"

머리부터 떨어지면 큰 대미지 확정이지만, 스바루는 곧장 머리를 흔들고 몸을 웅크려 몸 어디부터 떨어져도 괜찮은 강철 같은 낙법 자세를 잡는다. 그러나.

"이걸로 끝이라고 말씀드렸습니까?"

웅크린 팔다리 틈새로 목검이 비집고 들어와 매끄럽게 움직이며 스바루의 자세를 풀었다. 팔다리가 벌려진 스바루는 무슨 일이 일어났는지 알지 못하는 채 대 자로 땅바닥에 내동댕이쳐졌다.

"깽!"

"자기 몸에 무슨 일이 일어났는가. 그것을 뛰어넘어 낙법을 취할 수 있어야 비로소 향상된 겁니다. 무엇보다."

스바루가 찧은 콧등을 문지르면서 항의의 시선을 보내자 빌헬름은 목검을 잔디에 박으면서 응수했다. 고요한 눈길을 받은 스바루는 무심코 숨을 집어삼켰다.

"처음부터 질 작정으로 덤벼들다니, 그런 전투 방식을 가르쳤다고 하면 저 자신부터 납득할 수 없어지니까요."

"으……."

"아시겠습니까? 검을 휘두르는 법, 낙법의 기술. 그것들을 가르치기에 앞서 가장 근본적인 마음가짐에 대해 말씀드리지요."

스바루가 정곡을 찔려 우물거리자 빌헬름은 손가락을 하나 세웠다.

"──싸운다고, 그렇게 결심했으면 전심전력으로 싸우십시오. 패배에 이르는 설명문은 다 잊고서, 무슨 수단을 써서라도 승리 하나에 탐욕스럽게 매달리십시오. 아직 설 수 있으면, 아직 손가락이 움직인다면, 아직 이빨이 부러지지 않았다면 일어서십시오. 일어서십시오. 서고 또 서서 베십시오. 살아있는 한 싸우십시오. 싸워라, 싸워라, 싸워라!"

"──────."

"그게 싸운다는 것입니다."

숨을 돌리는 빌헬름의 몸짓에 정원을 지배하던 긴장감이 흩어진다.

스바루는 심장 고동이 시끄러울 만큼 울부짖고 있음을 이제와서 깨닫고, 동시에 심장이 어김없이 생명의 고동을 똑딱거리고 있는 당연한 사실도 의식했다.

──그 정도로까지 산 것 같은 기분이 들지 않았던 것이다.

바로 직전까지의 '죽음'을 환영하는 듯한 들뜬 감정이 단번에 사그라진다.

투쟁의 마음가짐을 이야기하기 시작한 순간, 빌헬름이 두르고 있던 분위기는 일변했다.

온화하고 신사연한 노인의 모습이 스바루에게는 검을 든 귀신의 모습처럼 느껴졌던 것이다.

아니면 지금의 모습이야말로 빌헬름이라는 노인의 진짜 모습인가.

왕선의 최유력자, 크루쉬 칼스텐이 검의 지도역을 맡기고, 그 힘을 뜻대로 휘두르는 무인── 빌헬름 트리아스라는 노검사의.

"진다고 알더라도 이기기 위해서 도전한다. ……모순되어 있을지도 모르지만 의미는 알겠어요. 논리가 아니라 감정으로 알겠어요. 그럼……."

노인에게 압도되면서도 스바루는 시들려는 투지를 불태우며 말을 이어냈다.

'이까짓 것' 하는 오기가 있었다. 갠 미혹이, 보인 광명이 이런 단기간에 꺾일 수는 없다.

나츠키 스바루의 마음은 그런 싸구려가 아니다. 그래야만 한다.

"──그게 가능하면, 저도 조금은 강해질 수 있을까요?"

"그것과 이것은 얘기가 다르지요. 강하고 싶다고 생각하는 것과, 강해지는 것과는 전혀 다른 얘기니까요."

"여기서 부정하슈?! 거긴 긍정하는 편이 미담이라고 생각지 않으세요?!"

"……잔혹한 거짓말을 하는 것에는 넌더리가 났습니다. 저는 제가 그러는 것을 용인하지 않습니다."

"제 생각에 때로는 진실 쪽이 잔혹한 경우도 있다 싶지만요."

한순간 빌헬름이 눈을 내리깐 걸 스바루는 눈치채지 못하고 말했다. 헛물을 켠 듯한 감각을 맛보면서 목검을 고쳐 잡고 문득 중얼거렸다.

"검의 재능 같은 걸로 전 가망이 있을까요?"

"제 안목으론 안타깝게도 없군요. 스바루 님이 가진 검의 재능은 범인(凡人)이 고작── 저와 비슷한 경우입니다."

빌헬름이 자조하는 듯 약한 쓴웃음을 띠자 스바루는 놀라서 한쪽 눈썹을 치켜들었다.

"이상한 겸손을 보이시네요. 빌헬름 씨에게 검의 재능이 없다니."

"사실입니다. 제게 검의 재능은 없습니다. 만약 그게 있으면 전 아마 이때까지 검을 잡아올 수 없었겠지요. 그러니 스바루 님도 되고자 마음먹으면 저와 같은 곳에 이르는 건 가능합니다."

"……참고로, 그건 얼마나 노력하면?"

"별달리는. 반평생을 검만 휘두르는 데에 바치면 그만입니다."

"바치면 그만이라니."

'계속 노력할 수 있는 게 진짜 재능'이라는 건 틀린 말이 아니다.

실제로 스바루가 빌헬름과 같은 차원에 도달할 수 있다고 들어봤자, 노인과 같은 시간을 검에 바칠 수 있을 정도의 각오도 이유도 떠오르지 않는다.

애초에 스바루가 이렇게 빌헬름에게 사사하고 있는 것도───.

"잡념 없이 검에 몰두해서야 비로소 득검할 수 있다 같은 소리인가요."

"글쎄요. 뭔가를 깨달아 갑자기 강해지는 일 따위는 없고, 무심(無心)이고자 하든 잡념투성이가 되든 간에, 끝에 가서 상대를 벤 사람이 승리라는 점은 변함없다고 생각합니다만."

빌헬름은 드라이한 소견을 읊으면서 "그리고." 하며 운을 떼고 말을 이었다.

"이렇게 말하면 뭐하지만, 저는 무심으로 검을 휘두른 적은 별로 없습니다. 특히 검을 막 휘두르기 시작한 시절에는 검에 대해선 거의 생각도 않았었지요."

"그럼, 무슨 생각으로 휘두른 거죠?"

"그저 오로지 안사람 생각만을."

"빌헬름 씨는 가끔 사모님 얘기로 푹 찔러대더라!"

첫 대면 때 애처가적인 발언이 있던 걸 기억하고 있지만, 빌헬름의 아내 편애 발언은 저택 체재 중에도 드문드문 엿보였다. 어지간히도 금슬이 좋은 것이리라.

빌헬름은 흐뭇한 에피소드에 쓰게 웃는 스바루를 쳐다보며 자신의 턱을 만졌다.

"어쨌든 간에 강해지기 위한 마음가짐과 각오는 대충 그렇습니다. 하긴 지금의 스바루 님에겐 별로 참고가 되지 않을 이야기입니다만."

"뭔 뜻이죠?"

스바루는 갸우뚱했다.

그 몸짓을 본 빌헬름은 고개를 살짝 가로저었다.

"아니요. 강해지는 선택지를 버린 상대에게, 강해지기 위한 마음가짐을 이르는 건 그다지 의미가 없지 않나 싶었기에."

"_____."

순간, 무슨 말을 들었는지 알 수 없어 스바루의 표정이 얼어붙었다.

하지만 그 정지도 한순간의 일이었다. 스바루는 즉시 익살맞은 기색으로 어깨를 으쓱였다.

"어이어이어이, 빌헬름 씨도 갑자기 뭐랍니까요. 사건 일어나기 전에 범행 만류당한 범인 수준으로 놀랐다고. 제가, 뭐라고요?"

"자각하고 계시다면 더 이상 타이르는 건 멋모르는 짓이겠지요. 저도 주제넘은 말씀을 드렸습니다. 이 기회를 놓치면 전하기도 어렵겠다 싶어서."

빌헬름이 맘대로 수긍하고 입을 다물자, 스바루는 말을 거듭하지 못했다.

초조감이 가슴을 태우고 있었다. 빌헬름의 말에 스바루는 부정할 수 없는 초조를 느끼고 있다. 그 초조감이 의미하는 부분을 빌헬름이 간파하고 있었다.

그 사실은 이 순간 스바루의 마음을 견디기 어려울 만큼 서슴없이 쥐어뜯는다.

"스바루 님. 오늘 아침은 아무래도 여기까지인 모양입니다."

"──네?"

정체 모를 식은땀을 흘리던 스바루는 저택 쪽을 보는 빌헬름의 목소리에 고개를 들었다. 뒤따라 그의 시선을 좇으니 정원에 잔달음질로 오는 그림자── 렘을 알아챘다.

평소부터 감정을 보이지 않고 있는 그녀의 표정에 고요한 긴박감이 퍼져 있는 게 보인다.

무슨 일이, 일어난 것이다.

그리고 그건 지금의 스바루에게 행운이라고도 할 수 있을 위안거리였다.

빌헬름과의 대화, 이를 잊게 해주는 절호의 기회. 렘의 초조와 불안이 어린 표정에 스바루는 안도마저 품고 있었다.

이는 혹시 스바루가 예감을 느끼고 있었기 때문일지도 모른다.

"스바루 군. ──중요한 이야기가 있어요."

정면에 선 렘의 진지한 눈길에 스바루는 마음에 파랑이 이는 걸 느꼈다.

——스바루는 그것이 기대의 감정임을 누구에게도 들키지 않
도록 하고 있었다.

2

　"그 모습을 보면 이미 얘기는 들은 것 같군."

　응접실에서 기다리고 있던 크루쉬는 찾아온 스바루를 보고 수
긍한 듯이 끄덕였다.

　응접실에는 크루쉬와 페리스, 주종이 모여 스바루 일행을 기
다리고 있었다.

　뒤늦게 방에 들어선 스바루는 선수를 빼앗긴 감을 부정하지
못한 채 작게 고개를 가로저었다.

　"자세한 얘기는 아직 못 들었어요. 렘도 막연한 내용밖에 몰
랐던 모양이라."

　스바루가 눈짓만으로 옆에 선 렘을 가리키자 그녀는 긴장이
보이는 표정으로 끄덕이며 말했다.

　"렘이 느낀 건 어디까지나 언니와의 공감각을 통한 것이니까
요. 언니의 천리안이라면 더 자세한 상황도 포착할 수 있겠지
만……."

　눈을 내리깔고 힘이 모자란 걸 분하게 여기듯 말꼬리를 흐린
렘.

　렘의 그 대답에 크루쉬는 감탄한 듯한 한숨을 흘렸다.

"공감각—— 일부의 아인(亞人)은 혈족과 쌍둥이 등, 가까운 관계와 말을 개입하지 않는 의사소통을 도모할 수 있다고는 들었지만…… 왕도와 메이더스령만큼 떨어져 있어도 가능한 것인가."

"말씀드렸다시피 막연한 것입니다. 강렬한 감정이나, 전하고 싶다고 강하게 빈 말 등이 전해진 적은 있었습니다. 그렇지만……."

"그 느낌이면 꽤—냐 불온한 느낌의 공감각이 와버렸냐 보네?"

야옹이 귀를 까닥거리며 앉아 있는 크루쉬 뒤에서 경박한 자세를 관철하고 있는 페리스. 그의 태도에 스바루는 신경에 거슬리는 것을 느껴 위치를 바꾸어서 렘 앞에 나섰다.

"쟤는 투로 말하지 마. 그쪽에서도 뭔가 파악했으니까 렘의 붕 뜬 말에도 즉각 반응한 거 아냐. 정보 내놔."

"거지 왕자는 미움 받는다? 그리고 이런저런 데에다 세력 뻗쳐서 정보 모으는 것도 공짜가 아니구—. 단순한 환자에 손님인 스바루 큥에게 들려줄 이유 있어?"

"너……!"

페리스의 말은 하나하나 정론이다.

명목상으로는 손님 대우를 받고 있어도 스바루의 입장은 환자 또는 외부인이다. 관계자라고 주장해도 정적의 진영에 있는 이상, 달라며 아우성친다고 먹이를 주는 바보는 없다.

"페리스. 그렇게 매몰차게 대하지 마라. 자진해서 네가 악역을 연기할 필요는 없다. 나츠키 스바루를 괴롭혀봤자 얻을 수 있는 건 렘의 분노 어린 시선뿐이야."

"네에—."

그러나 미련하다고 자신을 저주하는 스바루를 대신해 크루쉬가 페리스를 나무랐다. 크루쉬는 혼자만 소파에 앉은 채 맞은편 자리를 스바루에게 권했다.

"자기 반성은 전진으로 이어진다. 하나 때와 경우에 따르지. 지금은 쌍방의 의견을 맞추는 게 우선일 거야. 어떤가?"

"……물론이죠. 무임승차 같아서 미안하지만 얘기를 들려줬으면 좋겠어."

권유받은 대로 소파에 스바루가 앉고, 그 옆에 렘이 시립한다.

"메이더스령, 다시 말해 로즈월 변경백의 영지지. 변경백의 저택 부근에서 성가신 움직임이 눈에 띄는 듯하다. 이미 영내 일부는 변경백의 명령으로 엄중 경계 태세라고 한다."

"성가신 움직임? 엄중 경계 태세?"

불온한 단어에 스바루는 눈썹을 찌푸렸다. 렘이 공감각을 느낀 시점에서 온건한 이야기가 아니란 각오는 했었으나 구체적인 내용을 접하자 초조감이 뻗쳤다.

"메이더스령에서 실제로 무슨 일이 벌어지고 있는지 그것까지는 모른다. 하지만 애초부터 예상한 사태이기도 해. 변경백이 에밀리아를 왕 후보로서 옹립—— 다시 말해, 하프엘프를 지원한다고 표명한 시점에서 말이지."

"뭐야. 파업…… 영민이 불만의 소리라도 터트린다는 거냐고."

"당연히 그럴 가능성도 있지. '질투의 마녀'의 악명이 퍼져 있는 이상, 하프엘프는 그 편견들과의 투쟁을 피할 수 없어."

순간적으로 떠오른 의심을 입에 담자 크루쉬는 가볍게 그 말을 긍정한다.

여기서도 역시 에밀리아의 출신이 그녀의 족쇄가 되었다. 스바루는 이를 용서할 수 없었다.

에밀리아의 인품도 모르고 편견만 가지고 왈가왈부하는, 얼굴 보이지 않는 패거리가 밉살스러웠다.

"당사자도 각오한 다음에 고른 길이야. 경이 분개하는 건 사리에 맞지 않겠지."

"사리에 안 맞는 게 나야, 그 녀석들이야? ……그런 하잘것없는 이유로 로즈월의 영지에서 말썽이 일어났단 건가. 그것도 불장난 소동으로는 끝나지 않는, 대화재가 되었다고?"

"자세한 사정은 별개로 치고, 요점은 그게 맞아. 렘의 공감각도 그걸로 설명이 가지."

크루쉬가 말의 방향을 렘 쪽으로 돌리자 일동의 시선이 입을 다물고 있는 그녀에게 모였다.

"언니에게서 전해진 감각은 약간의 초조와 많은 분노……였습니다. 전하려 한 건 아니고 새어 나오는 바람에 전해진 것이라고 생각합니다."

"그 공감각이란 건 그렇게 자주 상대와 통하는 거야?"

"아뇨. 웬만한 일로는. 어느 정도 의식해서 제어하고 있어요. 이번 같은 상황에는 언니의 자제를 넘어선 바람에 렘에게 전해진 거라고 생각합니다.”

설명이 후반으로 접어들며 렘의 말이 불안한 기색을 감추지 못한다.

람의 정신적인 강함은 로즈월 저택 으뜸이라고 해도 과언이 아니다. 사태가 그런 람의 자제심을 뛰어넘을 만큼 위급한 상태라면, 이게 예삿일이 아닌 건 분명하다.

그런데도 람의 공감각은 그 이후 렘에게 도움을 청하려고 하지는 않았다.

“끼어들지 못하게 하려는 거라도…… 된다는 말인가.”

입안으로만 중얼거린 스바루는 자기 상상에 몸이 타는 듯한 감정을 느꼈다.

공감각으로 전해질 위기 상황에서 렘을 부르지 않는 이유. 그건 렘에게 정보가 전해짐으로써 스바루에게도 같은 정보가 전해지는 걸 피하고 싶은 의도가 있기 때문이라고밖에 여겨지지 않았다.

──그렇게까지 할 만큼 ‘그녀’는 스바루를 자기 문제에 끼어들지 못하게 하고 싶은 건가.

“하지만, 곤란해하고 있는 거지……?”

상황이 왕도에 거점을 둔 크루쉬의 귀에 닿을 만한 상태인 것이다.

믿을 곳은 여전히 모자라며 적은 에밀리아에게 불공평할 만큼 많다. 그런 상황 하에서 아무 표리 없이 아군이 되어줄 존재가 얼마나 있다는 말인가.

있을 리가 없다. 왜냐하면 에밀리아의 절대적인 아군은 지금 그녀 곁에 없으니까.

이곳에 이렇게 남겨버린 상태이니까.

에밀리아도 그 사실을 깨달으면 틀림없이 후회하기 마련인 것이다.

그러니——.

"도우러, 가야만 하겠지."

고개를 들고 결단한 스바루의 중얼거림에 이번엔 시선이 모인다.

크루쉬가 한쪽 눈을 감고, 페리스가 장난기 어린 입가를 슬쩍 다문다. 그리고.

"아, 안 돼요, 스바루 군……!"

렘이 당황한 얼굴로 스바루의 소매를 잡아끌었다.

렘의 눈에 떠오르는 건 초조와 당혹, 그리고 서글플 정도의 애원하는 기색이었다.

"에밀리아 님의, 로즈월 님의 분부를 꼭 지켜야 해요. 스바루 군은 치료에 전념하도록 하란 분부를. 렘도 같은 의견이에요. 지금은 몸의 치료가 최우선이지……."

"이럭저럭하는 새에 돌이킬 수가 없어져. 렘, 그때랑 똑같아. 마수의 숲에 들어가기 전에 대화한 그때랑 같아. 우리끼리 어떻게든 해 볼 수밖에 없어."

"윽——."

스바루의 말에 렘의 표정이 애처롭게 굳었다.

전에 같은 말을 한 적이 있었다. 마수의 숲에서 끌려간 아이들을 되찾으러 가기 직전, 스바루는 만류하는 렘에게 같은 말을 했다.

그때 내놓은 결과가 있다. 아이들을 무사히 구출해낸 건 그 결단 덕분이다. 그러니 렘도 머잖아 스바루의 판단을 이해해줄 것이다.

"들은 바와 같아, 크루쉬 씨."

스바루는 매달리는 렘을 밀어내고 정면에 앉아 있는 크루쉬를 바로 응시했다.

"나와 렘은 저택으로…… 에밀리아가 있는 곳으로 돌아간다. 일이 정리될 때까지 치료는 보류……."

"나츠키 스바루."

진영으로서의 판단을 전하려는 스바루를 짧게 이름을 부른 크루쉬가 가로막았다.

숨을 죽인 스바루를 크루쉬의 명철한 눈초리가 바라보고 있다. 마음이 심하게 술렁이고, 마주한 존재가 누구인지를 놓쳐버리는 감각. 그리고.

"──이곳을 나가겠다면, 경은 내 적이 되겠군."

쌀쌀하게 고한 말의 칼날에 스바루는 실제로 몸을 베였다고 착각했다.

그리고 벤 자국에서 아픔이 번지듯이 이해가 퍼지기 시작하자 더듬거리며 입을 열었다.

"그, 그건 또 무슨……."

"경의 생각을 한 가지 바로잡아두지. 내가 경을 손님으로 대우하고, 페리스의 치료를 받게 하고 있는 건 전적으로 계약이 있기 때문이다."

"계약⋯⋯?"

"그래, 계약이다. 경의 치료에 관해 나와 에밀리아는 어느 계약을 맺었어. 내가 경을 손님으로서 당가에 맡은 건 대가가 있기 때문이란 뜻이지. 하지만⋯⋯."

크루쉬는 말을 끊고, 자기 가슴에 손을 얹으며 자신을 가리켰다.

"계약을 나눈 때는 왕선이 시작되기 전, 지금과는 상황이 다르다. 공개적으로 정적이 된 이상, 에밀리아 진영과의 교섭은 신중을 기해야만 해. 경의 대우에 관한 계약도 마찬가지다. 왕선 개시 전의 계약을, 왕선 개시 후에 상황이 일변했는데도 지켜야 할 의리는 없네."

반복되는 '계약'이라는 단어가 스바루에겐 '약속'이라는 단어와 겹쳐서 들린다.

이는 에밀리아와 결별했을 때의 기억으로 이어져서 스바루는 매우 속이 메스꺼웠다.

"이 경우에 말하는 상황의 일변이란, 경이 당가를 떠난 시점으로 친다. 도중에 그쪽에서 계약을 내버린다면, 이후로는 서로 미련 없이 나와 에밀리아는 적 사이라는 말이지."

크루쉬가 선뜻 읊조린 적대 선언에 스바루 쪽의 이해가 따라잡질 못한다.

스바루 역시 말로는 크루쉬 일행이 '적'이라고 이해는 했었다. 이 저택에서 아무 경계 없이 지낸 시간을 반성하고, 렘에게도 마음을 고쳐먹겠다고 말한 직후이기도 하다.

그런데도 스바루는 아직 이해가 부족했었다.

눈앞의 인물이, 자신과 에밀리아를 막아서는 강대한 적이라는 사실에 대해.

"착각하고 있었지 뭐야……. 너와는 어쩌면 친하게 지낼 수 있을지도 모르겠다며."

"_____."

"그런 건 술자리의 빈말이겠지. 할 수 있는 일을 하라니…… 적에게 들은 말을 곧이곧대로 받은 내가 바보지. 쪼잔한 짓을 해서라도 상대의 발을 잡아끄는 게 옳은 자세야."

갑갑하게 가슴속에 치밀어 오르는 건 왕선의 무대에서 느낀 것과 같은 소외감이다.

지난 밤, 술잔을 기울이면서 주고받은 기억의 색이 바래고 배신당한 심정이 든다. 다름 아닌 크루쉬야말로 스바루더러 '할 수 있는 일을 하라.'라고 말했었다.

그런데도 막아서는 건 배신이 아닌가.

"요는 위기에 빠진 에밀리아를 구하면 마땅치 않으니, 나를 보내고 싶지 않은 거지?"

"……착각하지 말아줬으면 하는데 말이야—."

그때까지 가만히 있던 페리스가 못 두고 보겠다는 듯이 참견했다.

독이 오른 페리스의 시선에 스바루는 입술을 깨물어 말을 삼켰다.

"크루쉬 님께서 지금 하시는 건 심술이 아니라 온정이라고. 둘이 에밀리아 님을 구하러 돌아가두 딱히 이쪽은 전혀 손해 없거든?"

"페리스, 그만."

"아뇨—, 말할래요. 착각이 조오옴 심각하기 짝이 없어서, 그쪽 언저리는 누가 말해주지 않으면 안 된다구요."

페리스는 크루쉬의 제지를 뿌리치며 스바루를 노려봤다.

"스바루 큥이 가봤자 상황은 안 변해. 가봤자 헛수고. 덤으로 에밀리아 님이 대가를 지불해서 맺은 계약까지 허사가 돼. 왕성에서 그토록 꼴불견 드러내놓고, 연병장에서 율리우스한테 철저하게 당하고도 아직 모르니? 얌전하게 여기서 추이를 지켜보면서, 몸을 추스르는 데에 전념하는 편이 훨씬 제 분수를 아는 거라는 걸."

──소리가, 났다.

뚝. 머릿속에서 뭔가가 터지는 소리가.

그게 발작을 싸매고 있던 보자기의 주둥이였다고 깨달은 순간, 스바루는 받은 굴욕에 입술을 깨물어 터트릴 정도의 분노에 휩싸여 있었다.

마음속을 불길 같은 격정과, 맘대로 보낸 신뢰를 배신당한 수치심이 맴돌았다.

이것들의 격발은 스바루의 결단을 떠밀기에 충분하기 짝이 없었다.

"결정했어. ──저택에, 에밀리아가 있는 곳으로 돌아가겠어. 짧은 시간이지만 신세 졌다."

"스바루 군!"

스바루가 결별을 입에 담자 렘이 매달리는 목소리로 외쳤다.

하지만 스바루는 렘을 손바닥으로 막고, 자리에서 일어나 정면으로 크루쉬를 내려다봤다.

팔짱 끼며 눈을 감고 있는 크루쉬의 속마음은 알 수 없다.

그 옆에서 페리스가 긴 한숨을 내쉬고, 알기 쉽게 떨떠름한 표정을 짓고 있었다.

"남의 마음도 몰라주고……. 충고를 고분고분 받아들이는 것두 남자의 도량 아니겠니?"

"네 충고 덕분에 결단할 수 있었어. 고맙다."

스바루가 분명하게 이죽거리며 대꾸하자 페리스는 그 이상의 말을 포기한 눈치였다.

대신에 팔짱을 풀고 이쪽을 쳐다본 크루쉬가 대화를 이어받았다.

"나츠키 스바루. 미안하지만 당가의 장거리 이동용 용차는 전부 사용이 결정되었다. 빌려줄 수 있는 건 운반용의 발이 느린 것과, 중거리를 교환해서 달리는 것밖에 남아있지 않아."

"……아?"

꼼짝없이 계약을 일방적으로 파기한 걸 규탄받을 줄 알고 대비하던 스바루는, 크루쉬의 말──마치 스바루의 결단을 긍정하는 듯한 발언에 눈을 까뒤집었다.

예상 못 한 말에 눈이 휘둥그레지는 스바루.

크루쉬는 미심쩍은 듯 미간을 좁히고 페리스를 돌아봤다.

"페리스. 내가 무슨 이상한 말을 했나?"

"크루쉬 님의 가공스러운 응변에 페리는 늘 어질어질. 근데 봐요, 이번엔 스바루 큥도 용차를 빌려줄 거란 생각까지는 못 했던 거 아닐까요?"

뺨에 손을 짚으며 몸서리치는 페리스의 답변에 크루쉬는 이해 한 얼굴로 끄덕였다.

"공교롭게 경이 말한 대로다. 경의 결단을 존중하네. 어떠한 판단이더라도 자기 자신이 결정한 것을 밀어붙이는 데에는 중 대한 책임이 따른다. 그리고 어차피 책임을 질 바라면 자신이 하고 싶은 일을 해야 해. 자신의 영혼에 부끄럽지 않도록. ── 안 그런가?"

"……아아, 그래. 그 말이 맞아. 영혼이 파렴치해지고 싶지 않 다며 야단법석이야. 그 애가 위기라는데 태평하게 요양 생활이 나 하고 있을 수 있느냐며."

크루쉬가 해준 긍정에 스바루는 저 혼자만 열 낸 듯한 거북한 기분으로 응답했다.

스바루의 각오가 전해졌는지 렘은 딱 한 번 자기 자신을 책망 하듯이 눈을 감는다. 다시 눈을 떴을 때는 여느 때의 무표정을 되찾고 있었다.

"주인을 대신해 오늘까지 보여주신 후의에 감사를 드립니다.”

“상관없네. 이쪽에도 이익이 있어서 한 일이야. 영지까지 타고 갈 것에 대한 얘기를 하고 싶은데.”

“낯 두껍게도 조력을 청할 수 있는지요. 한시라도 빨리 영지의 무사함을 확인하고 싶습니다.”

고개를 숙여 크루쉬가 제의한 후의를 받으려고 하는 렘.

“그건 그렇고 시기가 좋지 않군. 지금은 왕도에서 메이더스령까지 이틀 반은 걸리고 말아.”

“이틀 이상?! 왜지? 올 때는 반나절도 안 걸렸다고?!”

스바루의 기억이 확실하다면 새벽에 로즈월 저택을 출발한 용차는 점심 너머에는 왕도에 도착해 있었다. 장거리용의 용차가 없다고 하더라도 걸리는 시간이 너무나 차이가 난다.

“무리예요. 올 때에 사용한 리파우스 가도를 지금은 쓸 수 없어요. 시기가 안 좋게 가도에 ‘안개’가 끼어버려서…… 그 때문에 가도를 우회할 필요가 있어요.”

“안개가 뭐 어쨌다고. 그딴 거야 뚫고 가버리면…….”

“안개를 낳는 건 ‘백경(白鯨)’인데두? 만에 하나 안개 속에서 조우하면 못 살아남아. 그런 건 당연한 상식이잖냥.”

참견한 페리스가 당연하다는 투로 스바루의 의견을 기각했다.

‘백경’이라고. 또다시 모르는 단어가 나와서 스바루는 얼굴을 찡그렸다. 하지만 이해를 다 못한 스바루를 방치하고, 렘의 주도로 대화는 순조롭게 진행되었다.

교섭한 결과, '용차는 칼스텐 가문에서 중거리용의 것을 빌려, 이동 도중에 있는 마을들에서 다른 용차로 갈아타 귀로를 서두른다.'라는 걸로 낙착을 보았다.

스바루는 쉬지 않고 끊임없이 달릴 수는 없는 용차의 불편성을 답답하게 여겼다. 이럴 때, 연료만 넣으면 계속 달릴 수 있는 자동차와의 차이를 절감하고 만다.

조급한 기분과, 그 기분을 쫓아가지 못하는 나쁜 상황.

가도에 끼었다는 '안개'가 마치 눈앞에도 펼쳐져 있는 듯한 불안.

자욱하게 낀 불길한 예감은 스바루의 가슴을 한없이 괴롭히고 있었다.

3

──방침만 정해지면 움직이는 건 빨랐다.

재빠르게 짐을 정리한 둘이 크루쉬 저택의 문 앞으로 가자 이미 쓸데없는 장식을 떼어내어 경량화한 용차와, 이를 끄는 붉은 살갗의 지룡 한 마리가 대기 중이었다.

빌헬름이 지룡의 고삐를 잡고 두 사람을 기다리고 있었다. 노인은 달려오는 스바루와 렘을 눈치채자 바로 깊이 허리를 숙였다.

"이쪽이 현재, 당가에서 빌려드릴 수 있는 지룡 중에 가장 발이 빠른 것이 됩니다. 그러해도 변경백께서 이용하시는 것이나 장거리용 지룡보다는 못하지만…… 용서해주시길 바랍니다."

"빌려주신 것만 해도 감지덕지죠. 반드시 돌려드……리기는 어려우려나요."

고삐를 받은 렘의 옆에서 스바루는 성조를 낮추고 빌헬름을 쳐다봤다.

스바루와 렘을 배웅하러 문 앞에 선 사람은 빌헬름뿐이다. 크루쉬와 페리스에겐 저택의 현관홀에서 이미 이별을 전달받았다.

얌전히 용차를 돌려주러 돌아오기 꺼려질 정도는 될 만큼 확실한 결별이었다.

"저도 입장상 크루쉬 님의 판단에 따를 수밖에 없습니다. 저택을 나선 뒤, 제 주인하고 스바루 님의 주인과의 관계는 적대하는 사이가 되겠지요. ──용차는 치료와, 검의 지도가 어중간히 끝난 것에 대한 최소한의 전별입니다."

"그런 말…… 저택에서 나올 때는 한마디도 하지 않았는데요."

적어도 헤어질 적에 들은 주종의 발언은 그 두 사람답기 짝이 없는 인사라고 할 수 있었다.

"건투를 빈다. 모쪼록 자신의 긍지와 영혼에 부끄럽지 않은 선택을 하도록."

"이렇게 크루쉬 님께서 자상하게 해주시니 냉큼 에밀리아 님과 화해해주지 않으면 난처해, 진짜루. 얼른 가버려."

인상에 남은 건 마지막의 그 한마디씩이었을까.

거기에는 빌헬름의 말처럼 배려하는 눈치는 느낄 수 없었는데.

"저도 크루쉬 님을 보필하는 몸입니다. 주군의 생각도 다소는 알기 마련이지요."

"참고로 여기서 일하기 시작해서 얼마쯤?"

"겨우 반년을 넘었을 즈음 됐으려나……."

"생각했던 것보다 근무기간 짧다?! 지금의 오랜 주종 같은 말투는 뭐였어요?!"

그렇게 스바루와 빌헬름이 말을 주고받는 사이에도 렘은 척척 짐을 용차로 쌓고 있다. 고삐를 잡고 지룡의 콧등을 부드럽게 어루만지는 렘.

"──알았으면 하는 말을 들어줘요. 그래, 착하지. 착한 아이구나."

"렘, 느낌이 어때?"

"아주 약간 성질이 거친 아이 같았지만, 지금은 누가 위에 있는지 가르쳐줬으니 문제없어요. 렘의 지시에 따라줄 거예요."

"그, 그러냐……. 상하관계 단단히 가르쳤구나. 의외로 운동부 계열이더라."

렘이 '대화'한 결과, 지룡은 그녀에게 순종적인 기색이다. 앞으로 반나절 이상을 쉬지 않고 달리게 되니 차부(車夫)와 지룡과의 관계는 중요하리라.

"안개를 피해 평원을 우회하면, 변경백의 영지까지는 두 마을을 지나칠 겁니다. 그중에서 영지 쪽에 가까운 하누마스라는 마을이라면 갈아탈 용차를 수배할 수 있겠지요."

"참고로 그 하누마스라는 마을까지는?"

"대략 열너덧 시간쯤 될까요. 갈아탄 용차를 버릴 각오로 날아가면, 거기서 다시 반나절 정도면 영지에 도착할 수 있을지도 모르겠습니다만."

어느 쪽이든지 하루 반 이상은 걸리는, 애가 다는 노정이 될 건 틀림없다.

스바루는 머리를 긁고 분한 마음에 이를 갈면서도 빌헬름에게 고개를 숙였다.

"하나부터 열까지 고맙습니다. 기왕 해주신 대련도 어중간하게 내던진 꼴이 되어서……."

"제일 중요한 건 전했다고 생각합니다. 그 이상으로 검의 실력을 올리고 싶으시다면, 뒷일은 오로지 검을 휘두르는 것 말고 없습니다. 건승하시길."

스바루는 내민 손을 맞잡아 빌헬름과 단단한 악수를 나누었다.

차부석에 렘이 올라타고 소형의 객차에 스바루도 올라탔다. 창문으로 얼굴을 내밀어 문 앞에 배웅하러 서 있는 빌헬름에게 마지막으로 손을 흔들었다.

"그럼 가겠습니다. 또 인연이 있으면 친하게 대해주세요."

"목검으로 난타하는 환영이 흡족하셨더라면 얼마든지."

신사적으로 웃은 빌헬름이 그다운 농담으로 스바루 일행을 송

별했다.

　지룡이 울부짖고, 느릿한 초속을 얻어 용차가 움직이기 시작했다. 그대로 가속을 타 멀어지는 크루쉬의 별장. 문 앞의 그림자는 보이지 않을 때까지 머리를 숙인 채로 있었다.

　언덕을 내려가 귀족가의 입구를 빠져나가서 대기소를 가로지르고, 하층구의 큰 길거리를 직진해 왕도와 바깥을 연결하는 대정문을 통해 목적한 가도로 나간다.

　스바루는 지룡이 가진 가호의 힘 덕분에 잔잔하기 그지없는 진동을 엉덩이에 느끼면서, 조바심을 참다못해 부산스럽게 작은 창으로 바깥 상황을 바라보고 있었다.

　왕도의 시가지가 뒤로 넘어가고 푸른 평원과 파란 하늘만이 스바루의 시야를 지배한다.

　지룡을 모는데 집중하는 렘과 말을 나눌 수도 없으니 이동시간 중에 스바루가 할 수 있는 일은 아무것도 없다. 스바루는 객차 안에서 사고의 바다에 잠겼다.

　'장거리용의 용차를 빌려줄 수 없다.' 고 크루쉬가 명언한 것처럼, 객차 좌석의 감촉은 꽤 급조된 감이 강하다. 사용인 등이 급할 시에 써먹는 부류의 용차인 것이리라.

　쉴 새 없이 왕래가 있던 크루쉬 저택. 다 나가고 없던 용차 중 한 대를 빌려준 크루쉬의 온정에 스바루는 말로 하기 어려운 복잡한 심정을 품고 있었다.

　엄격하긴 해도 냉담진 않다는 어젯밤까지의 평가가, 출발 전의 대화 때문에 더욱 복잡해진다.

다만, 많은 사람들이 그녀와 말을 나누고 싶어하는 기분도 이해했다. 에밀리아 또한 크루쉬처럼 넓은 인맥을 쌓기 위해서 바삐 뛰어다녀야 할 것이다.

그런데도 에밀리아에겐 필요한 고난 외에도 불필요한 고난이 기다리고 있다.

"그러니까…… 내가, 빨리 가야 해."

물론 정치적인 문제와 유력자와의 커넥션. 그러한 과제에 자신이 도움될 거라 생각할 만큼 스바루는 자신을 대단하거나 특별하다고 평가하지 않는다.

머잖아 다가올 난제에 자신이 무위하고 무력한 존재임은 알고 있다. 그러나 무력하다는 걸 이유로 궁지에 있는 정인을 못 본 척하는 선택지 따위 스바루에겐 없다.

한결같은 바람과 마음만 있으면, 막아서는 장애도 틀림없이 극복할 수 있다.

나츠키 스바루에겐 그럴 힘이 있는 것이다.

"내가 없으면 안 된다고…… 그렇게 하면, 알아줄 거야."

근거 없는 확신——아니, 소망만이 거기 있었다.

에밀리아가 궁지에 빠져 있다. 그 자리에 자신이 달려가기만 하면, 모든 건 어떻게든 할 수 있지 않을까. 그런 바람에 날아가 버릴 듯한 가냘픈 희망만이 있었다.

가치를 증명하고 싶다. 증명해야만 한다.

에밀리아가 난관에 부딪혀 있다면, 스바루는 이를 도울 수 있는 것이다.

아니, 그래야만 한다. 스바루가 자신의 가치를 찾아내기 위해서도, 자신의 가치를 깨닫게 하기 위해서도 에밀리아는 궁지에 빠져야 하는 것이다.

"그렇잖아……. 내가 없으면 안 된다고. 틀림없이……!"

뇌리에 떠오르는 건 은빛 머리의 사랑스럽기 그지없는 소녀.

그녀의 미소가 정체 모를 어둠에 삼켜지고 고상한 마음을 꺾으려는 악의에 파묻힌다.

"―――."

그 광경을 환시한 스바루는 입술을 짓씹으며 눈을 감았다.

객차에서 홀로 스바루는 조용히 시간을 계속 기다린다.

차부석에 있는 렘을 빼고 자신 외의 존재를 느끼지 못하는 장소에서 홀로.

――그 입매가 희미하게 일그러져 있던 것을, 끝끝내 본인조차 깨닫지 못하고.

4

결국 그날 내로 스바루 일행이 도착할 수 있던 곳은 용차를 교환할 예정이던 하누마스가 아니라 그 직전의 플뢰르라는 역마을까지였다.

해가 저물어 밤의 커튼이 내려오기 시작할 즈음, 렘이 스바루에게 제안한 것이다.

"야간에 이동하면 강도나 마수하고 맞닥뜨릴 가능성도 높아져요. '안개' 부근을 지나고 있을 불안도 있으니, 렘은 오늘 밤에는 인근의 숙소를 잡아야 한다고 생각해요."

"앞으로 몇 시간만 더 가면 중간지점인 하누마스잖아? 거기까지 달리는 건 안 되겠어?"

"여기서 하누마스까지면 도착할 때는 날짜가 넘어갈 즈음이 되고 말아요. 그렇게 되면 숙소를 잡지 못할 수도 있고, 용차를 수배하는 것도 심야에는 어려워서……."

"큭……. 그도 그런가. 하누마스에만 가면 OK란 얘기가 아니군."

스바루가 고민하던 시간과 같은 정도로 렘 또한 생각할 시간이 있었던 것이다. 당연히 그녀도 스바루의 얕은 꾀 쯤이야 검토하고서 꺼낸 제안이었다.

발목이 잡히는 짜증을 느끼긴 했으나 스바루는 렘의 제안을 수용했다.

"플뢰르에서 숙소를 잡고 내일 아침 일찍 나가자. 그러면 지룡도 쉴 수 있고, 어쩌면 하누마스에서 대신할 지룡을 찾을 수고도 덜 수 있을지 몰라."

"네. 새벽에 나가 하누마스를 잘 거쳐 가면, 어쩌면 내일 밤 중에는 저택에 돌아갈 수 있을지도 모르니까요."

답하는 렘의 목소리에는 스바루가 순순히 제안을 수용한 것에 대한 안도가 있었다.

——다행히 플뢰르에 도착한 다음, 여관을 찾아내는 건 금방 달성했다.

여관에 인접한 구사(廐舍)에 지룡을 맡기고, 저녁 식사라기에는 너무 변변찮은 식사를 배에 쓸어 넣고는, 가볍게 몸을 씻고 그대로 이불에 파고들었다. 내일 새벽에 바로 이곳을 떠나기 위해서.

"잠이 안 와…….''

그러나 에밀리아의 신변을 걱정하는 마음과, 조급한 초조감이 당최 졸음을 허락하지 않는다.

억지로 잠들려고 침대에서 마구 잠자리를 뒤척이기만 할 따름이다.

로즈월의 저택과 크루쉬의 별장. 연달아서 이 세계의 최고 수준을 맛보아온 만큼, 깡촌 여관의 침대는 딱딱해서 심하게 잠을 설쳤다.

자연히 아침 해야 빨리 뜨라며 시간과 제 몸을 저주하는 말이 가슴속에서 넘쳐 나왔다.

생각할 시간은 더 이상 필요 없다. 스바루에게 필요한 건 수도 없이 머리에 그린 결론을 행동으로 매듭짓는 것뿐이다. 그러니 지금은 아침 해만이 그립다.

그렇게 천장과 눈꺼풀을 노려보며 몇 번째로 돌아누웠을 때였을까.

"……스바루 군, 들어가도 돼요?''

방문을 노크하고 머뭇거리는 낌새로 문을 여는 소리가 고막에 스며들었다.

머리를 들어 그쪽을 보자 몸 절반을 들이밀고 이쪽을 살펴보는 렘의 모습이 있었다. 그 모습은 눈에 익은 급사복을 벗고 언제 본 얇은 파란 잠옷으로 갈아입고 있었다.

스바루가 깨어있는 걸 알아챈 렘은 안심한 얼굴로 침대 쪽으로 다가왔다.

"왜 그래? 외로워져서 혼자선 못 자겠다면 날이 좀 안 좋은데. 조금만 더 진정이 되면 혼신의 개그로 웃겨주고 싶어도, 지금은……."

"그건 그거대로 설레는 제안이지만, 아니에요. 잠이 안 오기에 잠깐 얘기를 나누고 싶어서."

"그래……. 렘도 그런가. 뭐 어쩔 수 없겠지."

스바루가 침대에서 기어 나오자 렘이 그 옆에 조심조심 앉았다. 서로 어깨가 맞닿을 거리감. 스바루는 하얀 옆얼굴을 살피면서 입을 열었다.

"저택 이래로 렘에겐 신세만 지는걸. 미안하다 싶어."

"사과하지 말아요. 렘은 스바루 군을 위해서면 어떤 것도 힘들다고 생각하지 않아요."

당차게 고개를 저어버리니 스바루의 양심이 가책을 받는다.

렘이 그렇게 대답해줄 건 알고 있었다. 마수 소동 이래로 렘은 스바루의 전면적인 아군이다. 얄궂게도 스바루의 가치를 가장 잘 알고 있는 사람도 그녀일 것이다.

"……공감각으로 알아버린 만큼, 나보다 렘 쪽이 훨씬 더 저택이 걱정되지? 이런 판국에 내 걱정까지 더 끼칠 수 없다니까.
──무슨 일이 일어났는지까지는 알지 못하는 거지?"

스바루의 질문에 굳은 표정으로 끄덕인 렘이 눈을 내리깔았다.

"──걱정하지 말라고. 확실히 좀 까다로운 일이야 터졌겠지만, 그렇게 간단히 찌그러질 만큼 귀염성 있는 작자들도 아냐. 금방 돌아가서 내가 어떻게든 하겠어."

그러니 스바루는 짐짓 밝게 행동하며 웃어 보인다. 렘이 짊어진 중압이 조금이라도 가벼워지도록. 안심시켜줄 수 있도록.

변함없이 스바루의 말에는 근거가 없다. 난제에 대해 구체적인 해결책을 제시한 것도 아니다. 스바루 본인도 설득력을 의심할 만한 말. 그런데도.

"──네. 렘은 스바루 군을 믿어요."

렘은 마치 천군만마를 얻은 듯 안도하는 미소를 보였다.

"──우."

그 미소에 넋이 나간 자신을 깨달은 스바루는 얼굴을 붉히며 시선을 피했다.

민망한 말을 하고, 민망하게 긍정받고 말았다. 졸지에 말을 잇지 못하고 돌아서는 스바루. 그런 스바루의 모습에 렘은 무슨 생각을 했는지.

──별안간 체중과 체온이 실려와 스바루는 숨을 죽였다.

"레, 렘 양? 그…… 왜 안겨들고 계시는지요?"

"……그러고 싶기 때문이에요."

등 너머의 부드러운 감촉과 뜨거운 숨결에 스바루는 저도 모르게 존댓말을 쓰고 말았다. 그 말에 대한 대답도 의미심장하며, 전해지는 체온 때문에 심장이 경종처럼 뛰고 있는 걸 알 수 있었다.

침대에 주저앉은 스바루의 뒤에서 포개지듯이 팔을 두르는 렘. 여자다운 부드러움과 달콤한 향, 그리고 닿은 팔을 통해 스바루의 온몸을 침식하는 '온기'.

"어, 라……. 이 느낌은……."

목까지 벌게져 있던 스바루는 문득 '온기'의 정체를 깨닫고 갸웃거렸다. 렘으로부터 전해지는 체온 외의 온기——그것은 요 며칠 맛보고 있던 것과 매우 비슷했다.

"펠릭스 님처럼 게이트를 치료하는 거예요, 스바루 군."

접촉한 상태의 렘이 스바루의 의문에 답하는 모양새로 입을 열었다.

"곁에서 볼 기회가 몇 번쯤 있었으니까요. 펠릭스 님의 것에 비하면 그냥 위안거리밖에 되지 않을지도 모르지만요."

"아, 아아, 치료! 치료구나! 그래그래, 네네. 그, 그렇겠죠, 하하."

스바루는 조신하지 못한 상상을 한 자기 자신이 부끄러워져서 모르는 척 웃음으로 얼버무렸다. 배후에서 렘이 작게 웃는 기척. 그 뒤에 전달되는 마나의 기세가 더 세졌다.

"으어, 굉장해……. 이거, 솔직히 페리스가 하는 것보다 훨씬 좋은 느낌."

"감사합니다. 하지만 그 평가는 펠릭스 님에게 실례죠."

"안 그래. 진짜야 진짜. 기분 좋고…… 뭐랄까, 졸려지는, 느 낌……."

페리스의 치료와 비교하면 효과는 얕을지도 모르지만, 치료 받는 쪽으로선 렘 쪽의 손을 들어준다. 미지근한 욕탕에 잠긴 듯, 부드러운 감각에 안기는 기분이다.

"그렇다면 아마…… 스바루 군에 대한 마음 때문에 효과가 차 이 나는 거겠죠."

정신을 놓으면 잠들어버릴 것만 같은 포근함 때문에 렘의 희 미한 중얼거림을 놓친다.

렘은 머리를 떨어뜨릴 것만 같은 스바루의 귓전에 살그머니 입술을 대었다.

"그냥 자도 괜찮아요. 반듯하게 침대에다 눕혀 이불을 덮어주 고, 자는 얼굴을 충분히 만끽한 다음 나갈 테니까요."

"배가 차가워지겠다는 걱정 따윈 안 했고, 딴죽 걸 데도 어마 어마하게 많네……. 그리고 렘이 애써주고 있는데 어떻게 중간 에 잠들어."

하찮은 오기지만, 그렇게까지 무신경하다고는 여겨지고 싶지 않았다.

렘이 숨죽여 웃는 기척과 어깨에 닿고 있던 손바닥이 목에 오 는 감각. 손바닥에서 전달되는 따스함이 한결 더해진 느낌이 들 고, 스바루의 눈꺼풀이 더욱 무거워진다.

"아아, 제길……. 난 왜……. 렘도, 렘 쪽이 더…… 힘들, 텐데……."

부조리하게 밀어닥치는 수마에 눈꺼풀을 비비고, 말을 거듭해 의식을 붙잡으려 든다.

"렘은, 어째서…… 이렇게, 내게……."

"렘이 그러고 싶기 때문이에요. ……그 외의 이유는 필요 없답니다."

사고가 정립되지 못하고 의식을 놓칠 것 같았다.

그런데도 '그러고 싶다.' 라는 렘의 대답은 들렸다. '그러고 싶다.' 는 중요하다.

스바루가 품고 있던 마음 역시, 틀림없이 그게 발단이었던 것이기에——.

"역시…… 처음에는, 화를 내고 말려나……."

저택으로 돌아가 에밀리아와 재회하면 어떻게 될까. 불안이 치밀어 오른다.

눈꺼풀이 떨어지고 머리가 휘청거린다.

비틀거리는 스바루를 받치듯 렘의 팔이 다정하게 몸을 껴안고 있었다.

"시간을 들여 똑바로 마주 보고, 자기 마음을 말로 전하면 꼭 알아줄 거예요. 스바루 군은 멋진 사람이니까요. 괜찮아요."

"그……럴까. 그렇…겠지……. 내가 이만큼…… 생각하고, 있으니까……."

소리가 멀어진다. 아니, 스바루의 의식이 현실에서 멀어지기 시작한 것이다.

졸음은 편안한 것을 넘어서서 저주로, 눈꺼풀은 의식을 가둬 넣는 우리로 탈바꿈했다.

그대로 완전히, 현실에서 의식이 빠져 나가기 직전에———.

"그러니 그 한쪽 귀퉁이에나마, 렘 생각도."

말과 함께 목덜미를 렘의 입술이 간지럽히듯 스친 것 같았다.

"아무 데도 가지 말아요. 스바루 군……."

애원 같은 속삭임에 대답할 기력마저 남길 수 없었다.

스바루의 의식은 그대로 천천히 어둠 속으로 잠겨 버렸으니까.

5

———의식이 각성에 이끌린 순간, 스바루는 햇살이 눈꺼풀을 태우는 열기를 느끼고 있었다.

침대에 누운 채로 멍하니 들어 올린 손으로 차양을 만든다. 방의 큰 창문으로 파고드는 햇빛은 쨍쨍해서 어깨까지 덮은 이불이 갑갑하게 느껴질 만큼 열기를 띠고 있었다.

그런 감각에 잠기다, 몇 초 만에 잠에 취한 머리에 피가 돌고 깨달았다.

"해가…… 떠 있어?!"

이불을 박찬 스바루가 침대에서 뛰어내려 창문으로 뛰어간다. 밀어젖힌 창문을 통해 산들바람이 실내로 흘러들고, 아연

실색한 스바루를 태양이 높은 위치에서 굽어보고 있었다.

그 광경은 스바루에게 치명적인 현실을 적시했다.

"말도, 안 돼……. 이 타이밍에…… 난 바보냐?!"

늦잠을 잤다. 절망적인 결론을 얻은 스바루는 허겁지겁 방을 뛰쳐나가 옆방으로. 같은 여관을 잡은 렘이 자고 있는 방에 스바루는 난폭한 노크를 갈기고 뛰어들었다.

"렘! 일어나! 엄청 늦잠 잤어!"

반나절 가깝게 나자빠져 있던 걸 저주하면서 여유 없는 얼굴로 방을 둘러본다.

좌우지간 지금은 렘을 깨워 강행군을 재개── 그렇게 생각하고 있었건만.

"……렘?"

방 안은 비어 있었다.

평평한 침대, 말끔한 시트. 누가 드러누운 흔적조차 찾아볼 수 없는 침상과 사람이 있던 온기가 느껴지지 않는 방의 모습에 스바루는 꺼림칙한 예감을 느꼈다.

옮겨 나른 짐들마저 찾을 수 없어 스바루는 방을 나가 여관의 접수대로 달린다. 접수대에는 어젯밤 두 사람을 환영한 주인이 앉아 있다가 스바루를 눈치채자 영업용 웃음을 지었다.

"이런 이거, 좋은 아침입니다. 어젯밤은 편안히 쉬셨……."

"나랑 함께 묵었던 파란 머리 아이는 어쨌어?!"

스바루는 주인의 태도에 상관 않고 접수대에 손을 내리치며 질문을 내던졌다. 놀란 얼굴의 주인은 낯빛이 돌변한 스바루를 타이르듯이 손을 들었다.

"소, 손님······. 그렇게 흥분하지 마시고. 다른 손님들도 놀라시니까······."

"대답해! 동행은··· 렘은 어디로 갔어?!"

"가, 같이 계시던 분이라면······ 그, 어젯밤 늦게······ 타고 온 용차로, 말이죠······."

"안 들려! 뭐라고!"

"그러니까! 밤중에 나가셨다고요! 타온 용차에 타서, 같이 오신 분······ 손님 몫의 숙박비와 짐을 맡기시고요!"

스바루의 서슬에 눌려 부르짖듯이 대답한 주인. 그는 바로 접수대 아래에 놓여 있던 가방을 꺼내어 그것을 스바루 쪽으로 떠밀었다.

"이쪽이 짐이고, 숙박비는 꽤 두둑하게 받았으니 아무 문제도 없이······."

"아무, 문제도 없이······라고?"

스바루를 자극하지 않으려 주인은 조심했던 모양이지만, 그런 마음에 골랐을 말이 다시 스바루를 격앙시켰다.

"문제없을 리······ 없잖아!!"

노성을 터트리고 카운터 위의 짐에 팔을 내리찍은 스바루는 머리를 부둥켜안았다.

솟구치는 의문. 의심. 분노. 슬픔. 부조리에 대한 갈등 따위가 머릿속에 왁시글거린다. 스바루는 흑발을 쥐어뜯으면서 천장을 쳐다봤다.

"무슨…… 무슨 생각을 한 거야, 렘……!!"

유일한 이해자에게마저 이해할 수 없는 일을 강요당한 스바루의 절규는 허허롭게 메아리쳤다.

6

『스바루 군에게』

『이 편지를 스바루 군이 읽고 있을 때, 분명히 스바루 군은 렘한테 매우 화내고 있을 거예요.』

『스바루 군을 두고 저택으로 가는 렘을 용서해달라고는 하지 않아요. 그렇지만 이해해주세요.』

『지금의 스바루 군을 저택에 데려가는 건 매우 위험해요. 저택의 상황도, 스바루 군의 몸을 감안해도 그래요.』

『그러니까 스바루 군은 이 마을에서, 플뢰르에서 렘이 돌아오기를 기다리고 있어주세요. 모든 게 잘 정리된 다음에 반드시 맞으러 오겠습니다.』

『돈은 전부 두고 갑니다. 여관 분에겐 충분한 돈을 넘기고 며

칠이든 묵을 수 있도록 이야기를 해두었습니다.』

『부디 몸조심해주세요. 렘이 돌아올 때까지 제발 기다리고 있어주세요. ──부탁합니다.』

『스바루 군의 렘으로부터』

제3장 『절망이라는 병』

1

──배신당했다. 배신당했다. 배신당했다. 배신당했다. 배신당했다.

"렘, 이 바보 자식……!"

짐과 함께 맡긴 편지를 읽은 스바루는 참기 어려운 화를 토해 냈다.

장소는 여관의 1층 휴게실로, 딱딱한 소파에 앉은 스바루의 주위에는 아무도 없었다.

애초부터 이용자가 적기도 하고 방금까지 스바루가 보인 사나운 태도 때문이다. 휴게실로 안내해준 여관 주인도 스바루의 질문에 대답한 다음에는 얼굴이 보이는 위치에도 서질 않는다.

그 판단이 옳다. 지금의 스바루는 눈에 비치는 모든 것에 애먼 화풀이를 해버릴지도 모른다.

"너는 날 알아준다고…… 그렇게 생각했었는데……!"

정성 들인 글씨로 적힌 편지는 전부 '이 문자'로 쓴 편지였다.

아직 문자를 배우고 있는 입장인 스바루는 이 문자 말고 다른 글자의 읽고 쓰기는 불가능하다. 이를 알고 있는 렘의 배려가 남겨진 스바루의 마음을 더욱 몰아세웠다.

편지는 스바루의 몸을 염려하는 내용이었지만 서글프게도 그 마음씨는 스바루의 머리에 들어오질 않았다. 스바루가 이 편지에서 읽어낸 감개는 단 하나뿐이었다.

"렘, 너마저 날 힘이 부족한 무용지물이라고 하는 거냐……."

크루쉬 저택의 대화가, 렘과 나눈 어젯밤의 대화가, 왕도에서 일어난 에밀리아와의 말다툼이 되살아난다.

제각기 되풀이되는 스바루의 무력과 무책을 책망하는 목소리들. 그것들 전부를 걷어내고 나츠키 스바루의 가치를 증명할 절호의 찬스──그럴 터였는데.

다른 누구도 아니다. 렘만은, 스바루의 그 가치를 믿어줄 줄 알았는데.

"그래, 알았어……! 너도 날 짐덩어리라고, 그렇게 말하며 잘라내겠다면…… 날 믿을 수 없겠다면, 나도 네게 의지할까 보냐……!"

스바루는 이를 갈며 내뱉고 일어섰다.

휴게실 테이블에는 렘이 남기고 간 짐과 노잣돈이 놓여 있다. 가방에 넣은 금액은 상당한 양이다. 렘은 로즈월에게서 거금을 맡은 모양이었다.

이만한 돈이 있으면 한동안 생활하는데 어렵지도 않을 것이다. 렘이 그런 의도로 이 금전을 남기고 갔음은 스바루도 알고 있다.

얕잡아 보인 꼴이다. 신뢰를 배신하고 돈만 두고 가면, 스바루가 여기서 얌전히 무릎을 굽힐 줄이라도 알았나. 그렇게 렘의 뜻대로 놀아나는 건 사양이다.

이 돈을 써서 스바루는 이 꽉 막힌 상황을 타파하기 위한 방책을 짜낸다.

"차부와 용차를 돈으로 고용할 수 있으면, 저택까지 도착하는 것도 무리가 아니다…… 싶었건만."

그러나 그런 스바루의 생각은 렘의 주도면밀한 대처에 발목이 잡혀버렸다.

저택의 주인이 하는 얘기에 따르면 이 마을에는 용차를 대여하는 가게가 없다. 마을과 마을을 잇는 용차의 정기편도 지금은 '안개'의 영향으로 각지에서 출발을 보류하는 중이라고 했다.

돈은 있는데 정작 용차가 없다. 렘의 계략은 어젯밤에 이 마을에서 숙소를 잡았을 때부터 시작되어 있던 것이다. 스바루의 얕은 꾀를 비웃듯이 수단을 하나씩 교묘하게 뭉개가며.

모든 건 스바루를 이 마을에서 오도 가도 못 하게 만들어, 저택으로 돌아갈 수 없게 하기 위해서.

"그럼 도보로…… 난 바보냐. 지도도 없고, 내 재주론 짐승한테도 대처 못해."

강도 및 마수가 나오면 끝장이다. 세계지도를 본 적은 몇 번 있지만 축척도 방위도 모른다. 무작정 걸어서 저택에 도착할 가능성이라곤 제로나 마찬가지다.

모든 건 무지에 대한 대가였다. 무식과 무력은 여기서도 스바루의 발을 잡아끌고 있다.

애당초 스바루는 강도 및 마수에 대한 대처 따위 고려도 하지 않았었다. 검 한 자루 휴대하지 않고 지낸 게 그 증거다. 빌헬름에게 검을 사사해 봤자 중요한 장면에서 빈손으로 맞닥뜨리면 스바루가 뭘 할 수 있나.

스바루는 그런 당연한 경계조차 완전히 렘에게 의지하고 있었다.

용차의 운임, 숙소 1박의 시세, 지니고 있는 거금의 용도도, 사용하는 쪽이 그 가치를 분별할 수 없으면 돼지 목에 진주 말고 아무것도 아니다.

무식의 대가다. 배울 기회는 몇 번씩 있었는데도 그걸 놓쳐온 스바루의 응보다.

"없는데 떼써 봤자 별수 없지. 지금 있는 걸로 어떻게 할 수밖에 없어."

속수무책으로 틀어 막힌 심정의 원인이 죄다 자기 자신에게 있다.

그 자각을 속이듯 스바루는 짜증스럽게 무릎을 계속 떨어댔다.

"도보는 기각. 용차는 빌릴 수 없다. ……뭔가, 방법은 없나. 생각해 보라고."

이마에 손을 짚으며 스바루는 이 세계에서 보고 들은 것들과, 원래 세계의 지식을 총동원해 뭔가 방책을 짜내고자 죽자사자 골몰한다.

"———————."

기억과 지식이 머릿속을 맴돌고, 온몸의 힘이 모조리 목 위쪽 기능에 쏠린다. 그리고 스바루는 상황을 타개할 수 있을지도 모를 가능성을 보았다.

"이 마을에…… 용차를 대여하는 가게는 없어. 정기편도 지금은 오지 않아……. 그 말은."

지금 이 마을에 있는 건, 원래 있던 주민, 정기편에 타고 온 여행객, 그리고——.

"나와 렘 같이 자기 용차로 여기에 와서 체재 중인 놈이 있는 것 아닌가?"

마을에 출입하는 사람이 있다면, 당연하지만 탈 것은 자기 것일 터다. 숙소에도 숙박객용의 구사가 준비되어 있을 정도니 빗나간 고찰도 아닐 것이다.

"용차를 가지고 있는 부자…… 아니, 행상인이라도 있으면 최고지. 어디 눌러 앉기 전의 상인은 허드레꾼이거나 마차 끌고 행상이란 게 기본일 터고."

스바루의 꺼지려던 희망의 등불이 도로 숨을 찾는다.

사방팔방 알아보기 위해 스바루는 곧장 숙소의 주인에게 지금 떠올린 이야기를 꺼냈다. 주인은 처음에야 난색을 표시했으나, 곤란한 표정을 지으면서도 상인 몇 명을 소개해주었다.

"다만 기본적으로 행상인은 실을 짐과 목적지를 정하고 여행하는 사람이 대부분입니다. 이동 수단으로 쓰겠다는 얘기를 받아줄 사람이 있을지 없을지는……."

"아니, 좌우지간 해 볼래. 가르쳐줘서 감사합니다."

스바루는 마음을 써준 주인에게 인사를 하고 가르쳐준 행상인을 한 명씩 찾아다녔다.

──하지만 그 교섭은 숙소 주인이 염려한 대로 상당한 난항을 겪었다.

주인이 말한 대로 여행 순서를 변경하기를 꺼려한 사람도 있었지만, 사태는 더 심각했다. 그들은 모두들 스바루의 제안에 이렇게 말하며 고개를 가로저은 것이다.

"메이더스령이라며? 미안하지만 지금 시기에 가는 건 무리겠어."

깡마른 남자는 그렇게 말하고 스바루와의 교섭을 중단했다.

포장을 씌운 용차를 거느린 남자는 들러붙으려는 스바루에게 동정하는 눈길을 보냈다.

"이렇게 말하면 뭐한데, 나만 거절할 얘기가 아닐걸? 내 경우에는 짐 문제도 있지만."

"짐?"

"내 짐은 무구니 방어구니 하는 철제품이라서. 듣건대 지금은 왕도에서 꽤 시세가 올랐다니 내일에는 나도 용차로 날아가 한탕 벌이에 합류해야 해."

짐을 실은 용차를 두드린 남자가 그렇게 말하며 해가 저무는 방향을 멀찍이 바라보았다. 그리고 그는 어깨를 축 늘어뜨린 스바루를 보다 못했는지 머리에 감은 머리띠의 위치를 고치면서 첨언했다.

"여긴 나처럼 왕도를 오가는 중계지점으로 쓰는 놈들이 많아. 이 규모 가지고 그럭저럭 마을이 유복한 건 그 때문이고. 그래서 행상인은 웬만큼 있지만…… 다들 거절했겠지."

"……맞아. 거절한 사람이 당신으로 여섯 명째야."

"지금은 이놈저놈 할 것 없이 한탕 목적으로 왕도로 가는 시기니까. 별수 없어. 누가 뭐래도 왕선이란 소동이 일어났잖아. 돈 냄새밖에 안 풍기지."

"그렇게 된 상황이냐……."

떫은 표정을 지은 남자의 대답에 스바루는 연패한 이유를 짐작하고 뺨을 일그러뜨렸다.

즉, 스바루는 행상인들의 장사에 대한 태도를 잘못 읽고 있던 것이다. 왕도에서의 장사 기회는 그들에게 일시적인 현찰보다 길고 넓은 눈으로 본 이익을 불러들인다. 이를 놓치지 않겠다고 찾아온 상인들이 그 예정을 무너뜨리고 스바루의 별짓에 어울릴 턱이 없다.

"게다가 지금은 메이더스령에서 뒤숭숭한 소문이 나돌고 앉았으니까. 가령 왕도에서의 한탕 거리를 놓치더라도 가고 싶어 하는 놈이 있기나 하련지."

"뒤숭숭한 소문이라니…… 그것도 혹시 왕선 관련인가?"

"유언비어 부류라고 생각하지만. 반마가 후보자에 영주가 그걸 지원하고 있다든가……. 왕선에 관해선 중요한 공고가 전혀 전해지지 않았어. 형씨는 아나?"

"……아니, 나도 좀 모르겠군."

순간적으로 거짓말을 한 건 스바루가 관계자인 게 들통 나서 교섭이 더욱 난항을 겪는 걸 피하고 싶었기 때문이다. 그러나 에밀리아의 내력을 얼버무린 일은 스바루의 마음에 묘한 응어리를 남겼다.

"맞아. 어쩌면 네 제안을 받을지도 모를 놈이 생각났다."

남자가 소태 씹은 표정의 스바루 앞에서 별안간 손뼉을 쳤다.

"진짜야?! 나 지금 거의 포기해서 다크 사이드로 떨어질 뻔했다고."

"뭔 말을 하고 있는지 모르겠지만, 사실이야. 안내해줄게. 이쪽이다."

남자가 스스럼없는 태도로 스바루의 어깨를 두드리고 손짓하면서 앞장 서준다. 그 등을 따라서 조금 걸으니 남자가 길 저편의 건물을 가리키며 말했다.

"어젯밤부터 저곳에 있을 거야. 불러올 테니 기다리고 있어주셔."

남자는 그렇게 말하며 문짝 둘 달린 입구로 들어섰다. 그 모습을 배웅한 스바루는 간판을 쳐다봤다.

"……아마 술집이라고 써져 있는 것 같다."

도통 확신을 가질 수 없지만, 배우기 시작한 '로 문자'가 사용된 간판 같이 보였다. 입구에는 희미하게 술내 낀 공기가 새어나오고 있으니 십중팔구 정답일 것이다.

의기양양하게 남자가 쳐들어간 이상, 문제의 인물은 이 안에 있으리라 여겨지는데.

"곤드레만드레 취한 알코올 중독자라도 끌고 오면 어쩐다. 이쪽 세계는 용차 음주 운전 같은 걸로 벌칙은 없나. 원래 세계라면 한 방에 면허정지감일 테지만."

애당초 용차에 면허가 있는지 없는지부터 까다로운 문제다. 스바루는 만약 술에 찌들고 위험해 보이는 인물이 나타나면 돈을 얼마쯤 뿌리고 도망치자고 결의했다.

그리고 스바루가 그런 비장한 각오를 굳힌 직후에 남자가 밖으로 돌아왔다.

"기다리게 만들었군. 이놈이 그거야. 마, 오토. 인사나 해라."

남자가 거칠게 팔을 잡아끌고, 한 청년이 던져지듯 끌려나왔다.

스바루보다 한두 살 연상으로 보이는 잿빛 머리 청년이었다. 신장은 스바루와 비교해 살짝 작으며, 갸름한 얼굴의 제법 곱상한 생김새였다.

적어도 걱정하던 험상궂은 알코올 의존증 환자는 아니라고 스바루는 판단했다.

"난 나츠키 스바루. 무리하게 와달라고 해서 미안해. 당신이라면 내 부탁을 받아줄지도 모른다고 들어서…… 냄새! 술 냄새! 웩, 냄새만으로도 취하겠다!"

우호적으로 교섭에 들어가려다가 풍기기 시작한 술 냄새에 곧장 녹다운당했다. 위장 내용물이 올라올 뻔한 농후한 술내가 눈앞에 있는 음침한 얼굴의 청년에게서 풍겼다.

험상궂지도 않고 위험해 보이지도 않지만, 알코올에 찌든 갈

지자걸음임에는 변함없다.

"지금 막, 우웩, 소개애 받은, 오토라고, 우웩, 합니다. 우웩."

짧은 인사 사이에 세 번이나 욕지기했다.

술에 찌들어 벌게진 얼굴을 드러낸 오토라는 청년은 스바루와 남자를 번갈아 둘러봤다.

"그래서어, 뭐였죠오? 장사 얘기? 장사 얘기였던가요오? 우웩, 내게 장사 얘기라니, 우웩, 아하하, 우웩. 웃기는 얘기이, 잖아여어, 웨에엑."

급기야 오토는 쭈그려 앉더니 뜬금없이 웃기 시작했다.

우렁차게 희망이 무너지는 걸 느낀 스바루가 원망스러운 시선을 소개한 남자에게 돌렸다. 그 눈총을 받은 남자는 당황한 낌새로 오토를 가리켰다.

"잠깐, 잠깐 있어봐. 속인 게 아니야."

"진심으로 소개해준 거면 댁의 머리 구조를 의심할 수준이야. 음주 운전 때문에 체포라는 귀여운 수준이 아니라고. 이 상태라면 도보여도 불심검문 받겠다."

곤드레만드레를 넘어 곤죽 수준으로 떡이 된 남자를 소개 받은 판국이다.

스바루의 말에 남자는 한숨을 쉬고 쪼그린 오토의 어깨를 거칠게 흔들었다.

"오토! 인마, 자식아. 일어나! 현 상황을 바꿀 일발 역전 수단이 있으면 소개해 달라 했던 건 너잖아! 술 때문에 다 망칠 거냐, 엉?!"

"일발 대역전 수단――?!"

귀를 쫑긋하더니, 그때까지 죽은 눈이던 오토의 표정이 바뀌었다. 오토는 남자의 손을 버팀목으로 그때까지의 술에 빠져 있던 모습이 거짓말인 양 일어섰다.

"이거 매우 실례했습니다. 제 이름은 오토 스웬. 행상 노릇하는 보잘것없는 일개 상인입니다."

안색 바뀌는 소리가 들리겠다 싶을 만큼 표정을 쫙 다잡고 스바루와 마주하는 오토.

오토는 그 변모에 말도 못 하는 스바루를 위에서 아래까지 찬찬히 관찰하고 말했다.

"과연. 어느 정도의 신분은 보장되어 있는 거로군요. 이건 확실히 큰 손님이 될지도 모르겠어요. 케티 씨, 감사합니다."

"그려그려. 그래서, 이제 얘기는 문제없을 것 같지? 난 그만 실례해 보겠다. 형씨는 이 얼굴, 잊지 말아주라고. 오토, 너 이거 빚이거든, 빚."

오토가 술타령꾼이란 의심을 풀기에 충분한 태도를 보여주자, 남자는 안심한 듯이 가슴을 쓸어내리고 이 자리를 벗어났다.

스바루는 친절히 대해준 남자를 배웅하고, 다시금 오토를 돌아보며 이쪽을 품평하는 눈매의 청년을 교섭 상대로 인정했다.

"그럼 바로 거래로 넘어가죠. ――손님은 뭘 원하시는지?"

손뼉을 치면서 오토는 함박웃음을 꾸미고 그렇게 말을 꺼냈다.

놓칠 수는 없는 상대와 찬스. 스바루는 숨을 집어삼키고 거래에 임한다.

"좀만 난폭한 부탁이 되겠는데…….."

서두를 깐 스바루가 얘기할 수 없는 부분에 유의하면서 사정을 설명했다. 오토가 거절하면 절망적이다. 자연히 혀에도 긴장이 뻗치는 거래 제안. 그리고.

"받아들여도 상관없어요, 네."

스바루의 간략한 사정 설명에 오토는 잠시 골몰한 다음 그렇게 끄덕여보였다.

끌려왔을 때와 같은 인물이라고는 생각할 수 없을 만큼 정연한 대답에 스바루는 놀라면서도 그의 양손을 잡고 크게 흔들었다.

"고, 고마워! 그래, 해주는구나! 살았어! 진짜 살았어!"

"아얏! 아야야야! 잠깐, 힘 세! 자, 잠깐만요! 기뻐해주는 건 좋지만, 이쪽에도 조건이 있다고요!"

잡힌 팔을 풀어낸 오토가 스바루에게서 한 발짝 거리를 벌리고 발언했다. '조건'이라는 말에 스바루가 갸우뚱하자 오토는 해방된 손을 가볍게 흔들면서 말을 이었다.

"용차는 제게도 장사 수단……이라기보다 생명줄이니까요. 간단히는 못 받아들입니다. 물론 정규의 대여 용차보다도 대금은 두둑이 주셔야겠어요. 특히 지금의 메이더스령에 가려면 여러모로 불안 요소가 많으니 말이죠."

"그야 당연한 주장이지. 부르는 대로 주겠다며 통 크게 나서는 것까진 못 하지만."

턱없는 가격을 제시하면 어떡할지 스바루는 조금 불안해졌다. 내밀 수 있는 보수는 수중에 있는 것뿐. 모자라면 값을 깎을 필요가 생기기 때문이다.

스바루의 경계심에 오토는 입매에 밉살맞은 웃음을 머금었다.

"그렇군요. 그럼 있는 돈 전부……면 어떨까요."

교섭의 선수를 쳐서 주도권을 잡으려고 하듯이 오토가 조건을 들이밀었다.

스바루의 시선으로 돈이 되는 게 가방에 있는 걸 간파한 것이리라. 포석을 치고 교섭의 페이스를 잡아 조금이라도 더 자기 이익이 늘도록 연결 짓는다. 상인의 정석이다.

입과 입, 혀와 혀. 변설과 상재를 서로 부딪치는 교섭전의 화문이 열린다──

"그거면 되겠어? 알았어. 그럼 이 가방은 네게 넘기지. 바로 출발할 수 있나?"

──는 일은 없었다.

스바루가 싱겁게 가방을 내밀자 오토는 얼떨떨하게 놀라면서도 무심코 그것을 받아 들고 말았다. 그 묵직한 무게에 침을 삼킨 오토가 당황해서 스바루를 쳐다봤다.

"잠깐, 이게 아니잖아요?! 보통, 여기서부터 피아 요구의 타협점을 찾으면서 조정하기 위한 설전이 시작될 참이라고요?! 그렇게 대뜸……."

"시간 낭비에다 어차피 설전 벌이면 내가 져. 해 봤자 헛수고인 싸움은 할 의미 없고, 그 가방의 내용물로 끝난다면 내게는 바랄 나위 없지."

있는 돈 전부로 문제가 정리된다면 스바루에게는 싸게 먹히는 거다.

그런 스바루의 시원하기까지 한 태도에 오토는 성급했나 싶어 얼굴을 찌푸리면서 말했다.

"이거…… 혹시, 엄청 귀찮은 분을 소개 받아버린 건."

"안심해라. 네게 폐 끼칠 생각은 없어. 마음만은."

"점점 더 불안해지는 말투가 무지막지 마음에 걸리는데요?!"

눈곱만큼도 설득력이 없는 발언에 막 만난 사이인 오토마저 분개한다. 그러나 그는 포기한 듯이 한숨을 쉬더니 떠맡은 가방을 고쳐 안았다.

"알겠습니다. 이쪽에서 조건을 내놓고 그걸 즉각 수용한 건데요. 제게도 상인으로서의 긍지가 있으니 말이죠. 아무리 푼돈이더라도 제대로 달성해…… 으액?! 뭐, 뭐예요, 이 거금?! 이런 걸 간단히 내놓고 뭘 시킬…… 웨에엑."

가방의 내용물을 확인하고 그 금액에 놀라는 오토에게 구토감이 재래. 무릎 꿇고 토악질하는 오토를 등 뒤에 둔 스바루는 겨우겨우 붙잡은 희망에 주먹을 쥐었다.

갖은 장애가 스바루 앞을 막아서지만, 그것들도 전부 어떻게든 극복할 수 있다.

지금은 아직 에밀리아 앞을 막은 장애의 정체를 알 수 없지만,

그녀 곁에 서면 필시 알 수 있을 터다. 그리고 그건 스바루밖에 타파할 수 없는 문제인 것이다.

"기다려라. 이제 금방…… 이제 금방이라고."

스바루의 입술이 뚜렷하게 웃음의 형태로 일그러졌다.

그 웃음이 에밀리아를 구하는 목적을 달성하기 위해 떠오른 것인지, 아니면 더 다른 요인을 빌미로 떠오른 것인지는, 웃었다는 자각이 없는 본인 역시 알 수 없다.

2

자그마한 진동을 맛보면서 스바루는 흐르는 경치에 시선을 보내고 있었다.

저녁때에 접어든 하늘은 주황색으로 물들기 시작해서 곧 밤이 찾아올 것이다. 평범한 나그네라면 야영할 준비에 들어가거나 인근 마을에서 숙소를 잡는 선택을 할 시간대다.

그럴 무렵을 출발 시간으로 골라 마을을 나온 건 아무래도 스바루 일행 정도뿐인 것 같았다.

"목적지는 메이더스령에 있는 변경백의 저택. 시간은 최대한 단축하는 방향으로, 한밤중에도 계속 달리는 게 조건……. 보수가 보수라서 받겠지만 이거 가당찮은 조건이라고요."

"금화 보고 눈빛이 바뀌던 놈이 불평하면 안 되지. 부탁한다. 내 미래가 걸려 있어."

"제 미래도 현재 진행형으로 여러 곳에 걸려 있으니까요. 노력해 보죠. 이랴."

말하면서 고삐를 다루는 오토의 지시로 지룡이 땅을 박차고 달린다.

오토가 소유한 용차는 큰 포장을 씌운 포장용차로, 지룡도 그에 어울리게 파워풀한 거체를 자랑하는 것이었다. 중량급 외모의 지룡에 스바루는 속도를 걱정했지만, 오토가 설명했다.

"그만큼 지구력이 달라요. 장거리용 지룡 중에서도 특히 체력에 우수한 품종이니 사흘 내내 달려도 고꾸라질 일은 없어요."

"사흘씩 달리게 하면 반대로 타고 있는 인간 쪽이 고꾸라지겠지."

"저도 2년쯤 전에 어떤 거래를 놓치지 않으려고 달리게 했던 적이 있죠. 인간이란 죽을 맘만 먹어보면 의외로 다 하는 법이에요. 거래가 끝난 직후에 쓰러져서, 그 뒤로 1주일 정도 생사지경을 넘나들었지만요."

"죽을 맘만 먹어보면, 말이지."

오토의 얼굴을 흘겨보자 그는 "무슨 문제라도?"라는 말이라도 하고 싶은 듯한 눈길을 보낸다.

스바루는 말없이 손을 내저으며 무릎 위에 턱을 괴고 아득히 앞 방향에다 시력을 집중했다.

"미안한걸요. 손님을 태울 일을 고려하지 않은 바람에 당최 멀쩡한 좌석이란 걸 준비할 수 없어서요."

"억지 부린 건 이쪽이고 엉덩이가 아픈 것쯤이야 신경도 안

써. 가호 덕분에 바람과 진동이 없는 것만으로도 충분하고 남을
정도야."

　순수하게 짐을 옮기는 것만이 목적인 오토의 용차는 잉여 인
원을 실을 수 있는 객차 따위는 설치되지 않았다. 필연적으로
스바루의 자리는 차부석의 오토 옆자리밖에 없었다.

　"졸리시면 좀 어수선해도 짐칸에서 주무시길 부탁합니다. 저
도 야영할 때가 자주 있어서 모포는 몇 장씩 준비해놓았거든
요."

　"그건 극진하군. ……용차를 교환할 필요가 없다는 건 도중
의 하누마스는 그냥 지나간다는 걸로 들어도 되지?"

　"그렇게 되죠. 중계 지점으로서 하누마스는 플뢰르보다 번창
한 곳이지만 물과 식량은 충분히 실어놨으니까요. 의뢰도 급행
이라니 그냥 지나가도록 하죠."

　여행에 이골이 났기 때문일 것이다. 계획성이 전무한 급발진
같은 여로임에도 불구하고 고삐를 잡는 오토의 태도에는 털끝
만큼의 불안도 포함되지 않았다.

　오토 입장에 보면 이미 몇 번씩 오고 간 노정 가운데 하나인 것
이다. 나이 차이가 그다지 나지 않는 그의 옆얼굴에 스바루는
어울리지 않는 관록마저 느끼고 말았다.

　뜻밖에도 자신과 오토 사이의 경험 및 배짱 차이를 의식한 스
바루는 입술을 깨물었다.

　"저기, 어째서 얘기를 받아준 거지? 그렇게 술독에 빠져 있던
것도 의문이고."

"꺼, 껄끄러운 질문을 척척 하시네요, 나츠키 씨."

쓰게 웃은 오토의 옆얼굴이 친해지기 쉬운 분위기를 되찾았다.

이쪽 세계에 온 이래 성으로 불린 적은 드물다. 오랜만의 호칭에 묘한 감각을 느끼면서 스바루는 직구로 상대의 질문받고 싶지 않은 구석을 들쑤신 걸 반성했다.

"뭐, 이왕 저지른 것 별수 없지. 차라리 자백하고 편해지도록 해."

"네, 경사님……. 전 그런 짓을 할 생각은…… 아니 왜 나쁜 짓한 것 같은 분위기인 거죠?! 전 나쁜 짓이 아니라 실수를 했을 뿐이라고요!"

오토가 스바루의 넉살에 과잉 반응하고, 침울한 표정으로 고개를 뒤로 돌렸다.

"뒤쪽 짐칸, 빼곡히 제 짐이 쌓여있는 상황인데…… 내용물, 무엇인 것 같아요?"

"……슥 보니 항아리 비슷한 걸로 보이는데. 미술품이라도 나르는 도중이었어?"

"아차상입니다. 파는 물건은 바깥 게 아니라 내용물이에요. 항아리에는 그득하게 고급 기름이 들어가 있거든요. 본래는 그걸 북쪽 나라 구스테코로 들고 갈 예정이었는데……."

오토는 헛방을 쳤다는 처량한 얼굴로 어깨를 추욱 늘어뜨렸다.

"왕선 영향 때문인지. 구스테코와 루그니카의 통행이 일시적으로 폐쇄되고 말아서요. 못 팔아먹으면 난처하다고 호소해 봤는데…… 쌀쌀맞게 쫓겨난 거죠."

혹독한 한기의 구스테코에서 크게 한탕 벌어야 했는데, 팔 곳을 잃어서 크게 황망한 지경. 덤으로 오토가 기름과 맞바꾼 게 한동안 헐값밖에 안 되던 철제품들이었다니 설상가상이다.

그 결과 철제품이 미친 듯이 팔릴 찬스를 놓치고 대신에 손에 넣은 기름을 팔아치울 마켓도 잃어, 막막한 심정에 홧술을 마시고 있었다는 게 사태의 전말이라고 한다.

"이런 대량의 기름, 루그니카에서 기대대로 팔릴 리 없고 떨이로 내놓았다간 전 파멸이에요. 그래서 반쯤 인생 팽개치고 있던 중에 나츠키 씨가 등장한 거죠."

"그 보수로 네 손실은 어떻게든 메울 수 있을 것 같나 봐?"

"이 기름을 전부 싼값으로 사들여도 거스름돈이 나오죠. 제 모가지도 붙었습니다."

손을 마주하고 스바루에게 절하는 자세로 감사를 전하는 오토. 그런 그의 태도에 스바루는 "관두셔."라고 손을 저었다.

그에게 감사하고 있는 건 스바루도 마찬가지다. 오히려 그 마음은 스바루 쪽이 더 강하다.

한동안 그렇게 "그쪽 덕분에." "아뇨아뇨 저야말로." "네가 있기에 내가 있어." "그래, 우리의 만남은 운명이었어."라느니 촌극을 이어가며 친교를 다졌다.

그런 넉살의 응수에도 일단락이 지어지고, 갑작스러운 침묵이 두 사람 사이에 내려앉았을 때였다.

"이봐, 오토. 이 평원, 뚫고 나갈 수는 없을까?"

달리는 가도에서 시선을 뗀 스바루가 쭉 이어지는 평야를 바라보면서 나직이 중얼거렸다.

스바루의 그 중얼거림을 주워들은 오토는 끝내주는 농담을 들은 듯이 무릎을 쳤다.

"또, 또 그런다. 아무리 그래도 농담이 지나쳐요. '안개'가 평원에 낄 때, 그곳에는 백경이 나타납니다. 마수 중에서도 제일 유명한 놈이니…… 맞닥뜨리면 목숨이 안 남는다고요."

"그렇게 위험한 놈이야? 토벌 같은 건 안 당했고?"

"백경은 '안개'만 피하면 피해는 최소한으로 그치니까요. 토벌대가 조직되어 원정이 이루어진 적도 옛날…… 10년 이상 전에, 대정벌이라는 명목으로 있었다고는 들었죠. 결과에 관해선 지금도 백경이 건재한 걸로 보아 짐작할 만하죠."

즉, 토벌은 실패하고, 그 뒤의 원정을 망설이게 만들 피해가 나왔다는 뜻이다.

마수라는 단어에 스바루는 복잡한 감상을 품었다. 스바루에게 마수라면, 그건 바로 일전에 맞닥뜨린 울가름을 가리킨다. 스바루에게 중상을 입히고, 로즈월 손에 근절된 마수. 그들과의 공존은 확실히 어려울 것이다.

"백경……이라. 하얀 고래의 모양을 하고 있나 보지."

"목격자 얘기론 너무 커서 전신은 다 보이지 않았다나 보더라고요. 주위가 우지직 뭉개지는 가운데, 필사적으로 전부 다 내던지고 목숨만 건졌다더군요."

'무시무시한 얘기죠.' 라고 말을 맺은 오토는 그 이상의 얘기에 대해서는 입을 다물었다.

행상인인 그의 입장에서 보면 이렇게 평원을 며칠씩이나 점령해 행로의 계획을 크게 꼬아놓는 백경은 재수 없는 존재임이 틀림없다.

토벌당해주면 고맙지만, 관계하고 싶지는 않다. 그건 오토를 비롯한 대다수 상인들이 품는 공통 견해일지도 몰랐다.

"이 페이스면 메이더스령에 들어가는 건 언제쯤이 될 것 같지?"

"어디 보자. 밤이 되어도 제 지룡은 밤눈이 밝기도 하고, 안개가 끼는 평원 근처에서 작업하는 겁대가리 없는 강도도 없을 테니, 순조롭게 나가면 내일 새벽일까요."

화제를 바꾼 스바루에게 그렇게 대답한 다음, 오토는 흘끔 이쪽 눈치를 살폈다. 그 시선에 스바루가 눈썹을 찡그리자, 오토는 당황한 투로 "어, 아뇨." 하고 눈을 피했다.

"목적지는 메이더스 변경백의 저택……인 거죠?"

"어, 그런데."

"게다가, 보수가 이런 거금. 복장도 그럭저럭 돈 들인 것이고……. 여기서만 하는 얘기인데, 나츠키 씨는 정체가 뭐죠? 변경백의 관계자……인가요?"

쭈뼛거리는 물음에 스바루는 오토가 품은 의문의 이유를 깨닫고 수긍했다.

오토 눈으로 보면 스바루의 정체는 수수께끼라고 할 수밖에 없을 것이다. 느닷없이 거금을 떠맡기며 '저택까지 달려다오.' 라는 제안. 덤으로 목적하는 저택은 지금 좋은 소문이 안 들린다고 하는 판이다.

"그래. 난 로즈월…… 변경백의 관계자야. 너도 이상한 소문을 들었을지 모르겠지만, 진위는 아직 몰라. 그리고 말을 했었지만 네게 폐를 끼칠 생각은……."

"아뇨아뇨! 그런 걱정하고 있는 게 아니에요! 그저, 그…… 그 왜. 변경백님의 취미는 유명하고, 왕선의 소문도 들었으니…… 정말인가 싶어서요."

"……정말인가……라면?"

오토가 하는 말의 낌새로 그가 무엇을 묻고 싶은지가 어렴풋이 전해지기 시작했다.

그런데도 구태여 스바루는 딱딱한 목소리를 숨기면서 오토의 말 뒤를 캐물었다.

"그, 변경백님이 지원하는 게 하프엘프 아가씨라는 말이."

"_____."

역시 그러냐는 낙담이 스바루의 속내에 사무쳤다. 불안스러운 오토의 목소리는 사실인지 아닌지를 확인하기가 무섭다며 스바루에게 여실하게 전달하고 있다.

"아냐……라고 해 봤자 금방 알게 될 테니. 사실이야. 변경백이 지원하는 후보자는 하프엘프다. 하지만 그 애는 너희가 생각하는 것 같이……."

"그런가요. ──다행이다."

또, 출신 때문에 에밀리아가 헐뜯는 말을 듣는다. 이를 피하려고 스바루는 빠르게 편견을 부정하는 말을 끼워 넣으려 했다. 그러나 오토의 반응은 스바루의 예상 밖이었다.

오토는 안도한 듯이 눈썹을 치켜들고 가슴을 훅 쓸어내린 것이다.

"아, 아아…… 죄송합니다. 저 혼자 맘대로 들떠 버려서."

말문을 잃은 스바루의 시선을 알아챈 오토가 자기 자신을 부끄러워하듯이 쓰게 웃었다.

"아니, 그 소문을 들었을 때부터…… 뭐랄까요, 이상하게 두둔해버려서요."

"두둔하다니……. 에밀리아를?"

"에밀리아 님이라고 하시나 보죠? 네, 뭐, 대충 그렇죠. 하프엘프라면 여태까지 여러 가지로 힘들었을 거잖아요. 편한 처지가 아니었을 사람이, 그에 지지 않고 왕선에 이름을 올렸다. ……그래, 굉장한 일이죠."

오토가 진로를 먼눈으로 바라보면서 목소리를 희미하게 떨었다.

그 말을 들은 스바루는 자신이 매우 당황하고 있음을 깨달았다. 가슴속에 술렁이는 복잡한 감정이 무엇을 주장하는지 알 수 없었다.

동요하는 스바루를 알아채지 못한 오토는 가볍게 코를 손가락으로 쓸면서 말했다.

"그 에밀리아 님의 고민과 비교하면 실례일지도 모르지만, 저도 남에게 이해받지 못한다는 데에는 경험이 있어서……. 이상한 공감이죠. 임금님이 되기는 어렵겠지만, 힘내줬으면 좋겠구나—하는 생각에. 그래서 확인해 보고 싶었던 거예요."

자기 얘기가 될 수밖에 없기 때문인지 오토는 거기서 말을 끊고 이야기 흐름에 구분을 지었다.

스바루 또한 지금 오토가 한 말에는 아무 말도 하지 않고, 팔짱과 함께 계속 고개를 숙였다.

"————."

원래라면 스바루는 오토에게 감사의 말을 해도 될 만큼, 그 말에 구원받았으리라.

부조리한 장애가 길을 가로막고 있는 에밀리아. 그러나 이런 수 저런 수 다 써서 훼방을 해대는 세상이라도 모두가 다 에밀리아를 싫어하고 있는 건 아니다.

개중에는 오토처럼 에밀리아의 처지를 알고 응원하고 싶어하는 사람도 있다.

그 사실은 에밀리아에게 분명히 무엇보다 위안이 될 것임이 틀림없다.

틀림없을진대.

"————."

왠지 스바루는 감사를 오토에게 전하는 것도, 자신의 가슴속에 응어리지는 불가해한 감정을 삭이는 것도, 양쪽 다 하지 못한 채 가만히 용차를 따라 흔들렸다.

3

"——나츠키 씨! 일어나세요! 슬슬 메이더스령에 들어가요!"

오토의 부름을 듣고 짐칸에서 모포를 두르고 있던 스바루가 눈을 떴다.

좀처럼 잠이 들지 못해 꾸벅거리는 머리를 흔들고 장막에서 얼굴을 내미니, 해돋이와 푸른 산들을 바라볼 수 있었다.

태양이 다시 떠오르고, 산간에서 내리쬐는 햇빛에 스바루는 눈을 가늘게 뜬다.

밤을 새운 강행군을 유지해 반나절하고도 몇 시간. 스바루는 메이더스령에 돌아왔다.

"잘해줬어, 오토. 내가 낮잠 자고 있는 새에도 우마처럼 일하면서……."

"왠지 노동 의욕이 꺼질 말투 그만두시죠?! 그보다 메이더스 변경백의 저택은 아람이란 마을 근처였었죠?"

무릎 위에 지도를 펼친 오토가 길과 지도를 교대로 노려보며 묻는다. 그 눈은 철야해서 살짝 핏발이 서 있지만, 다행히도 피로감은 그리 없는 것 같았다.

"술 마신데다 철야 이틀째지만 오히려 상태가 좋습니다! 이대로 저택까지 일직선으로 바래다드리죠! 흐헤헤헤!"

"정말로 괜찮냐?! 피로를 잊게 하는 이상한 약이라도 처방받진 않았지?!"

"그쪽 방면 약은 금지된 약품이라 루그니카에선 금령이 떨어졌다고요. 안심하세요."

제정신과 광기의 틈바구니를 오가고 있는 느낌의 오토를 불안시하면서도 스바루의 마음 또한 메이더스령에 돌아온 걸로 약간 가벼워졌다.

"쉬지 않고 내내 달렸으니, 어쩌면 렘을 도중에 제쳤을지도 모르겠군."

"무슨, 아무리 그래도 반나절 이상 먼저 나간 상대를 따라잡는 건 어렵다니까요. 그보다 나츠키 씨는 저택에 돌아갈 준비나 하지 그러세요? 삐친 머리 고치는 편이 나아요."

농담 섞은 오토의 말에 손을 든 스바루는 잠자다 삐친 머리를 바로잡으면서 숨을 죽였다.

저택 코앞까지 접근했기에 지금까지 생각하려 들지 않았던 재회의 장면을 싫어도 떠올려야만 했기 때문이다.

아마도 간단히는 받아들여주지 않으리라 추측된다.

왕도에서의 이별 뒤, 일부러 주선해준 게이트의 치료를 중도에 팽개치고 돌아온 것이다. 먼저 돌아갔을 렘의 지시도 어겼고, 아군은 없을지도 모른다.

그러나 설령 어떤 식으로 여겨진다 하더라도——

"난, 내가 해야 할 일을 하기 위해서 돌아온 거야. 부끄러워 할 거라곤 하나도 없어. 그래. 난 아무것도 잘못하지 않았어."

자신을 정당화하듯이. 혹은 이곳에 없는 누군가에게 변명하듯이.

반복한 스바루는 자신의 기력을 계속 지탱해온 마법의 말을 여기서도 중얼거렸다.

"──에밀리아를 위해서야. 내가 없으면, 그 애는 안 돼."

뭔가 떠올려야만 했을 터인 수많은 말을 저버린 스바루는 힘없이 허물어져 버릴 듯한 자아를 그런 말로 지탱해가고 있었다.

언덕을 지나쳐 넓은 가도에 접어들고 안정된 속도로 길을 달린다. 그대로 가도는 산림 안을 지나가는 형국이 되고, 경치가 스바루에게도 정겨운 것으로 변하기 시작했다.

이대로라면 앞으로 한 시간 이내에 로즈월의 저택에 도착한다. ──그 순간이었다.

"──?! 어, 어이! 오토?!"

거센 소리와 함께 수레바퀴를 삐걱거린 용차가 지면을 긁으며 거칠게 정차했다.

정지한 감각이 든 순간 지룡의 가호가 풀린 건지, 옆으로 요동치며 멈춘 충격이 다이렉트로 전해졌다. 짐칸에 있던 스바루는 가장자리에 몸을 찧고 무심결에 소리를 질렀다.

"오토! 지금 건 뭐야?! 아직 도착하지 않았잖아. 왜 갑자기 멈춰서……."

"──나츠키 씨. 제가 따라가는 건 여기까지로 해줄 수 없을까요?"

고삐를 잡은 채 스바루 쪽을 피해 밑을 보며 말을 쥐어짜내는 오토. 순간, 스바루는 무슨 말을 들었는지 이해 못 하다가 곧바로 그 멱살을 잡아 끌어당겼다.

"얘기가 틀리잖아. 어떻게 된 거야? 너 이 자식, 이제 와서 여기까지 와놓고 어정쩡한 곳에서 물리려고 하는 게 아냐. 제대로 끝까지⋯⋯."

'따라와.' 라고 고함치려다가, 들여다본 오토의 얼굴이 창백하게 질려 있어 숨을 집어삼켰다. 창백한 얼굴의 오토에게서 손을 놓자 차부석에 앉은 그는 깊이 고개를 숙였다.

"죄송⋯⋯합니다. 끝까지 나츠키 씨와 함께 갈 셈이었어요. 그래도, 더는 이 앞으로 나갈 용기가 없습니다."

"아까부터 뭔 얘기를 하는 거야. 용기고 뭐고 관계없잖아? 앞으로 좀만 더 가면 저택에 도착한다고. 길이 나쁜 것도 아니고. 부탁하자, 오토."

"부탁받아도⋯⋯ 무리예요. 보수도 다는 필요 없습니다. 절반은 돌려드리겠습니다. 그러니 절 여기서 되돌아가게 해주세요."

스바루는 끝까지 심각해지는 걸 피해서 얘기를 진행하고 싶어하지만, 차부석에 손을 짚은 오토는 진심으로 용서를 청하고 있었다. 너무도 비장한 그 태도에 스바루는 곤혹을 숨기지 못했다.

"갑자기 왜 그래? 무슨 일이 있어서 그런⋯⋯."

"지룡이⋯⋯ 겁을 먹고 있어요. 그뿐만이 아녜요. 이 주변 일대가 제게는 너무 조용해요! 행상인이 지룡을 단짝으로 삼는 건 이 때문이에요. 지룡은 접근해선 안 되는 장소를 본능으로 아는 거예요⋯⋯!"

퍼런 얼굴의 오토가 무릎 위의 손을 가늘게 떨며 지룡을 내려다보았다.

눈길을 주니 주인의 명령을 기다리는 지룡이 조용히 거친 숨결을 반복하고 있다. 하지만 빈번하게 진행 방향으로 코를 킁킁거리고는, 이쪽에 위험을 알리려고 몸짓하고 있었다.

그 지룡의 눈치와, 그것을 신뢰하는 오토의 반응을 본 스바루도 깨닫는다.

이 앞에, 뭔가 상상을 초월하는 사태가 기다리고 있노라고. 그리고 그곳에 오토와 지룡을 데려가는 건 그들에게 너무나 가혹한 처사라고.

"여러 가지로 신세 졌다. 무섭게 만들어서 미안해, 오토."

"──어."

놀라는 소리를 등으로 들으면서 스바루는 차부석에서 지면 위로 뛰어내렸다. 지룡의 바로 옆에 착지하고는, 저리다고 호소하는 다리를 돌려 오토를 쳐다봤다.

"나는 앞으로 걸어서 저택까지 가마. 뭘, 여기까지 오면 금방이지. 여기까지 데려와준 것만으로도 충분해. 돈은 다 가지고 가라."

"그럴 수는…… 아니, 그보다도 나츠키 씨! 가면 안 돼요! 저랑 함께 되돌아가요! 지금, 이곳에는 안개가 끼어 있는 거라고요!"

"백경이 나온다는 거야?"

"행상인들에게 있어 흉조라는 뜻이에요! 행선지에 안개가 끼는 건 우리에게는 사활이 걸린 문제니까요. ……아뇨. 그런 건 아무래도 됐어! 좌우지간 생각을 고쳐서……."

"미안하다."

스바루는 자신의 몸을 염려해주는 오토의 외침에 쓰게 웃고 말았다. 이렇게 속이 좋아선 서로 속이고 구슬리는 게 당연한 상인에는 안 맞는 게 아닐까.

선량한 오토의 직업 적성을 의문시하며 스바루는 용차에서 떨어져서 걷기 시작했다.

"네가 생명과 금화를 중요의 천칭에 싣는 것과 같이, 나도 생명과 비슷하게 중요한 걸 천칭에 싣고 있어. 그 중요한 게 이 앞에서 날 기다리고 있거든."

"나츠키 씨, 기다려보세요! 얘, 얘기를 하죠, 제대로 얘기를!"

"되돌아가는 널 원망하진 않아. 오히려 위험하다고 알고 돌아가는 건 정답이겠지. 난 사전에 그걸 안 것만으로도 충분해."

이 길의 앞── 스바루의 목적지에, 지룡조차 겁을 먹는 위험이 기다리고 있다.

하지만 서둘러야만 한다. 달려가야만 한다.

그곳에 스바루가 구하는 답이 분명히 굴러다니고 있을 터이니까.

"──나츠키 씨!"

"고맙다."

오토의 목소리는 마지막까지 스바루의 몸을 염려하고 있었다. 스바루는 이를 내치고 좌우가 나무들로 둘러싸인 가도의 지면을 강하게 박차며 달리기 시작했다.

타산 없이 자신을 걱정해준 인물을 내버린 스바루가 목적지로 향한다.

익숙한 경치지만, 비슷하기만 할 뿐 그 자체는 아니다.

여기서부터 로즈월의 저택까지 얼마나 거리가 있을쏘냐. 가도가 뻗어나간 대로 계속 달려가면 틀림없이 저택에 도착할 수 있다.

위기는 명확해졌고, 목적지는 눈앞. 스바루 안에서 감정은 거세게 미쳐 날뛰고 있다.

좌우지간 한시라도 빨리 저택에 도착하고 싶다.

그리하면 지금의 스바루를 괴롭히는 엉거주춤한 감정에 결판이 날 것만 같았다.

그것이 바란 형태이든, 바라지 않는 형태이든 간에, 결판이.

"……? 뭐……야……?"

정신없이 달린다……고 하기에는 너무 많은 잡념에 휩쓸리고 있던 스바루의 다리가 정지했다.

목적지에 도달한 게 아니다. 주위는 변함없이 끝이 없는 게 아닐까 의심하고 싶어질 만큼 이어지는 가도와, 도망갈 곳을 가로막듯이 우거진 푸르른 나무들. 숨은 헐떡이고 있지만 체력의 한계는 아직 남아 있었다. 그렇다면 왜 스바루의 다리가 정지했는가. 그것은——.

"너무 조용……하잖아……."

위화감이 스바루의 다리를 세운 것이다.

공교롭게도 조금 전 오토가 입에 담은 내용 일부와 겹치는 발언. 둘러보는 주위의 경치는 아무것도 바뀌지 않았다. 바람 부는 소리가 잎사귀를 흔들고, 자신의 호흡이 유난히 시끄럽다.

하지만 그뿐이다. 2개월 가깝게 이 땅에서 지낸 스바루는 그 위화감을 알아챘다.

벌레 우는 소리조차 들리지 않는, 이 숲의 압도적인 정적이 품은 비정상을.

——그리고 그것은 스바루의 의식 틈새를 누비며 느닷없이 출현했다.

"뭐…… 어?!"

경악에 목이 막혀 스바루는 무심결에 그 자리에서 뒷걸음질 쳤다.

스바루의 정면에 슬그머니 소리도 없이 사람이 나타난 것이다. 그것도 온몸을 검은 복색으로 가리고, 두건 같은 걸로 얼굴마저도 숨긴 정체 모를 인물이.

게다가 놀랄 일은 그것만으로 그치질 않는다.

"이 녀석…… 아니, 이 녀석들……!"

고개를 돌리는 스바루의 시선을 뒤좇듯이 잇달아 검은 그림자가 주위에 출현했다.

그 숫자는 순식간에 열을 넘어, 경계하는 스바루를 비웃듯이 에워싸고 말았다.

"————."

더욱 괴이한 건, 그림자의 집단이 모습을 드러냈음에도 불구하고 이어지는 광기 어린 정적.

그림자들은 희미한 숨결조차 못 느끼도록 침묵한 채로 스바루를 관찰하고 있다.

우호적일 리가 없다. 그렇다고 적대할 의사를 보이는 것도 아니다. 움직이지 않는 그림자들 앞에서, 그 섬뜩함에 말문이 틀어 막힌 스바루도 손가락 하나 까딱하지 못하고 있었다.

그렇게 눈싸움이 이어지고 얼마나 지났을까.

팽팽한 긴장감에 스바루는 시간의 흐름을 매우 더디게 느꼈다. 그 폭력적인 정적은 시작됐을 때와 똑같이 너무나도 선선히 무너졌다.

"＿＿＿＿＿."

일제히 그림자들이 스바루를 향해 공손하게 머리를 조아려 보였던 것이다.

"＿＿아?"

스바루의 뇌는 그 광경을 이해하기를 완전히 포기했다.

의미를 알 수 없이 출현한 집단은 의미를 알 수 없는 경의를 스바루에게 보냈다. 그리고 의미를 알지 못하고 있는 스바루를 내버려두고 스르륵 미끄러지듯이 시야에서 사라지기 시작했다.

스바루는 아무 말도 꺼내지 못하고 눈앞의 광경에 멍하니 놀랄 도리밖에 없었다. 그림자들은 경직된 스바루에게 아무 짓도 하지 않고 무음의 보법으로 떠나갔다.

나타났을 때도 필시 저 보법으로 의식의 틈새에서 솟았던 것이리라. 그걸 이해해 봤자 그 외의 모든 것을 알 수 없는 존재였다.

불필요한 불안을 자극당한 스바루가 완전히 그림자들이 그 장소를 떠났다고 알아차리고 달리기 시작한 건 5분쯤 뒤였다.

그림자에 대해 이해하기를 집어치운 스바루는 가슴을 휘젓는 불안을 삭이며 계속 달린다.

공포와 불쾌한 감각을 뿌리치듯이 스바루는 한결같은 마음으로 저택을 향했다.

스바루는 목적도 존재도 이해할 수 없는 그림자를 이해하는 걸 포기했다.

때문에 스바루는 알아채지 못한다.

정체 모를 그림자들이 미끄러지듯이 향한 쪽이 남겨두고 온 오토가 있던 방향이었음을.

그리고 그 사실을 스바루가 고려하는 일은 한 번도 없었다.

──생각을 정지하고 달리는 것만이 자신을 구원해주리라고 믿어 의심치 않듯이.

4

불안이, 목을 쥐어뜯고 싶어질 불안이 온몸을 지배하고 있었다.

발은 앞으로. 마음은 미래로. 의지는 목적을 향해서 나아가고 있을 터인데, 슬금슬금 뒤에서 정체 모를 공포가 쫓아오고 있는 듯한 느낌이다.

이명이 심하다. 구토감이 머리를 후려치고 온몸의 혈액이 흙탕물로 바뀐 듯하다. 들끓는 불안은 시간과 함께 더욱더 존재를 주장하고, 형태 없는 마음이라는 기관이 터질 것만 같았다.

——왜 이렇게 되어버린 걸까.

모든 게 잘 풀리고 있었을 터였는데, 전부 다 좋은 방향으로 갈 터인데.

재수가 안 좋았을 뿐이다. 타이밍이 맞지 않았을 뿐이다.

하려면 할 수 있을 거다. 할 일만 명쾌하면 망설이지 않고 해낼 수 있을 거다. 왕도에서의 사건은 단순히 단추를 잘못 끼워서 일어난 나쁜 꿈에 불과하다.

그러니 지금 에밀리아와 만나고 싶다. 해야 할 일은 알고 있다.

에밀리아를 구하면 된다. 그녀의 궁지다. 스바루가 나설 때다. 지금까지와 똑같다.

줄곧 그리해왔다. 이번에도 그러자. 그러면 전부 다 잘 풀린다. 에밀리아도 스바루를 다시 볼 거다. 역시 스바루가 없으면 안 된다고, 그렇게 생각하며 자기 잘못을 인정해줄 거다. 다시 스바루를 옆에 있게 해줄 거다.

"헉헉…… 허억."

숨이 차다. 폐가 아프다. 혹사당한 손발이 삐걱거리고, 병석에 있던 몸이 비명을 지른다.

하지만 멈춰 서기란 불가능하다.

그러지 않으면 따라잡혀버린다. 뒤에서 짓쳐드는, 영문 모를 뭔가에게.

"제길……. 제길, 제길……. 제기랄!"

에밀리아와 만나고 싶다. 미소를 보고 싶다. 렘의 다정함을 느

끼고 싶다. 그녀의 머리를 쓰다듬고 싶다. 베아트리스의 비아냥
이, 람의 당치 않은 소리가 매우 그립고 애달프다. 로즈월의 괴팍
함이, 팩의 마이페이스함이 얼마나 마음을 편안하게 해줄까.

——계속, 이 장소에만 있었으면 됐던 것이다.

왕도로 간 것이, 왕도에서 지새운 시간 전부가, 왕도의 존재가
모든 악의 근원이다.

라인하르트가, 펠트가, 롬 영감이, 크루쉬가, 페리스가, 빌헬
름이, 율리우스가, 아나스타시아가, 알이, 프리실라가, 현인회
의 구성원이, 기사단 패거리가, 잇달아 뇌리에 떠오르고 그 전
부가 지금의 스바루가 보내는 증오의 대상이었다.

——저주받아버려. 괴로워해버려. 고통의 한계를 맛보고 죽
어버려.

그놈들만 없으면 스바루는 자기 자신을 잃지 않을 수 있었다.

에밀리아와 화해하고 저 마음 편안한 나날로 돌아갈 수만 있
다면, 기꺼이 모든 것을 바치겠다.

모든 건 손에서 흘려버렸다. 그러니 지금은 그것을 주워 모으
러 가는 것이다.

"이제, 곧…… 난…… 돌아, 돌아갈 수 있어……!"

스바루는 폐를 태울 듯한 고통에, 마음이 쪼개져 부서질 듯한
후회에 눈을 돌리고 달렸다.

지금은 모든 것을 저주함으로써, 저주한 다음에 추구한 것이
있다고 믿음으로써 살아갈 수 있다.

"——아."

그때까지 지면을 보면서 달리던 스바루는 숨을 돌리고 고개를 들었다.

주위의 길 모습이 그때까지 달리던 경치에서 바뀌기 시작한다. 늘어선 나무들의 간격이 벌어지고, 자연에 인간 생활의 흔적이 섞이기 시작하고 있었다. 구릉지기 시작한 비탈 위에 흐릿하게 본 적이 있는 존재를 발견한 스바루의 입이 환희로 잠긴 목소리를 토해냈다.

비탈 저편에 보인 건 나무들보다 높은 위치로 올라오는 하얀 연기였다. 식사를 지으려는 용도인가, 목욕하려고 끓인 것인가. 둘 중 어느 것이든 간에 사람의 손길이 미친 수증기가 오르고 있었다.

마을이다. 저택의 가장 가까운 곳에 있는, 아람 마을이 비탈 너머에 있는 것이다.

"──후, 우."

그때까지 저택 사람들의 얼굴밖에 떠오르지 않던 뇌리에, 불현듯 친해진 마을 사람들의 모습이 투영된다. 버릇없이 친한 척하는 아이들이나, 이상하리만치 경계심이 희박한 어른들.

스바루가 반입한 이세계의 잡학을 황당무계하다며 비웃지 않고 받아들여준 선량한 사람들이다.

그 기억 속의 웃는 얼굴이 너무 그리워서 스바루는 눈물이 나올 것만 같았다.

왜 잊고 있었는지 모르겠다. 그 장소 또한 스바루가 이곳에 있던 증거다.

저 마을은 스바루가 구한 곳이다. 스바루 없이는 괴멸했을지도 모르는 마을이다. 스바루의 공적이다. 스바루가 취한 행동의 결과로, 이만큼 자랑할 수 있는 게 달리 또 있을까.

자신의 기댈 곳을 코앞에 둔 스바루의 발은 더욱 조급해졌다.

바람에 일렁이는 하얀 연기가 사라져 버릴 것만 같았다. 그걸 두려워하듯이 자꾸자꾸 조급해진다. 누군가가 있다. 스바루를 아는 사람이, 스바루의 가치를 아는 사람이 저곳에 확실히 있어 준다.

지금은 그걸로 충분하다. 친밀하게, 친애를 담아, 이곳에 있어도 된다고 증명해줬으면 좋겠다.

내달린다. 달려 올라간다. 비탈의 끝이 다가오고 하얀 연기의 밑동이 보이기 시작한다. 끝까지 올라왔다. 스바루는 뺨에 흐르는 땀을 소매로 닦고 후련한 마음으로 마을을 보았다.

──그리고 스바루는 마침내 악몽에게 따라잡혔다.

5

마을 입구로 뛰어든 순간, 스바루가 처음으로 한 일은 첫 번째 마을 사람을 찾아 시선을 헤매다가── 그 위화감에 눈썹을 찡그리는 것이었다.

한 번 발을 멈추니 그 즉시 그때까지의 부담이 단번에 심폐 기능을 덮친다. 거친 호흡을 되풀이하고 침과 가래를 뱉었다. 체력 회복에 힘쓰며 눈만으로 주위를 관찰한다.

언뜻 봐서는, 마을에 아무런 이상도 없는 것처럼 느껴졌다.

아침의 마을은 선선한 공기가 가득해, 자고 일어난 머리를 깨우는 힘을 주고 있다. 그런 화창한 아침인데 마을 어디에도 인기척이 느껴지지 않는 것이다.

밤을 새워 온 스바루는 느낌이 희박하지만 아직 아무도 깨어나지 않았을 만큼 새벽인가. 잠꾸러기인 마을 사람들에게 어깨를 으쓱이고, '그렇다면.' 하고 스바루는 하얀 연기의 원인을 찾아 움직이기 시작했다.

연기의 정체를 찾으면 저절로 누군가와 조우할 수 있기 마련이다.

"_____."

그러나 그 계획도 허탕을 쳐서 스바루는 아무와도 얼굴을 마주할 수 없었다.

피어오르는 하얀 연기의 밑동에 도착했을 때, 그곳에는 이미 아무도 남아있지 않았다. 매캐한 연기의 원인이 불기운에 가냘프게 타고 있을 뿐이지 어떤 사람의 기척도 느껴지지 않는다.

이번에야말로 막연한 것은 아니라 뚜렷한 불안이 스바루를 휘감았다.

피로와는 다른 이유로 호흡과 고동이 가빠지고, 몸의 반응에 부추겨지듯이 스바루는 근처 민가의 문을 난폭하게 두드렸다. 반응이 없다. 뛰어 들어갔지만 비어 있다. 아무도 없다.

일가 총출동해서 밭일—— 그런 가당찮은 농담으로 넘어갈 만큼 정상적인 상황은 아니다.

이웃집에 비슷하게 뛰어들어 사람을 찾는다. 없다. 이곳도 무인이다.

정체 모를 오한. 그게 숲 중간에 맞닥뜨린 그림자에게서 느낀 것과 흡사한 느낌이라 스바루는 제정신을 잊을 만큼 필사적으로 인기척을 찾아다녔다.

"————!"

목이 쉴 만큼 외치며, 손톱이 깨지는 것도 아랑곳 않고 민가를 두드리며 돌아다녔다.

성과는 정적뿐. 스바루는 세계에 홀로 남아 힘없이 지면에 발을 내던져버렸다.

의미를 알 수 없는 상황이란 아무리 맞닥뜨려도 익숙해지진 않는다. 물론 의미를 안 다음에 찾아오는 부조리한 전개도 매한가지다.

사면초가, 전도다난, 팔방색. 나츠키 스바루의 행선지는 늘 그렇다.

"————."

몇 번째가 되는지 알 수 없는 한숨을 쉰 스바루는 더 이상의 수색은 무의미하다고 결론짓는다. 이만큼 찾아다녀도 찾을 수 없었다. 마을에는 이미 아무도 남아 있지 않다.

스바루는 일어서서 엉덩이를 털고 질퍽거리는 흙에 발목이 잡히지 않도록 발을 디딘다. 비가 내린 흔적도 없는데 온 마을 이곳저곳에 진창이 있는 것이다. 한창 달리는 중에 몇 번씩 발목을 잡혀 넘어질 뻔도 했다.

진창을 피하고 거치적거리는 방해물을 훌쩍 넘어가며, 스바루는 마을의 중앙── 하얀 연기 쪽으로 돌아갔다.

연기의 원인이던 불은 이미 꺼져서 불씨도 다 태우고 꺼지기 직전이다. 스바루는 천천히 시선을 내리고 멍하니 불씨를 바라봤다.

딱히 이상한 점은 없다.

그저 하얀 연기를 피우던 노인의 불타버린 사체가 굴러다니고 있을 뿐이다.

"──────."

머리를 긁으면서 스바루는 거기에서 관심을 돌리고 마을의 출구로 발길을 돌렸다. 마을 안에 사람이 없는 이상, 이곳에 있을 의미는 없다. 저택으로 서둘러야만 한다.

내버려진 청년의 시체를 훌쩍 넘으며 피의 진창에 미끄러지지 않도록 신중하게 걷는다. 포개진 젊은 부부의 몸을 우회해서, 뒤로 쓰러진 노파의 바로 옆을 지나쳐 광장으로 갔다.

광장에 모인 생명의 잔해의 숫자는 방대해서, 스바루는 거기서 생명의 잔향을 찾았다. 누가 자신의 이름을 불러주지 않을까, 그 구원만을 찾고 있었다.

그러나 스바루의 소원은 이루어지지 않고 이곳에는 그저 무위(無爲)만이 남아 있다.

쓸데없이 옆길로 새고 말았다. 초지를 관철하지 않은 결과가 이 모양이다. 쓸데없는 시간을 소비해 쓸데없는 결과를 얻었다. 이곳에 있는 건 쓸데없는 것뿐이다. 스바루를 포함해 쓸데없는 것밖에 없다.

"———."

모든 쓸데없는 짓을 단념한 스바루는 비틀거리는 발걸음으로 광장을 가로질렀다. 그 발이 갑자기 뭔가에 걸려 스바루는 무방비하게 넘어져버렸다.

어깨부터 찧은 아픔에 신음하며 스바루는 반사적으로 발을 건 원인을 노려보았다.

──이미 아무것도 비추지 않는, 공허해진 페트라의 눈과 눈이 맞았다.

"아아아아아아아아아아악──!!"

6

끝까지 도망칠 수만은 없었다.

스바루는 울부짖은 끝에 완전히 쉬어버린 목을 여전히 떨고, 억수처럼 눈물을 흘리면서 땅에 팽개쳐져 있던 페트라의 유해를 끌어안고 있었다.

페트라의 몸에서는 이미 온기가 사라진지 오래되어 손발도 완전히 딱딱해져 있었다. 의식이 없는 인간의 몸은 무거울 터인데 페트라의 몸은 소녀의 어린 나이를 고려해도 너무 가벼웠다.

필시 가슴에 뚫린 상처자국에서 흘러나온 피의 양이 너무 많은 것이다.

페트라는 눈을 부릅뜨고 놀란 얼굴로 죽어 있다. 그 표정에 고통의 자취가 보이지 않는 게 심장을 꿰뚫린 소녀의 즉사를 의미해서 구원이었다.

가슴에 구멍이 뚫려 죽었는데 고통까지 맛봐야 할 이유라곤 이 아이에게 없으니까.

페트라의 유해를 지면에 눕힌 스바루는 그저 조의로나마 상의를 소녀에게 덮어준다. 눈을 감겨주고 싶었지만 경직된 몸은 그 자비마저 그녀에게 내려주지 않았다.

페트라의 잠이 편안한 것이기를 빌며, 스바루는 떨면서 배후를 돌아본다. ──그곳에는 계속 눈을 피하고 있던, 낯익은 마을이 지옥으로 변한 광경이 있었다.

하얀 연기의 원인은 타죽은 이장의 몸이다. 젊은이는 검을 들고 싸웠던 것이리라. 온 마을에 무기와 농기구가 널브러져 있고, 목숨을 빼앗긴 사람들의 선혈로 흙바닥은 질퍽이고 있었다.

마을 여기저기에 죽음이 떨어져 있다.

모든 건 스바루가 도착하기 훨씬 전에, 일찌감치 끝나고 말았던 것이다.

지금은 단 홀로 이 장소에서 일어난 참극의 결말을 지켜본 스바루만이 너무나도 늦어버린 두 손을 뻗으며, 아무에게도 손이 잡히지 못한 채 헐떡이고 있을 뿐이었다.

무슨 일이, 있었단 말인가.

뭔가가, 있었던 것이다. 뭔가, 터무니없는 일이 일어난 것이다.

그 뭔가는 무자비한 포학으로 이 마을을 유린했다. 모든 생명의 존엄을 능욕했다. 죄 없는 마을 사람들을 몰살하고 갔다.

숨이 붙어 있는 이는 아무도 없다. 살아남은 이는 한 명도 없다.

『이런. 스바루 님, 좋은 아침입니다. 오늘도 아이들 상대십니까?』

지난날의, 허물없는 태도로 말을 걸어주던 기억이 되살아난다.

『스바루 왔어!』『스바루가 이제야 왔어!』『스바루 혼자서 올 수 있었어!』

수선스럽게 환영하는 목소리. 버릇없는 태도와 친밀감이 동거한, 어린아이들의 목소리.

『에헤헤, 스바루는 내 생명의 은인이니까. 크면 은혜 갚아줄게.』

어른인 척, 맹랑하게 미래의 약속을 한 소녀의 얼굴은 상의로 가려져 지금은 볼 수 없다.

이미 아무도 남아있질 않다. 추억은 짓밟히고 찢겨지고 잃었다.

머릿속이 굴러가질 않는다. 온 얼굴의 구멍이라는 구멍 전부에서 끊임없이 액체가 흘러나오고 있다.

눈물이, 콧물이, 침이, 참겠다는 기력을 잃은 안면을 마냥 더럽힌다.

"――아아아."

그렇게 꼴사납게 굴고만 있던 스바루는 눈물로 익사하려다가도 때늦은 이해를 얻었다.

이 부조리한 비극이 마을 하나로 끝났을 리가 없다는 당연한 이해다.

"_____."

스바루의 온몸에 여태껏 맛본 적 없는 오한이 내달렸다.

그건 이 세계에 떨어진 이래로 생명의 위기를 몇 번씩 극복해오던, 혹은 굴복해오던 중에서도 최대급의 공포와 절망감을 스바루에게 불러일으켰다.

――자신의 손이 닿지 않는 곳에서, 자신의 소중한 사람들이 빼앗기는 절망감이다.

잇몸이 후들거린다.

눈물을 너무 흘려 아프기까지 한 눈동자가 명멸하고, 불안정한 시야가 하늘을 쳐다본다. 아래에서 일어나는 비극 따위 모른 단 얼굴로 활짝 갠 푸른 하늘. 그 밑에서 저택이 스바루를 기다리고 있다.

그토록 돌아가고 싶었던 장소가, 그토록 추구하던 장소가, 코앞까지 다가온 그 장소…… 지금은 너무나도 무시무시한 장소로 느껴졌다.

그러나 마을을 지옥으로 바꾼 뭔가는, 필시 그 장소를 못 본 척 해주지 않는다.

"――아, 으."

무서웠다. 두려웠다.

그 뭔가가 저택을 지나갔을 가능성을 생각하고 싶지 않다. 그
생각을 한 번 떠올리면, 하물며 말로 해버리면, 그게 현실이 되
어버릴 것 같아서 두려웠다.

고개를 내저어 무시무시한 상상을 털어내려고 한다. 그러나
한 번 뇌리에 스친 그 생각은 털어내려고 하는 스바루를 집요하
게 몰아세우며 귓전에 속삭이는 걸로 망각을 거절했다.

따라서 스바루는 그 생각으로부터 도망치기 위해 최저의 수단
에 매달렸다. 그 가능성을 입에 댈 바에는, 그래서 '그녀'의 몸
이 위험해질 바에는.

"렘……은……? 렘은…… 어떻게, 된 거지……?"

자신보다 먼저 이 땅에 도착했을 소녀.

스바루의 몸을 걱정하며, 스바루 곁에 있어주고, 스바루를 긍
정하는, 그런데도 배신한 소녀.

스바루도 본심으로는 그 소녀의 이름을 부르는 행위의 의미를
알고 있었다.

알면서도 스바루는 소녀의 이름을 부르기를 선택했다.

스바루는 렘의 안부를 걱정하는 척하며 자기 마음을 최저의
수단으로 속이려고 든다.

"렘이 돌아왔다면…… 마을이, 이렇게 되는 걸 두고 볼 리 없
어……."

변명이다.

자신밖에 없는 장소에서, 자신조차 차마 속이지 못할 변명을

거듭하고 있다.

최저였다. 최악이었다.

이해하고 싶지 않지만, 이해하고 있었다.

소중한 소녀를 잃을 가능성을 입에 담을 바에는, 그랬다가 자신의 마음이 망가져버릴 바에는 다른 제물을 바쳐버리면 되노라고.

스바루는 악랄하기 짝이 없는 자신의 마음을 못 본 척하며 자신만을 속이는 거짓말을 주워섬긴다.

파란 머리 소녀의 미소가, 다가붙은 온기가, 스바루의 이름을 부르는 목소리가 어딘가로 멀어지는 것 같았다.

"그래⋯⋯. 렘⋯⋯. 렘⋯⋯은⋯⋯ 렘⋯⋯."

스바루는 비틀비틀 힘이 없는 발걸음으로 저택으로 이어진 길을 걸어가기 시작했다.

페트라의 유해를, 마을 사람들의 죽음을 내버리고, 모든 것에 귀를 막고 발을 끌면서 걸었다.

그 앞에서 무엇이 기다리고 있는지 알지 못하는 채로. 알고 싶지 않다고 생각하면서, 알아야만 한다고 생각하면서, 달려나갈 용기를 가지지 못한 채로.

매달리듯 마음의 기댈 곳이 될 소녀의 이름을 바치면서, 스바루는 느릿느릿 비탈길을 올라 저택 쪽으로 걸음을 옮겼다.

──렘은 정원에 죽어 있었다.

　수도 없이 같은 아침을 지켜본 정원은 한 번도 본 적 없는 지옥
으로 탈바꿈해 있었다.

　작아도 화사하던 화단은 짓밟히고, 저택을 둘러싸듯이 줄지
어 서 있던 나무들도 중간부터 부러져 쓰러졌다.

　푸른 잔디를 거무칙칙한 피로 물들이고 엎어져서 주검을 널브
러뜨린 검은 복색의 시체들. 점점이 놓인 그것들은 어마어마한
포학에 휩쓸렸는지 대부분이 원형을 남기지 못했다.

　훼손된 유해는 아람 마을에서의 처참함을 까마득히 웃돌고 있
었다.

　이는 그 끔찍한 희생자들을 송장으로 만든 집행자가 얼마나
분노를 담아 이를 실행했는지에 대한 증거가 되리라.

　흑의인들을 시체로 만든 집행자는 정원 한복판에 굴러다니는
피에 물든 철구다.

　사슬로 손잡이와 연결된 철구는 다수의 적대자들을 으스러뜨
렸다. 그러나 전투 도중에 주인이 놔버린 것인지 마지막까지 함
께하지 못한 원통함이 어린 듯 보였다.

　그리고 그걸 들고 분전했으리라 추측되는 '오니(鬼)'는.

　"――렘."

　'그녀'는 예전에 이 장소에서 잃었다.

　철구로부터 조금 떨어진 정원의 한구석에, 급사복을 새빨갛
게 물들인 렘이 있다. 앞으로 쓰러진 지면은 어마어마한 양의

피로 젖어서 그녀의 장렬한 최후를 얘기하고 있었다.

"_____."

이 정원에 렘 외의 시체가 많은 걸 보면 알 수 있다.

렘은 싸웠던 것이다. 마을 사람을 살육하고 그 이빨을 저택에까지 들이대려 한 악의와.

그리고 분전해 몇 명이나 쓰러뜨리고 상처투성이가 되어서도 발버둥 치다가, 죽었다.

"_____."

검은 그림자 집단은 무슨 생각으로 렘을 죽인 것인가.

왜냐. 왜냐. 왜, 왜, 왜, 왜, 왜, 왜, 왜.

놈들이 렘의 뭘 안다는 말인가. 렘은 열성적이고 노력가에, 사람을 잘 보살피고, 지레짐작이 옥에 티며, 스바루의 어리광을 자상하게 받아주고, 하지만 때로 신랄하며, 괴로울 때에 스바루의 아군이 되어주고, 그렇지만 스바루를 내팽개치고, 언니를 사랑하며, 자기 자신을 싫어하고, 그래도 조금은 자기 자신을 좋아하기 시작한 참이며, 그리고── 언니의 대체품이라고 타일러오던 인생을 겨우 자기 인생이라 생각하고 걷기 시작한 직후였건만.

"……렘."

불러 보아도 반응은 없다.

흔들어도 식어버린 몸은 이미 딱딱하다. 여러 번 쓰다듬었던 부드러운 머리카락은 피로 끈적하게 이마에 달라붙고 말았다.

스바루에겐 앞을 보고 쓰러진 렘의 표정을 확인할 용기가 없었다.

비통한 얼굴이더라도, 마지막까지 저항하고자 결사적인 표정이더라도, 혹은 만에 하나 편안하게 죽은 얼굴이었다고 하더라도, 그 얼굴을 받아낼 자격이 없다.

왜냐면 나츠키 스바루가 렘을 죽인 거나 마찬가지니까.

"_____."

스바루는 팔을 벌리고 쓰러진 렘의 배후에 원예도구를 넣는 창고가 있는 걸 알아챘다.

부자연스러운 렘의 위치. 감싸듯이 위치한 창고. 그리고 닫힌 문 아래로 흐른 선혈. 시체 냄새를 맡은 스바루는 구역질을 참으면서 창고 문을 잡았다.

삐걱거리는 소리와 함께 문이 열리고 다음 순간에 넘쳐 나오는 피 냄새가 스바루의 코를 유린했다. 무심코 코와 입가를 손으로 막은 스바루는 렘이 지키려고 했던 것의 결과를 지켜봤다.

──창고 안에 있던 '아이들' 중에 생존자는 한 명도 없었다.

스바루가 넘어져 풀밭 위를 꼴사납게 기며 북받쳐 오르는 위액을 잔디에 쏟아낸다. 토악질이나 넘치는 눈물이나, 바닥난 줄 알았는데 바닥이 없다.

"욱, 후웁……."

렘은 아이들을 지키며 싸웠고, 그러다 죽은 것이다.

무기를 손에 들고 싸웠을 마을 사람들을 떠올린다. 그들 또한 도망치지 않았다.

마을의 어른들은 아이들을 도망쳐 보내기 위해서 마을에 머물렀다. 저택에 도망쳐 들어간 아이들을 지키기 위해 렘은 정원에서 분전했다. 아이들은 창고에 틀어박혀 구원을 빌었다.

하지만 무참하게, 무자비하게 기도는 짓밟히고 목숨은 모조리 빼앗긴 것이다.

"힉."

별안간 뒤집힌 목소리가 스바루의 목에서 새어 나왔다.

딱히 별일이 있던 건 아니다. 그저 잊고 있던 두려움이 소생하기 시작한 것이다.

자신을 아는 누군가를 찾아 스바루는 마을에, 저택에 되돌아왔다. 그런데도 산 사람은 누구도 남지 않았으며 말 못 하는 죽은 사람만이 스바루를 맞이하고 있었다.

무슨 말을 들은 느낌이 들었다. 사물을 비추지 않는 공허한 눈에게.

책망당한 느낌이 들었다. 뻥 뚫린, 피에 젖은 입술에게.

증오받고 있는 느낌이 들었다. 그들과 함께 보내고, 같이 웃던 나날의 추억에게.

"아냐……. 아냐, 아냐아냐아냐아냣……!"

──왜, 넌 살아남아 있느냐고.

──왜, 우리는 죽어야 했느냐고.

"아냐……. 난, 아니야……. 이런, 걸, 바란 게……."

이상이 있었다. 몽상하던 희망이 있었다.

에밀리아에게 위기가 닥쳤다고 들은 순간, 스바루는 하늘의 은혜를 받았다고 생각했다.

이걸로 스바루를 저버린 에밀리아가 다시 돌아봐줄 거라고 믿었다.

지금까지도 그랬었던 것처럼 스바루는 에밀리아를 궁지에서 구원한다. 그리고 그녀에게 감사받으며 사소한 엇갈림이 만든 도랑을 메워서, 함께 손을 잡으며 걸을 수 있으리라고 믿고 있었다.

발생한 고난은, 위험은, 비극은, 그러기 위한 디딤돌에 지나지 않는다고 깔보고 있었다. 무슨 일이 일어나더라도 만회할 수 있다고 우습게보고 있었다.

그 응보가 이 방대한 숫자의 시체라면——.

"내, 탓이 아냐……. 내가, 나는……!"

고개를 흔들며 일어선 스바루는 창고에서 눈을 돌리고, 렘의 시체에 등을 돌리고, 저택 쪽으로 달리기 시작했다.

정원을 가로질러 저택의 옥외난간 창문을 발로 차 깨트려 건물 안으로 침입한다. 신발 밑바닥으로 유리 조각을 밟으면서, 마치 스바루를 외부인이라고 간주하는 것처럼 어두침침한 저택을 뛰어다녔다.

"누가 누가 누가 누가 누가 누가 누가 누가 누가 조옴……."

매달리듯이, 붙들듯이, 스바루는 타인의 존재를 찾아 마냥 달렸다.

그리고 마을에 달려들었을 때와 같이—— 아니, 더욱 추악한 소망을 마냥 뇌까린다.

"내 탓이 아냐……. 내 탓이 아냐……. 내, 탓이…… 아냐……!"

──난 이런 걸 바란 게 아니었어. 그러니까 이건 내 탓이 아냐.

살아있는 누가 이를 긍정해주기를 바란 것이다.

혹은 누가 살아남아줬다는 사실 그 자체가, 그 긍정이 되는 것이다.

그러니 스바루는 산 사람을 찾아 헤맸다. 갈망했다. 발견해내야만 했다.

그렇지 않으면 스바루는 자기 자신을 긍정할 수 없다.

이 참상이 자신의 경솔한 생각 때문에 일어난 거라고 믿어버린다면, 마음의 평형을 유지할 수 있을 턱이 없다.

마음이 으깨져버리지 않기 위해서도, 이 방대한 시체들의 죽음에 대한 책임을 지지 않기 위해서도 그럴싸한 이론으로 자신을 지켜야만 했다.

가까운 방의 문을 거칠게 밀어젖혀 안을 들여다보고 낙담하면서 다음 문으로 뛰어간다. 손닿는 족족 방을 확인하며, 스바루는 저택에 있었을 네 명의 모습을 찾아다녔다.

람을, 베아트리스를, 로즈월을, 그리고 다름 아닌 에밀리아의 모습을 찾았다.

"나와……. 나오라고……. 부탁이니까…… 구해줘……. 구해달라고오……!"

푸들푸들 울먹이는 소리를 흘리면서 스바루는 절망의 발소리를 듣고 있다.

평소의 스바루라면 노릴 필요도 없을 만큼 가볍게 베아트리스의 금서고에 다다를 수 있을 것이다. 그런데도 정작 이 순간에는 아무리 해도 찾아낼 수 없다.

그 얄미운 말이 지금은 간절히도 듣고 싶었다.

연약하게 발을 끄는 스바루의 뺨에 또다시 그치지 않는 눈물이 흐른다. 오열 때문에 호흡을 방해받으면서 스바루는 산 사람을 찾아 죽은 사람 같은 눈으로 하염없이 걸었다.

──2층 끝의 방에서 람의 시체를 발견했다.

침대에 누워 있는 람이 잠들어 있는 게 아니란 것쯤, 이 단시간에 너무나도 많은 죽음을 보아온 스바루는 금세 알 수 있었다.

티 없이 하얀 살결은 핏기를 잃어 파랗게 질렸고, 입술 빛깔은 되레 평소보다 붉은 기가 두드러졌다. 쏙 빼닮은 여동생의 죽은 모습과 상반되게도 시신을 위한 단장까지 마친 람의 모습은 죽은 낯조차 가련했다. 평소 너스레로 자주 '입만 다물면 귀여울 텐데.' 라고 말하기도 했었다.

──하지만 그 말은 결단코 이런 모습을 보고 싶다는 생각에 한 건 아니었다.

"힉."

저주가 들린 느낌이 들었다.

마을에서, 정원에서 들린 것과 같은 원망이 산 사람인 스바루의 생명을 저주하고 있다.

기어가듯이 스바루는 람이 잠든 방에서 허둥지둥 달아난다.

벽에 손을 짚고 말을 듣지 않는 무릎을 때리며 1초라도 빨리 그곳에서 벗어난다.

귀를 막고 머리를 흔들며 스바루는 계단이 있는 층계참에 도착했다. 네 발로 엎드려서, 도중에 몇 번씩 발이 걸려 단차에 손을 짚고 꼴사납게 올라간다.

람이 죽고 남아 있는 산 사람은 앞으로 세 명. 발은 같은 층에 있는 에밀리아의 방을 자연스럽게 피하고 있었다. 최상층에 올라 본동 한복판에 있는 방으로 간다.

로즈월의 집무실이다. 쌍여닫이식 중후한 문은 침묵을 지키고 있다. 강고한 문은 이 저택에 닥쳐든 악의마저 튕겨낼 듯한 장엄함을 지키고 있는 듯 보였다.

문은 잠겨 있지 않다. 방에 발을 들이고 실내를 둘러본다. 반쯤 체념하는 듯한 마음으로 책상에 로즈월의 시체가 기대고 있을 가능성조차 생각했다.

렘이 죽고, 람의 생명이 사라진 저택. 스바루는 산 사람을 찾아 헤매고 있는지, 희망의 씨를 말리기 위해서 절망을 끌고 다니고 있는지 이미 자기 자신도 모르고 있었다.

"_____."

집무실에는 누구의 모습도 없었다.

인기척이 없는 실내에 어지럽혀진 흔적은 없으며 책상과 가구도 언젠가 본 그대로다.

적잖게 안도한 마음이 스바루를 지배했다.

그건 로즈월의 생사를 확인할 필요 없이 넘어간 것에 대한 안도이자, 죽은 사람에게 더 이상 책망당할 빌미를 더하지 않고 넘어가 자신이 상처 받지 않았음을 안도하는 것이기도 했다.

"——?"

아니다. 방이 언젠가 본 그대로라는 방금 감상은 착오였다. 실제로는 기억과 크게 다른 부분이 딱 한 군데 있다. 방의, 서가가 있던 위치에 변화가 생겨 있었다.

"이런, 장치가…….."

벽에 붙은 서가가 크게 옆으로 미끄러져, 그 뒤에 어두운 통로가 입을 쩍 벌리고 있던 것이다. 주춤주춤 다가가 안을 엿보자, 나선형 계단이 아래층으로 이어지고 있는 게 보였다.

유사시를 대비한 피난로. 스바루의 뇌리에 그런 생각이 떠오른다.

변경백이자 영주이기도 한 로즈월이라면 자위 수단으로서 이러한 장치를 마련하더라도 이상하지 않다. 그라면 희희낙락 준비할 것 같기도 했다.

찬바람이 부는 비밀 통로는 아무래도 상당히 깊이까지 이어진 낌새였다. 그 길의 끝은 당연히 안전하게 저택에서 빠져나올 수 있는 루트이리라.

"그렇다면, 에밀리아도…….."

숨을 집어삼킨 스바루는 몇 번씩 심호흡하며 각오한 다음, 피난로로 발을 디뎠다.

만져보면 싸늘하게 차가운 벽은 무슨 재질인지 흐릿하게 옅은 파란 빛을 내고 있어서, 몇 미터 앞까지나마 발밑 시야를 확보해주고 있다. 스바루는 빛에 기대어 벽을 따라 손을 짚으면서 발을 헛디디지 않도록 신중하게 계단을 디뎠다.

비밀 통로는 아무래도 저택 지하로 이어져 있는지 계단 끝에 도착하니 직진하는 통로가 쭉 뻗어 있다. 광원은 변함없이 발광하는 벽만이 기댈 구석이다.

산 사람의 자취를 쫓아간다는 실감만이 지금의 스바루를 가까스로 지탱하고 있었다.

이미 스바루에겐 자신이 살아 있는지 죽어 있는지조차 애매했다.

"——음, 어."

벽을 따라 대고 있던 손바닥이 갑자기 그 벽을 잃고 공간을 어루만진다. 무심코 허우적댄 몸이 앞으로 나아가자, 통로 도중에 약간의 넓은 공간이 스바루를 맞이했다.

넓은 공간이라기보다는 작은 방일까. 응접실보다 조금 좁을 정도의 공간으로, 기둥 몇몇이 드문드문 서 있다. 간격이 제각각인 기둥에는 일그러진 설계사상을 느낄 정도였다.

스바루는 거추장스러운 기둥 옆을 지나 매우 느릿한 움직임으로 앞으로 나아간다. 지하로 내려온 이래, 마치 손발에 납을 채운 듯이 움직임이 더디고 권태감이 느껴진다. 안 그래도 애매해지기 시작한 사고가 둔화되어 가서 몇 초 전의 기억마저 위태롭다.

발을 한 걸음 내디디는 것만으로도 고전한다. 눈꺼풀이 무겁고 두 어깨에 바위를 얹은 것처럼 움직임이 제한적이다. 그런데도 스바루의 몸은 집념에, 원념에, 사명감에, 광기에 떠밀려 움직인다.

　기둥 틈을 지나가 직진하자 방 안쪽에 쇠로 된 문이 있는 게 보였다. 스바루가 더듬어 온 바람은 문의 틈새를 지나고 있어, 길은 이 앞으로 이어지고 있을 성싶다.

　——대체 무엇을 찾고 있었던가.

　정체된 사고가 대답에 이르기보다, 피가 통하지 않는 손끝을 뻗는 쪽이 앞섰다. 스바루는 헐떡이듯이 입을 뻐끔거리고, 사명감만을 이유로 문의 손잡이를 잡았다.

　——순간, 손잡이에 닿은 오른손에 불타는 듯한 격통이 퍼졌다.

　"——아으아악!"

　스바루가 격통에 절규하며 잡아떼듯이 오른손을 뿌리쳤다. 작열하는 고통은 문고리를 건드린 손바닥 전체에 뻗쳤다. 고통에 참상을 예감하면서 스바루는 시선을 내려 오른손을 보았다.

　——그곳에 있어야 할 *오른손의 검지*가 없었다.

　"——엉?"

　멍청하게, 아연하게 스바루는 눈앞에 들어 올린 오른손을 벌리고 바라보았다.

　하얗게 변색되고 손바닥 가죽이 너덜너덜하게 벗겨진 오른손—— 그 다섯 손가락 중에 검지만이 밑동부터 존재하지 않는다. 중지와 엄지도 관절이 하나씩 부족했다.

　"＿＿＿＿＿＿."

천천히 시선을 문으로 되돌린다. 방금 잡은 문고리에 스바루의 손가락이 붙어 있었다.

정확히는 손가락이었던 것이 뜯겨나가 있었다.

──빨리, 원래대로 붙여야지.

두서없는 그 생각만으로 스바루는 떨어진 손가락을 되찾으려 문고리에 다시 손을 뻗었다. 그러나 조금 전 이상으로 몸을 움직이기가 어려워서 어깨부터 팔꿈치, 팔꿈치 앞으로 의사가 전달되지 않는다. 움직이지 않는 팔이 답답해 스바루가 문에 접근하려고 앞으로 발을 내디딘 순간,

오른쪽 발목이 밑동부터 깨져나갔다.

"──으아아아!"

몸은 옆으로 쓰러지고 말이 되지 못하는 소리가 목에서 새어 나온다.

그게 고통에 대한 절규였는지, 의미가 없는 발버둥질이었는지 알 수 없다.

소리치기 위해 숨을 들이켠 순간, 몸의 내부가 하얀 공기로 채워져 움직임이 멎는다.

폐가 경련을 일으키고 호흡 기능이 한순간에 죽었다. 짧고 얕은 호흡을 반복하지만, 부풀지 않는 폐는 산소를 거두어들이려 하지 않는다. 심상찮은 상황에 스바루는 눈만을 필사적으로 굴렸다.

온몸의 감각이 지독하게 애매하다. 발을 잃은 경험은 두 번째지만, 박살난 것과 절단은 고통도 상실감도 성질이 다르다. 쓰

러진 몸도, 밑에 깔린 오른쪽 몸 절반이 몇 군데 깨져 있다.

이미 떨리지 않는 입술로부터 하얀 숨결을 뱉어내고, 이제 와서야 스바루는 그 사실을 깨달았다.

지면에 닿은 얼굴이 바닥에 들러붙어 고개를 움직이면 뺨이 벗겨지거나 깨져나갈 것이다. 이미 아픔도 못 느낀다. 난폭하게 움직이는 바람에 오른쪽 뺨과 귀가 몽땅 뜯겼다. 상관없다. 시간을 들여 위를 보게 자세를 고치고, 뒤집힌 시야로 작은 방을 보고 이해했다.

기둥의 위치가 죄 중구난방인 것도 당연하다.

왜냐면 그건 기둥이 아니니까. 아니, 기둥은 기둥이지만 건물을 지탱하는 역할이 아니다.

그건 얼어붙어 죽은 사람의 얼음기둥이었다.

스바루와 비슷하게 이 하얀 종언에 헤매어 들어와, 그대로 얼음상으로 변모한 희생자들인 것이다. 그리고 그건 곧 스바루의 몸에도 찾아올 최후다.

이미 호흡은 멎었다.

한정된 산소가 뇌를 맴돌지만, 극한의 세계에서 뇌의 기능과 생명 중 어느 쪽이 먼저 끝날까.

아무것도 알 수 없다. 아무것도 보이지 않는다.

몸은 발끝까지 차츰 얼음의 파편이 되고, 나츠키 스바루의 존재는 끝나간다.

그렇게 말하자면 이미 이곳에 있던 사람은 나츠키 스바루가 아니라 그 거죽을 뒤집어썼을 뿐인 광인이었을지도 모르지만.

한참 전 마을에 돌아온 시점에 이미 마음은 죽어 있었을지도 모르지만.

하반신의 감각이 사라졌다. 이젠 팔 또한 아무 데에서도 보이지 않는다. 뇌가 아직 활동 중인 게 신기했다. 생명은 어디에 머물러 있는가. 뇌인가, 아니면 심장인가.

그 대답이 얼어붙은 세계 안에서 나올 리 없었고——.

"——이미, 너무 늦었던 거야."

백색만이 지배하는 세계에 온도를 잃은 중얼거림이 퍼졌다.

그리고.

——나츠키 스바루는 산산이 바스러져 하얀 결정으로 변해 세계에서 사라졌다.

제4장 『광기의 바깥쪽』

1

──각성은 어둠이 갈라지고 햇빛이 눈꺼풀을 태우는 고통으로 시작됐다.

"──씨?"

손발에 따뜻한 피가 흐르고, 바스러진 하반신이 단단히 지면을 밟고 있다.

잃은 기능이 눈을 깜빡인 직후에 전부 돌아온다는 현상. 순간적으로 재기동된 뇌가 쏟아지는 정보량을 처리하다가 펑크가 나서 글자 그대로 눈이 빙빙 돌 뻔했다.

이명만이 지배하던 세계에 인간 생활이 발산하는 잡음이 파고들어온다. 먼지 날리는 길거리에는 사람들이 오가며, 그토록 찾았던 산 사람의 존재로 시야가 가득 메워졌다.

우뚝 선 스바루를 슥슥 피하는 인파를 보고 곤두서던 마음이 극심하게 굽이친다.

"이봐! 이보라잖아! 듣는 거야?"

혀 차는 소리가 섞인 거친 목소리가 바로 옆에서 도달해 시선을 그쪽으로 흐느적 돌린다. 정면에 세로로 흉터가 난 얼굴을 찌푸리고 있는 험악한 남자가 서 있다. 남자는 하얀 흉터를 손 가락으로 만지며 말했다.

"좀 봐달라고, 형씨. 멍 때리지 말라 이거야."

"에, 아?"

"뭐야, 그 얼빠진 대답. 뭐, 아무래도 상관없지만. 그보다, 어쩔 거야?"

잠긴 대답만이 나오자 남자는 한숨지은 다음, 결론을 다그쳤다.

내민 그의 손바닥에는 붉은 과일이 덩그러니 올라와 있다. 남자의 외견에는 매우 어울리지 않는 조합이며, 현실감을 해치는 감각이 있었다.

스바루는 멍하니 그 광경을 바라보면서 침묵을 지켰다. 상황의 인식력에 중대한 결함이 생겼다. 하지만 남자에겐 스바루의 이상을 알아차릴 계기가 없어 몸을 앞으로 숙였다.

"장난치는 것도 적당히 좀 해. 사과 몇 개 필요하냐고 몇 번 묻게 하는 거야."

남자가 카운터 너머로 팔을 뻗어 어깨를 잡는다. 그대로 난폭하게 끌어당겨져 앞으로 수그린 몸이 무방비한 채로 판매대에 격돌했다. 남자는 이에 놀란 얼굴로 손을 놓았다.

"뭐, 뭐 하는 거야! 똑바로 서. 다리 힘을 덜렁 빼놓고……."

"다, 리…… 다리?"

"허리 아래로 두 개 멀쩡하게 붙어 있잖냐. 다리가 없어진 꿈이라도 꿨어?"

남자가 어이없단 얼굴로 스바루의 하반신을 손가락으로 가리켰다. 뒤따라서 밑을 보자 그곳에는 가늘게 떠는 자신의 다리가 있었다. 미덥지 못한 그건 몸을 지탱하지 못하고, 지금은 판매대에 기대고 있다.

"부탁이니 까부는 건 이제 그만. 이쪽은 안 그래도 평소엔 있을 수 없는 얘기뿐이라 제 상태가 아니다."

남자가 성가시다는 투로 말했으나 스바루의 몸은 반응하지 않는다.

현실을 현실이라고 인식 못 하고 있다. 어딘가 뿌연 감각이 육체와 영혼의 연결고리에 오차를 만들고 있다. 몸을 움직이는 신호부터 정보까지, 모든 게 뇌를 그냥 지나치고 있는 느낌이었다.

무엇을 하고 있는 걸까.

무슨 일이 있었다는 걸까.

무슨 일이 있었던 것 같은데, 뭐였을까.

——나는 여기서 무엇을, 무엇을, 무엇을, 무엇을.

"——스바루 군이에요?"

별안간 소녀의 음성이 고막을 울렸다.

"————."

말없이, 뻣뻣하게 부릅뜬 눈으로 고개를 들었다.

카운터 안쪽, 험상궂은 장신 너머에 정리를 하고 있는 자그마한 그림자가 서 있다.

흑색 기조의 에이프런 드레스에, 하얀 에이프런과 화이트 브림. 작은 몸집에 가녀린 몸으로 발돋움해서 카운터를 사이에 두고 스바루를 귀여운 얼굴로 보고 있다. 어깨까지 기른 파란 머리가 바람에 사락거려 소녀의 선선하고 자상한 인상이 더욱 두드러졌다.

눈물이 나왔다.

"이봐?"
"스바루 군?"
오열이 넘치고 시야가 뿌예진다.
그 자리에 틀림없이 비치던 소녀가 애매해지는 게 무서워서 필사적으로 두 눈을 비빈다.
그런데 소녀는 점점 더 멀어지고 소란은 커진다.
정신이 드니 몸은 카운터라는 지지대를 잃고 길 위에 쓰러져 있었다. 발끝에 힘과 의지가 전해지지 않아 길거리에 드러눕는다. 눈물과 함께 푸들거리는 호흡을 반복한다.
아니다. 그것은 호흡이 아니다.
"흐헷…… 히히, 하하…… 헤히, 히하하핫……."
──웃음이었다.
소란이 확장되고 쏟아지는 시선의 숫자가 가파르게 증가하는 것을 알 수 있다.
누가 자신을 보고 있다. 봐주고 있다. 고독하지 않다. 고립되지 않았다. 그걸 알 수 있는 것만으로도 이렇게 넝마처럼 구르는 자신이 긍정되고 있다.

"스바루 군, 어떻게 된 거예요! 괜찮아요? 정신 차⋯⋯."

돌아가는 것도 애가 달아 카운터를 뛰어넘은 소녀가 옆에 다가온다. 소녀는 쓰러진 스바루에게 팔을 두르고 안아 일으켜준다. 그러는 도중.

"엑?"

무방비하게 부축하는 그 몸을, 도리어 힘껏 안았다.

황망하게 그 포옹을 받는 소녀. 그녀의 숨결이 지척에 닿는다. 열기를 띤 그 숨이 매우 편안하게 느껴져 그녀의 어깨에 코를 파묻으며 더욱 세게 부둥켜안았다.

"어떻⋯⋯ 에으, 스바루 군? 저⋯⋯."

소녀가 곤혹스러워 하면서 무슨 말을 입에 담으려고 한다.

그 한 마디 한 마디가, 단어가, 문자 하나가, 숨결이, 스바루의 복음이었다.

단단히 껴안은 팔을 놓지 않는다. 희미하게 꿈지럭거리는 소녀도 그 포옹을 조용히 받아들이며 풀어내려고 하지는 않았다.

그 따뜻한 몸을, 생명의 고동을, 타인의 존재를 이 이상 없을 만큼 실감하면서.

"히하⋯⋯ 으히하, 히히히히."

나츠키 스바루는——— 광인은, 마냥 웃고만 있었다.

2

"이건 솔직히 뭐 두 손 들었다고밖에 말할 수 없으려냥……."

가죽 씌운 의자에 앉은 페리스가 볼에 손가락을 대면서 그렇게 단언했다.

야옹이 귀를 쫑긋대며 황갈색 머리를 찰랑이는 미인은 침대에 누운 스바루에게서 시선을 떼고 딱하다는 눈으로 곁에 서 있는 렘을 보았다.

"페리가 손 써줄 수 있는 건 몸의 상처뿐이거든. 몸이라면 밖이든 안이든 간에 어떻게 해주고 싶은데…… 마음에는 방법이 없으니까."

"……아니요. 애써주셔서 감사합니다."

페리스가 힘이 못 미치는 걸 사과하자 렘은 허리를 숙이며 감사를 전했다.

하지만 어딘가 억양이 결여된 그 목소리에는 감정의 빛깔이 흐리다. 평소부터 의식해서 죽이고 있는 것과 다르다. 렘의 속마음에 동요가 너무 크기에 벌어진 서글픈 변화였다.

딱한 심경에 한쪽 눈을 감는 페리스. 고개를 숙인 상태의 렘은 그의 반응을 알아채지 못하고, 슬쩍 고개를 기울여 침대에 드러누운 스바루에게 의식을 돌렸다.

침대에 눕혀져 둘에게 간호 받는 중인 스바루는 자고 있지는 않았다.

그 두 눈을 똑바로 벌리고 위에 있는 천장을 지그시 응시하고 있다. 때때로 생각난 듯이 푸들거리는 웃음을 짓고, 그게 끝나면 갑자기 울기 시작하거나 한다.

불안정한 상태. 스바루는 끊임없이 이에 시달리고 있었다.

──스바루에게 이상이 찾아온 건 정말로 갑작스러운 일이었다.

오늘 아침까지, 아니 점심이 지나 렘과 둘이서 왕도를 산책하고 있었을 때는 평소와 다름없었다. 지난 사건의 영향 때문에 조금 무리하고 있는 태도였지만, 스바루는 애써 평소와 같은 모습을 가장하려 했다. 렘도 그 뜻을 존중해 변함없는 태도로 대해왔다고 생각한다.

뭔가, 계기가 있었다는 생각은 들지 않았다.

스바루의 모습이 표변한 순간, 그에게서 눈을 떼고 있던 건 렘에게는 통한의 실수였다. 그래도 가게 일을 거드는 겸사겸사 주인장과 스바루의 대화에 귀를 기울이고는 있었던 것이다.

렘의 분투로 순조로운 매상을 달성해, 흡족한 주인장이 선물을 챙겨주려 했었다. 받을 삼과의 숫자를 질문 받은 스바루가 "있는 대로."라고 대답한 부분까지 기억하고 있다.

스바루의 태도가 급변해 힘없이 길거리에 쓰러진 건 그 직후다. 안아 일으키려는 렘을 보면서 슬픈 듯이, 기쁜 듯이 눈물을 흘리며 웃고 있던 스바루.

좋지 못한 사태라고 짐작해 렘은 민폐임을 감수하고 크루쉬의 저택에 스바루를 들어 날랐다. 모종의 마법적인 간섭이 있었음을 의심해 억지를 써서 페리스에게 진찰해달라고 간청하기도 했다.

하지만 결과는 바람직하지 못한 것이었다. 왕도 최고봉의 치료술사인 페리스도 스바루에게 발생한 이상의 원인은 알 수 없었다. 페리스의 손이 못 미친다는 말은 왕도 내의 아무리 위대한 마법사들을 모아도 다스릴 수 없다는 의미이기도 하다.

스바루의 현재 상태에 마법은 관계없다. 그저 돌연 마음이 평형을 잃은 것이다.

"이런 말 하구 싶지 않은데, 어쩌려고 해?"

"원인을 알 수 없어서는 대처할 방도가……. 펠릭스 님께는 누를 끼쳤습니다."

"음―음, 그건 딱히 상관없는데. 사실 별스럽게 떠들지 않게 됐으니 페리가 치료하기에는 편한 상태라고 말 못 할 것두 없거든?"

스바루는 페리스의 치료를 싫어해 불만을 내비치고 있었다. 무반응에다 자고만 있는 것 같은 스바루 쪽이 다루기 쉽다는 의견도 이해는 할 수 있다. 매우 무신경한 말이긴 해도.

"근데 말이야. 치료, 계속해두 될까 해서."

"……무슨, 뜻이신지요."

고개를 들어 스바루를 보고 있던 렘은 페리스 쪽으로 시선을 돌렸다.

"화내지 말구 들어줬음 하는데, 스바루 쿵의 게이트 치료는 이 애가 일상생활에 불편하지 않도록 해주기 위한 처치잖아?"

"네."

"더 이상 일상생활을 정상적으로 보낼 수 없는 사람을 치료해 봤자 의미 없지 않아?"

"──스바루 군은!"

거듭된 무신경한 말에 렘은 상대의 입장도 잊고 격앙할 뻔했다. 그러나 페리스는 그런 렘의 감정을 목도하고도 미심쩍은 눈매를 견지했다.

"아직 안 끝났다, 그렇게 말하려구? 이 상태를 보고? 진심으로? 이것저것 일이 좀 있던 건 사실이지만, 그만한 일 가지고 이렇게까지 마음이 망가져버릴 사람은 회복해 봤자 더는 방법이 없다 싶은데─."

스바루를 내려다보는 페리스의 눈에는 뚜렷하게 알 수 있는 모멸의 빛이 서려 있었다.

렘에게는 그것이 '청(靑)'의 칭호를 수여 받아 루그니카를 대표하는 물의 마법사로서 알려진 인물치고는 너무나도 냉혹한 태도로 비쳤다.

나을 가망이 없는 상대는 내버린다. 그게 왕국 최고의 치료술사가 내린 판단인가. 나을 가망이 없다느니, 스바루라는 인물의 뭘 알았다고 그런단 말인가.

"아냐냥. 안력 끝내주네……. 스바루 쿵도 복에 겨웠는걸. 본인은 자각 못 하지만."

"스바루 군의 지금 상황과 왕선 일하곤 무관합니다. 스바루 군은 약간의 실패 가지고 마음이 꺾일 그런 사람이 아닙니다."

"믿는 건 자기 마음이지. 페리가 보기엔 그만큼 저지르고 마음이 조금도 꺾이지 않았으면 그건 그거대로 문제라구 생각하지만. 그·리·고."

가벼운 어조와는 정반대로 페리스는 냉랭한 눈으로 렘을 응시했다.

"오해하지 말아줬으면 하는데, 딱히 페리는 스바루 큥 밉다든가, 특별히 싫어해서 이렇게 말하는 게 아니거든."

"…………."

"스바루 큥 개인이 이렇다냐 저렇다냐 하는 소리가 아냐. 페리는 그으냥, 순수하게 '살 의지'가 빠져 있는 녀석이 싫어서 그래."

페리스는 손가락으로 스바루를 가리킨 다음, 그 손가락을 자기 턱에 대고서 말을 이었다.

"페리처럼 한군데 특화한 마법이면 치료 말고 힘을 쓸 데가 없으니까. 크루쉬 님의 보탬이 되기 위해서 여러 사람을 매일같이 도와주고 있어. 다들 사는데 필사적이지, 감사받는 것도 싫지 않지, 아낌없이 힘을 쓸 마음도 들어."

"훌륭하신 일이라고 생각합니다."

"고마워. ──하지만 페리는 살려고 하지 않는 사람을 구하겠다는 생각은 안 해. 그런 사람은 몸이 나아봤자 어차피 또 무익하게 목숨을 허비할 거잖아? 그렇다면 누구한테 폐 끼치기 전에 끝나버리라구. 음──음, 끝나버렸네."

차갑게, 그렇게 고한 페리스는 얼굴을 뚱하니 돌렸다.

그 고집스러운 태도의 반대쪽에서, 렘은 페리스가 지켜보아

온 생명의 숫자에 대한 진지한 마음을 뚜렷하게 감지했다. 말투는 경박하게 가장하고 있었지만 이는 페리스가 여태까지 지켜봐온 삶과 죽음에서 배운, 그의 마음속에 확립된 생사관인 것이다.

"그래도, 스바루 군은……."

렘은 그저 분한 듯이, 페리스의 말에 꼼짝 못 하면서도 스바루를 바라보았다.

스바루는 본인이 대화의 중심이 된 것도 깨닫지 못하고, 지금은 듣는 사람의 마음에 할퀸 상처를 남길 법한, 토막토막 끊어진 일그러진 웃음소리를 희미하게 내고 있었다.

본심으로는 렘도 다 집어치우고 스바루에게 매달려 울부짖고 싶다.

그렇지만 그건 스바루의 명예를 더럽히고 크게 은혜 입은 로즈월의 이름에 먹칠하는 행위다. 무엇보다 렘 자신이 간직하며 오늘까지 지켜온 자기 자신의 마음을 배신하는 일이기도 했다.

"──약간, 페리스의 의견은 혹독한 면이 있군."

목소리는 느닷없이, 거북한 침묵이 흐른 실내에 낭랑하게 울렸다.

그 목소리에 렘은 튕겨지듯 고개를 들었으나, 방문자를 눈치채고 있던 페리스는 태연한 얼굴로 있다. 하기야 그 인물에게 그가 보내는 눈길은 언제나 열기를 머금은 신봉자의 것이다.

"크루쉬 님."

"난 약한 것이 죄라고까지 말하지 않아. 약한 채로 있기를 옳게 여기고, 이를 바로잡지 않는 현재를 감수하는 것은 죄악이라 고는 생각하지만."

찾아온 크루쉬는 당황해 머리를 숙이는 렘을 손으로 제지하고, 긴 녹발을 찰랑이며 침대 바로 옆으로. 그리고 지금도 흉험한 웃음을 짓고 있는 스바루를 내려다보고 눈을 가늘게 떴다.

"과연. 이건 확실히 묵과할 수 없는 사태로군. 원인은 알고 있나?"

크루쉬의 물음에 페리스는 "아ㅡ뇨." 하고 두 손 들며 대답했다.

"렘의 얘기로는 갑자기 쓰러졌다기에 몸 구석구석까지 조사해 봤습니다. 하지만 마나적으로 이상한 간섭을 받은 기색도 없던데요."

"주술의 부류일 가능성은? 생각하기 어려운 얘기이긴 해도 왕선 관계자의 정보를 아는 이가 견제했다고도 고려할 수 있다. 또는 다른 진영의 시위 행위도 의심할 수 있다만."

"둘 다 생각하기 어렵지 않을는지? 공격해오기에는 시기가 안 좋고, 애초에 스바루 쿵을 노려서 누가 이득을? 관계자라면 스바루 쿵이 무능한 건 다 아는 사실이고, 애당초 주술 포함해 마법적 간섭은 없습니다. 단언하겠어요. 아 · 니 · 면."

페리스는 한 음절씩 끊으면서 목을 기울이고, 팔짱 끼는 크루쉬에게 살짝 다가붙었다.

"크루쉬 님께선, 페리의 능력을 의심하고 계세요?"

"아무려면. 내가 네 능력을, 인격을, 충성을 의심할 일은 있을 수 없어. 가령 네게 정면에서 단검으로 찔릴지언정 그 생각은 영원히 변함없다."

"아이, 크루쉬 님도 참 믿기지 않을 만큼 사람 휘어잡는 말씀을……. 아유, 다리가 후들거려요오."

꾸불꾸불 몸부림치는 페리스를 내버려두고 크루쉬는 명철한 시선을 렘에게 보냈다.

"페리스는 이렇게 말한다. 그리고 페리스가 힘이 못 된다면 당가에서 나츠키 스바루를 치료할 수 있는 사람은 없어. 힘이 미치지 못해 미안하군."

"──아니요. 저희야말로 관대한 배려에 더 드릴 말씀도 없습니다."

본인에게 책임이 없는데 사과하는 말을 입에 담은 크루쉬에게 렘 또한 허리를 숙였다.

사실 아무리 말하고 아무리 감사를 하더라도, 차마 갚지 못할 정도로 베풀어준 것이다.

왕국 최고봉 치료 마법사의 진료를 받게 해주고, 정치적으로 적대 진영의 필두인 인물에게 온정을 받았다. 이 이상 그녀와 그가 해줄 일이 어디 있겠는가.

크루쉬 일행에게 잘못은 없다. 렘은 이를 알고 있었다.

──왜냐하면 렘은 스바루가 이렇게 된 까닭을 뚜렷하게 짐작하고 있었기에.

"──마녀."

스바루의 온몸에 들러붙은 마녀의 기척, '독기'는 그 농도가 더욱 늘어나 있었다.

독기가 스바루의 이상에 대한 직접적인 원인인지는 불명하지만, 스바루가 쓰러지기 직전에 그 기척이 부풀어 오른 것만은 사실이다.

원인이 마녀의 독기에 있다면, 페리스가 손을 쓸 도리가 없다고 판단한 걸 책망할 수는 없다. 독기를 독기로 느낄 수 있는 사람은 매우 극히 한정된 이들뿐인 것이다.

마녀의 독기를 맡을 수 있는 건 람도 불가능한 렘만의 특성이다.

독기를 풍기는 존재는 좋지 못한 일을 꾸미는 사악한 무리다.

그런 생리적인 혐오감이, 선입관이 작용해버릴 정도의 꺼림칙한 기척과 기억.

하긴, 그런 편견은 지금까지 중에서 가장 강한 마녀의 독기를 풍기던 소년의 행동으로 말미암아 완고히 굳어있던 마음째로 녹아 씻어졌지만.

그래도. 그래도 말이다.

이 독기가 초래하는 게 결코 바른 것이 아니라는 걸 렘은,

──오니는 똑똑히 인식하고 있었다.

3

"──신세를 졌습니다. 오늘까지의 후의, 주인을 대신해 답

례의 인사를 드립니다."

렘은 허리를 굽혀 깊이 인사하고 사과의 말을 읊었다.

그녀 앞에 선 사람은 크루쉬와 페리스 두 명이다. 렘 일행 세 명이 모인 곳은 크루쉬의 별장의 현관홀. ——즉, 이것은 이별 인사였다.

"힘이 못 되어 미안하군. 본래라면 이러고 대가를 얻다니 가증스러운 얘기다만."

"아니요. 제의를 도중 중단한 건 저희 사정입니다. 크루쉬 님께는 할 수 있는 최대한의 배려를 받았습니다. 약속한 대가를 지불하는 건 당연합니다."

크루쉬가 살짝 시선을 내리자 렘은 의연하게 고개를 들고 그렇게 답했다.

그 응답을 받은 크루쉬는 "미안하군."하고 한 번만 더 사과를 입에 담은 뒤, 그 이상의 말은 덧붙이지 않았다. 그다음은 형식적인 대화밖에 되지 않음을 알고 있는 것이다.

"솔직히 불완전 연소인데 별수 없나. 렘은 잘 가구. 스바루 쿵쪽은…… 몸조심 잘하라고 해야 하려냥—?"

입을 다문 주군을 대신해 페리스가 화제를 이어받았다.

손가락을 세운 페리스는 한쪽 눈을 감고 렘의 등 뒤—— 문에 등을 기대고 맥없이 축 처진 모습으로 멀거니 서 있는 스바루를 바라보았다.

스바루의 상태는 호전되지 않았다. 변함없이 반응은 더디고, 의식은 꿈과 현실이 애매하다. 그런데도 손을 잡아끌면 아이처럼 따라오며, 쓰러지지 않고 서 있는 정도는 할 수 있게 되었다. 때때로 느닷없이 웃는 것과 우는 것만은 여전했지만.

"당가의 인물이 끼친 실례에 관해서는 저희가 아무리 사과의 말을 다해도 부족합니다. 관대하게 대우해주신 것, 진심으로 사례의 말을 드립니다."

"계약이 있고, 적잖게 말을 나눈 상대다. 함부로 대할 수 있을 턱 없지. 경은 앞으로가 힘들겠지만."

"그건…… 각오하고 있는 일이니까요."

엷게 웃는 스바루를 곁눈질한 렘은 에이프런 옷자락을 꼭 쥐어 결의를 표명했다.

크루쉬가 우려하듯이 고난이 기다리는 건 모두 알고 있었다. 그래도 렘은 자기 자신에게 스바루와 함께 걸을 것을 명했다. 왜냐면.

『어깨동무하고 웃으며 내일이란 미래의 얘기를 하자. 나, 오니와 웃으면서 내년의 얘기를 하는 게 꿈이었다고.』

예전에 스바루에게 들은 말을 렘은 잊지 않았다.

몇 번이고, 몇십 번이고, 몇백 번이고 머릿속에서 반복하며 한없이 그 장면을 떠올렸다.

그러니 받은 것과 동등한 것을 스바루에게 갚아야만 한다.

그리고 그건 자기 자신을 아무리 내어 놓더라도 따라잡지 못할 만큼 커다란 것이다.

"경의 제의에 도저히 응해줄 수 없는 게 안타까워."

렘은 눈을 내리까는 크루쉬에게 고개를 저으며 흐릿하게 미소

지었다.

그렇게 말해주는 크루쉬의 배려가 고마웠다. 허물어질 것만 같은 지금은 특히 더.

"모든 건 저희가 부족한 까닭입니다. ──이야기는 유감스러운 결과가 나고 말았지만, 크루쉬 님의 향후 활약을 기원하겠습니다."

"그쪽도 에밀리아에게 전해다오. 피차, 자기 영혼에 부끄럽지 않은 싸움을 하자고."

그 대화로, 렘은 이곳에서 제 역할이 끝났음을 자각했다.

스바루의 치료는 어중간히 중단되고 로즈월이 내린 밀명도 달성하지 못했다.

몰염치하게 돌아가는 건 엄한 질타를 받으러 가는 것이나 마찬가지다.

그래도 렘은 저택으로 돌아가야만 했다. 다름 아닌, 스바루를 위해.

"저택에 돌아가는 건 알겠는데, 치료에 믿어볼 데는 있구?"

"적어도 에밀리아 님만 뵐 수 있으면……."

서운한 기분을 참으며 렘은 페리스의 물음에 유일한 희망을 밝혔다.

몇 번 말을 걸어도, 몇 번 접촉해도, 아무리 정성껏 대해도 스바루는 렘에게 평소의 스바루다운 반응을 돌려주지 않았다.

다만 그런 상태의 스바루여도 때때로 의미가 있는 말을 입에 담을 때도 있었다.

"이름…….."

"음—?"

"가끔이지만, 이름을 말하거든요. 렘의 이름이나, 언니. 그리고…….."

잠꼬대처럼 속삭이는 이름 중에 자기 이름이 있는 게 기뻤다. 그런 반면, 이쪽의 접촉에는 아무 반응도 없는 게 슬프기도 했다.

의미가 없는 말도 많지만, 중얼거리는 이름의 빈도 중에 가장 많은 이름은.

"——에밀리아 님. 그분을 뵐 수 있으면 뭔가 변화가 있을지도 모릅니다."

"근데 말이야. 따끔하게 헤어졌다고 들었는데? 그 뒤로 아직 나흘 정도밖에 지나지 않았구, 아직 저쪽두 머리가 마저 안 식지 않았을까? 조금만 더 시간을 두는 편이…… 아니 그건 무리인가."

"에밀리아 님의 마음에 대한 배려가 부족한 건 알고 있습니다. 하지만 이미 렘 개인 판단으로 어찌할 수 있는 문제가 아닙니다. 지시를 받기 위해서도 돌아가야 해요."

있는 힘껏 주군을 배려하는 발언을 빌미 삼아 렘은 자신의 본심을 위장했다.

자신의 본심이 무엇을 바라고 있는지, 사용인으로서의 대의명분을 앞으로 내세움으로써 숨기려 했다. 자신의 존재가 그의 마음을 구하지 못한 걸 울고 싶을 만큼 분하게 느끼면서.

"──빌헬름이 왔군."

문득 얼굴을 든 크루쉬가 눈을 가늘게 떴다.

크루쉬의 시선을 좇은 렘은 저택 바깥 테두리, 철문 건너편에 한 대의 용차가 도착하는 모습을 보았다. 차부석에는 낯익은 노신사가 앉아 있다.

"지금 당가에서 빌려줄 수 있는 장거리용 용차는 저것뿐이야. 자세한 사정은 밝힐 수 없지만, 가까운 시일에 대량의 용차가 필요해지는 안건을 떠안고 있어서."

"운이 좋았네. 이걸로 리파우스 가도를 가로지르면, 뭐 날짜 넘어가기 전까지는 저택까지 돌아갈 수 있을 테구, 반나절 정도라면 버틸 테니까. 여러 가지로."

도착한 용차를 보면서 렘은 고도를 높이는 태양의 빛을 눈부시게 느꼈다.

시간은 점심의 절정을 넘어간 무렵으로, 지금부터 전력으로 용차를 몰면 밤중에는 저택에 도착한다. 저택이 가까워지면 람에게 귀환을 공감각으로 알릴 수도 있을 것이다.

"온정에 진심으로 감사드리겠습니다."

"상관없네. 본래라면 그쪽이 얻고 있었을 것과 비교해, 너무나도 조촐한 것밖에 보답을 못 했어. 무슨 일이 있으면 가능한 한 편의를 도모하지."

크루쉬의 말에는 허울뿐인 인사치레 같은 것이 일절 느껴지지 않았다.

렘은 그녀의 됨됨이를 알 수 있었던 게 이곳에서 보낸 시간 중에 얻을 수 있던 몇 없는 행운이었을지도 모른다고 생각했다.

"그러면, 이번에야말로 실례를———."

"렘."

크루쉬가 바로 묵례하고 이별의 말을 건네려는 렘을 불렀다.

렘이 움직임을 멈추자 크루쉬의 눈에 처음 보는 망설임이 스쳤다.

"못나기 짝이 없지만…… 묻고 싶은 말이 있네."

"네. 무엇인가요?"

"왜 경은 그렇게까지 나츠키 스바루에게 헌신할 수 있지?"

다가붙은 스바루와 렘을 본 크루쉬가 호박색 눈에서 감정을 지웠다.

"경과 나츠키 스바루의 관계는 나나 페리스처럼 주종의 관계가 아니야. 하나 경의 눈초리와 움직임은 남녀의 그것이라 단정하기도 애매해."

"…………."

"대답하고 싶지 않으면 상관없네. 나도 물은 걸 민망해하는 중이다."

렘이 입을 다물자 크루쉬는 자신의 미욱함을 사과하듯이 성조를 낮추었다. 페리스는 그런 주군을 가만히 응시하고 있다. 렘은 두 사람 앞에서 고개를 가로저었다.

"아뇨. 대답하기를 주저했던 건, 단지 무슨 말을 하면 될지 렘도 알 수 없어서예요. ——어렵네요."

그것은 말해버린 즉시, 전혀 다른 걸로 바뀌어버릴 느낌마저

든다.

크루쉬가 의문스레 여기는 것도 당연하다. 렘 안에 존재하는 '그것'은 1초도 같은 모양이 아니다. 시시각각, 크기도 열기도 세기도 바꾸어가며 렘 안에 뿌리박고 있다.

또렷하게 말로 하고 싶지 않다. 또렷한 말로는 할 수 없다.

그렇지만 구태여 렘 안의 형태 없는 뭔가를 타인에게 전하겠다면.

"스바루 군이, 특별하기 때문일까요."

"―――."

대답이 되는지 안 되는지, 대답해놓은 렘에게도 잘 알 수 없었다.

단지 지금은 이 대답이 가장 자기 자신의 근저에 있는 걸 상징하는 느낌이다.

"두 분 다, 왜 그러시죠?"

스바루를 부축하면서 자기 가슴에 손을 얹은 렘이 반응이 없는 것에 갸웃거렸다.

바라보니 크루쉬와 페리스 두 사람은 조금 놀란 얼굴로 말을 잃고 있었다.

뭔가 실례되는 발언이 있었나 싶어진 렘은 둘의 반응에 불안감을 느꼈다.

"미안하다. 나란 사람이, 조금 넋을 놓았어."

"아―뇨아뇨, 지금 건 별수 없다니까요. 페리두 놀랐는걸요. 왜냐면 그렇잖아요……. 렘은 왕성의 대화에는 참석하지 않았

을 텐데."

눈을 맞대고 끄덕임을 나눈 주종이 하는 말의 의미를 렘은 잘 짚을 수 없었다. 그래도 크루쉬는 렘의 대답에 만족한 것이리 라.

"예의를 잃은 못난 물음을 사과하지. 미안했다. ──나츠키 스바루는 복에 겨운 자로군."

"정말로요. 원래대로 돌아오면 오기로라도 못살게 굴어줘야 겠어요."

옅게 미소 짓는 크루쉬와 심술궂게 말에 편승하는 페리스. 두 사람이 인사치레 빼놓고 스바루의 차도를 빌어주고 있는 게 전해져 렘도 감사를 담아 마주 미소 지었다.

"보중하게."

"힘내──."

렘은 배웅해주는 두 사람에게 끝으로 한 번만 더 깊이 고개를 숙이고는, 스바루의 손을 끌고 크루쉬 저택을 뒤로했다. 대문 쪽에서 기다리던 빌헬름이 묵례하면서 고삐를 내밀었다. 받아들고 노신사에게도 가볍게 인사했다.

"빌헬름 님께도 각별히 은혜를 입었습니다."

"아니오. 노신에겐 과한 말씀입니다. 그리고 무력감은 주군과 다름없이 느끼고 있습니다. 이렇게 되기 전에 손을 써야 했다는 생각을 접을 수 없군요."

빌헬름이 눈매 가늘게 복잡한 감정이 스친 눈으로 스바루를 보고 있다.

생각해 보면 크루쉬 저택에서 가장 많이 스바루와 접촉하던 사람은 이 노인일 것이다. 고작 나흘이긴 해도 검의 대련에 매진하는 스바루와 빌헬름은 사제 관계였다고도 할 수 있다.

빌헬름 또한 스바루를 구하지 못한 걸 후회하고 있었을지도 모른다.

"역시 전 그때부터 아무 진전도 없는 거겠지요……."

"빌헬름 님?"

입안에만 남은 빌헬름의 중얼거림은 스바루를 통해 다른 뭔가를 본 것처럼 아득하다. 렘의 부름에 빌헬름은 눈을 깜빡이다가, 고개를 가로저었다.

"실례했습니다. 아무것도 할 수 없지만, 하다못해 스바루 님이 차도를 보이기를 기도하겠습니다. 가는 길에 렘 님도 조심하시길."

"고맙습니다. 빌헬름 님도 건승하십시오."

노신사의 눈에 마지막으로 스친 애잔한 빛—— 희미하게 걸리는 것을 렘은 떨쳐낸다.

안 그래도 자신은 남보다도 요령이 안 좋다. 양팔을 뻗어야 간신히 한 가지 일에 착수할 수 있다. 그리고 현재 자신의 양팔로 지탱해야 할 건 일찌감치 정해져 있다.

"스바루 군, 이리로."

"……우, 아?"

비틀거리는 몸을 부축해 뒤에서 안아 올려 차부석에 스바루를 앉힌다. 그 옆에 렘도 올라타고, 둘이 앉기엔 좁은 느낌의 차부석에 스바루의 자리를 확보했다.

밀착한 스바루의 허리에 왼팔을 두르고, 오른손으로 단단히 고삐를 잡는다.

"조금 답답할지도 모르지만, 참아주세요."

앞으로 오래오래 이 상태로 계속 달려야만 한다.

스바루에게 얹히는 부담도 걱정이고, 저택에 도착한 다음에도 그를 지켜야 한다. 아마 로즈월과 다른 사람들은 스바루를 환영해주지 않을 것이다.

아군이 없을지도 모르는 스바루에게 자신만은 아군이 되어주어야 한다.

"램만은, 반드시…… 스바루 군 편이니까요."

결의를 깊이 다지는 램이 고삐를 내려치자, 지룡이 지면을 박차고 달리기 시작한다.

멀어지는 저택과 배웅하는 노신사. 수레바퀴의 회전은 느릿하게 차차 빨라진다.

이는 마치 램의 현재 마음 실정을 암시하는 듯한 감각을 고삐 너머로 램에게 전달하고 있었다.

4

──왕도를 출발해 메이더스령을 목적하는 여로는 그럭저럭 평온한 것이었다.

염려하던 스바루의 기행은 다행스럽게 용차 위에서는 거의 찾아볼 수 없었다. 바로 곁에서 렘이 움직임을 봉하고 있던 까닭도 있지만, 태반의 시간은 얌전하게 자리에 앉아 흐르는 경치를 멍하니 바라보며 지내고 있다.

웃거나 우는 정신적인 문제도, 보고 있는 바로는 그리 대단치 않다. 환경이 바뀐 것이 스바루의 마음에 변화를 불렀을지도 모른다.

어쩌면 이대로 차도를 보이는 게 아닐까 하는 희망이 렘의 가슴속에 싹텄다. 그러나 그 순간, 비강을 스친 독기의 향이 기대하는 마음에 찬물을 끼얹는 것이었다.

"_____."

꾸벅꾸벅. 렘은 자기 어깨에 머리를 실으며 조는 스바루의 모습에 슬며시 입술에 미소를 머금고 만다.

무방비하게, 무경계하게 온몸을 맡겨주는 사실에 행복을 느낀다.

지금의 스바루는 평소의 스바루가 아니다. 그리고 이 상태가 스바루의 본의가 아니란 것쯤 렘도 알고 있다. 그래도 이렇게 의지받는 건 더없는 기쁨이었다.

"스바루 군, 더 이쪽으로."

"……응, 으."

잠자는 숨결이 닿을 거리에 있으면서도 렘은 스바루의 몸을 자기 쪽으로 더 끌어당겼다.

좁은 차부석에서 반신이 접촉한 상태지만 렘은 아예 스바루를 자기 왼쪽 무릎에 올려버렸다. 오른쪽 고삐를 단단히 바로잡으며 스바루의 몸을 고정했다.

주행 중에 렘은 스바루에게 무리를 주지 않도록 가능한 한 배려하고 있었다.

좁은 차부석 대부분을 스바루에게 점유시킨다. 스바루의 힘 들어하는 숨소리를 들으면 바지런하게 손을 쓴다. 때로 용차를 세워 스바루에게 물을 먹이고, 배설 뒷바라지를 한다.

안 그래도 차부에게 부담이 얹히는 용차 이동이다. 그렇게 반 나절 이상이나 신경을 계속 써주다니, 일반인이라면 도중에 나가떨어져도 이상하지 않다.

그러나 렘의 육체 강도는 일반인보다 훨씬 위에 있다. 인내력도 강하며, 무엇보다 자신의 고생이 스바루의 보탬이 된다는 사실이 렘에게는 제일가는 분발의 이유였다.

"원래는 이런 일에 사적인 감정을 끼우면 안 될 테지만요."

끌어안은 스바루의 대꾸는 없다. 꿈과 현실 사이를 멍하니 헤매는 옆얼굴. 렘의 속삭임은 스바루에게 들려주기 위한 것이라기보다는 독백에 가깝다.

"왕도에 남는 거, 스바루 군은 바라는 바가 아니었을지도 모르지만…… 사실 렘은 약간 좋아했었어요. 저택이면 스바루 군을 독점할 수가 없으니까."

로즈월 저택에서의 나날 중 렘이 스바루와 함께 지낼 수 있는 시간은 그리 많지 않다. 그런데도 저택의 업무 때문에 힘에 겨운 렘 옆에서 스바루는 늘 누군가와 함께 있다.

"일할 때는 언니에게, 빈 시간이 있으면 에밀리아 님에게. 짬이 나면 베아트리스 님을 집적이러 가버리니까…… 참고 있었다고요."

"……응, 후."

"스바루 군은 바빠 가지고 늘 멈춰 서 있는 때가 없어서…… 저택에선 마을 사람이나 렘을 위해. 왕도에선 에밀리아 님을 위해…… 항상, 언제나 바빠서."

렘이 아는 한, 스바루는 언제나 멈추지 않고 달리고만 있었다.

그건 남을 위해서거나 혹은 자기 자신을 위해서로, 이유는 하나가 아니다.

하지만 그렇게 달리는 스바루를 보는 렘의 가슴에 오가는 감정은 하나뿐.

"그 때문에 크루쉬 님의 저택에서 스바루 군을 독점할 수 있어서…… 렘은 살짝 행복하게 느꼈어요. 스바루 군이 고민하던 걸 알았는데, 미안해요."

옅게 미소 짓는 렘의 사과에 고른 숨소리를 쉬고 있는 스바루가 얼굴을 찡그렸다. 렘은 앞머리가 닿은 그의 이마를 간지럽히듯이 쓰다듬고서 작게 숨을 내뱉었다.

"스바루 군이 에밀리아 님과 말다툼했다고, 그렇게 들었는데, 미안해요."

반복하는 사과. 절로 떠오르는 건 왕성에서 왕선의 모임이 이루어진 당일의 일.

스바루와 에밀리아의 관계의 결렬——. 실제 그 자리에 없었던 렘은 두 사람이 무슨 말을 주고받으며 부딪쳤는지 자세히 알지는 못한다.

"에밀리아 님이나 로즈월 님이나, 자세한 말씀은 해주시지 않았으니까요. 대략적인 이야기하고, 성에 있는 스바루 군을 맞이해서 크루쉬 님을 의지하라는 말씀만. ……그 뒤에 성에서 스바루 군을 만났을 때는 정말로 놀랐지만요."

성의 대기실에서 수척한 스바루를 발견했을 때, 가슴을 찌르던 충격은 잊을 수 없다. 스바루의 모습을 걱정함과 동시에, 혼자 둘 수 없다고 단단히 마음먹었다.

"그래서 되도록 스바루 군 곁에 있으려 했어요. 하지만 걱정 반, 자기 생각 반이라……. 렘은 스바루 군이랑 있으면 미운 아이가 되고 마네요."

상대를 생각하는 마음에 하고 있었건만, 거기서 자신의 기쁨도 찾아내고 만다.

스바루랑 있으면 늘 그렇다. 모르고 있던 자신을 자꾸 발견해 버린다.

"자기 자신의 미운 모습을 많이 발견해 버렸어요. 스바루 군이 언니와 친한 모습을 보이면 서운해지기도 하고, 에밀리아 님에게 얼굴을 붉히면서 말을 걸고 있으면 욱하기도 하고, 베아트리스 님과 노는 모습을 보면 치사하단 생각을 해버리기도 하고."

렘은 손가락을 꼽으며 이전의 자신이라면 알아챌 수 없었을 일을 헤아렸다.

하지만 지금의 자신이 발견할 수 있던 건 미운 모습뿐만이 아니었다.

"스바루 군이 언니와 친한 모습을 보이면 기뻐지고, 에밀리아 님에게 얼굴을 붉히면서 말을 걸고 있으면 귀엽다 싶고, 베아트리스 님과 노는 모습을 보면 자상하구나 싶고. ……그렇게, 따뜻한 마음이 되는 렘도 있어요."

대꾸가 없는 걸 핑계로 두서없는 독백을 이어가버렸다.

얼굴을 맞대고 말할 수 없는 상념이 흘러넘치는 바람에 렘의 말은 멈추지 않는다. 평소부터 가슴에 품고 있던 게 지금 단번에 흘러나와버리는 중이다.

"싫은 감정이나 기쁜 마음이나, 스바루 군이 함께가 아니면 찾을 수 없어서. 그래서 렘은, 그 시간을 행복하게 느꼈어요. ……그게, 지금은 분해요."

따스한 정을 읊조리던 입술을 깨문 렘은 자기 자신이 한심해 고개를 숙였다.

스바루가 울적함에 갑갑해하고 있었는데, 렘은 언제 그걸 내뱉더라도 받아들일 수 있도록 준비만 하고 있었다. 그 수동적인 자세가 이 상황을 부른 게 아닐까.

더 정성껏 스바루의 고민을 끄집어내서 들어 봐야 하지 않았을까. 그리고 그러지 않았던 까닭은, 스바루를 독점하고 싶은 자신의 약한 마음이 아닐까.

고민에 잠기는 렘의 팔 안에서 스바루가 잠자리가 불편한 듯 몸을 틀었다.

"스바루 군, 괜찮아요. 진정해요. 그대로 자요…….."

렘은 자상하게 말을 걸고 자기혐오에 빠지려는 생각을 중단했다.

강행군은 역시 스바루의 몸에도 상응하는 부담을 주고 있는 듯하다. 밤을 새워 저택으로 갈 심산이었지만, 어디서 한 번 야영하는 편이 나을지도 모른다.

앞으로 두세 시간이면 날짜가 넘어간다는 걸 감안하면, 저택에 도착할 때는 지금과 같은 페이스로 따져 내일 점심 전 정도가 되어버릴 성싶다.

"그렇게 되면, 기껏 있는 공감각도 언니에게 전해지기 어려워져요."

공감각은 어느 정도의 거리와, 양쪽의 의식이 각성해 있는 것이 조건이다.

특히 렘 쪽에서 람에게 발신할 경우, 기력 · 거리 모두 조건이 한정지어진다. 지금 거리에서 람과 연결하기는 불가능하며, 거리가 조건을 만족할 때는 심야가 된다.

"……역시 야영하죠."

그렇게 판단을 내린 렘은 고삐를 움직여 지룡에게 정지하도록 지시를 내렸다.

용차가 천천히 멈추고, 지룡이 콧김을 내쉬면서 렘을 쳐다본다. 렘은 차부석에 스바루를 놓고 지면에 뛰어내려서는 주위의 안전을 확인한다.

리파우스 가도에는 이미 해가 떨어져서 달빛과 용차에 설치된

라그마이트 광석을 이용한 조명만이 믿을 구석이다. 다행히도 오늘 밤은 구름이 덜해 달빛만으로도 시야는 충분히 확보되고 있다. 이만하면 강도 패거리에게 습격당할 가능성도 낮을 것이다.

"스바루 군, 실례할게요."

차부석에서 자는 스바루를 공주님처럼 안아들고 객차의 모포로 말아 눕혔다.

편안한 숨소리를 내는 스바루의 자는 얼굴을 잠시 지켜본 다음, 렘 본인은 객차 밖으로 나가 야영의 감시로 이행했다. 도적 패거리는 그다지 걱정하지 않지만, 밤의 가도에는 들개나 마수가 무리를 짓고 있는 예도 적지 않다.

렘은 피와 고기 맛을 아는 짐승과 마수가 인간보다 훨씬 위험하다는 것을 알고 있다.

"하지만 오늘 밤은 너도 있으니 별로 걱정할 필요 없을지도 모르겠네."

렘은 손을 뻗어 코끝을 이쪽에 내리는 지룡의 머리를 쓰다듬었다.

과격한 강행군에 따라와 주고 있는 똑똑하고 튼실한 지룡이다. 초면인 렘의 지시에 거스르는 눈치도 없고, 과연 공작가의 지룡이라고 칭찬할 만큼 버릇이 두루 잘 들어 있다.

물론 지룡이 고분고분한 까닭은 렘이 생물적으로 상위의 존재인 '오니'라고 본능으로 깨닫고 있는 점도 관계가 없진 않겠지만.

지룡은 용종 중에서도 유독 인류종과 우호적인 관계에 있는 종족이다. 생활의 일부에도 꽤 많은 상황에서 중용되며, 온후한 성격인 덕도 있어 친밀하다.

만약 비룡이나 수룡이라면 특별한 훈련이 필요한데다가 성질이 거친 것도 많다. 그 때문에 지룡과 비교하면 일상에서 눈에 띄는 경우는 한정적이다.

어쨌든 사람과 친밀하며 용종 중에서는 온후하다고 알려진 지룡이지만, 종족으로서의 그 격은 다른 짐승과는 일선을 달리한다. 저력의 차이도 모르고 지룡에게 덤비는 야생동물은 거의 없다. 더구나 지룡 자체도 매우 빨리 위험을 눈치채는 습성이 있는 것이다.

수가 많은 마수 무리나 도적단이라도 아닌 한은 지룡을 덮칠 수 없는데다가, 그런 집단들은 사전에 지룡이 감지해준다. 행상인과 나그네가 지룡을 아끼는 가장 큰 이유가 이것이다.

"편안히 쉬어요, 스바루 군."

렘은 객차를 향해 속삭이고, 몸을 기대는 지룡을 쓰다듬으면서 지면에 앉힌다. 그리고 주저앉은 지룡의 딱딱한 피부에 몸을 맡기며 모포를 덮고는 의식을 주위로 뻗쳤다.

아침나절, 해가 떠오르기 시작할 무렵에 출발하면 내일 오전 중에는 저택에 도착하리라.

목적을 이루지 못하고 돌아가는 입장이다. 질책은 감수하고 받아들여야 한다. 그래도 하다못해 스바루만은 상처 받을 일이 없도록 처신해야 하는데.

"그리고 스바루 군을 원래대로 되돌릴 수 있는 사람이라면……."

에밀리아밖에 없을 것이다. 그 사실이, 렘에게는 거북했다.

본디 렘에게 에밀리아라는 존재는 매우 상대하기 어려운 상대였다.

빈객으로서 에밀리아를 맞아들인 로즈월도, 에밀리아가 왕선 후보자가 된 지금에는 자신보다 위쪽 입장에 있는 존재로서 그녀를 대우하고 있다.

기실 렘과 람 두 명에게도 그렇게 상대하도록 지시를 내리고 있었다.

주인인 로즈월보다 에밀리아를 높이 대우하는 것에 렘은 별반 당황하지 않았다. 로즈월 지상주의인 람은 마뜩잖은 것 같았지만, 렘은 그쪽 감정이 언니만큼 강하지 않다. 물론 람도 그 마음을 얼굴에 티 낼 만큼 어리석지 않았다.

단지 평소에는 별로 느껴지지 않는 공감각에 강한 불만이 울릴 때는 종종 있지만.

렘이 에밀리아에게 복잡한 감정을 품고 있는 이유에 로즈월은 관계없다.

렘이 에밀리아를 복잡하게 여기는 까닭은, 매우 속된 말이지만 에밀리아의 출신—— 에밀리아가 하프엘프라는 것. 요컨대 반마라는 것이 이유다.

머리로는 렘도 에밀리아 자신에겐 아무 허물도 없는 걸 이해한다. 그러나 감정 부분에서 완전히 수긍 못 한 자기 자신이 있는 것이다. 에밀리아는 잘못이 없다. 그러나 반마의 존재는 렘의 인생에 경시 못 할 큰 영향을 끼친 존재와 결부되어 있다.

상기하고 마는 것이다. 고향을 멸망시킨 '마녀교'를.

그 사실이, 렘의 마음을 매우 곤두세운다.

그 결과, 렘은 에밀리아에게 '손님과 사용인'의 입장을 굳건히 지켜왔다. 렘은 감정을 고려하지 않고 에밀리아의 지시에 기계처럼 따른다. 에밀리아 또한 렘의 그런 태도를 감지했는지 특별한 용무가 없으면 접촉을 피하고 있는 것 같았다.

호의적으로 상대하는 것도, 악의를 가지고 상대하는 것도 선택하지 않은, 타협의 관계다.

그런 희박한 관계인 채로 때가 지나고, 왕선의 결과가 어찌 되든 변함이 없으리라고 생각했었다. 역할상, 자신이 왕선 끝까지 함께할 가능성은 적다. 자신에게 주어진 역할을 생각하면 에밀리아의 편을 드는 건 쓸데없는 짓이라고 결론짓고 있었다.

──그런데 지금, 렘이 에밀리아에게 품은 감정은 이전하고 완전히 달라져 있었다.

변한 건 자신인가, 에밀리아인가. 아마 양쪽 다이고, 계기 또한 공통되었다.

스바루다. 그가 하루하루에 끼어들어 와서 렘의 세계는 크게 모습을 바꾸었다. 흑백의 세계가 화사하게 색을 띠고, 느끼는 세계가 변하니 보이는 경치도 바뀌기 시작한다.

전보다 저택의 일에 보람을 느꼈다. 언니 옆에 서는 걸 무서워하지 않게 되었고, 로즈월과 베아트리스를 상대할 때도 여유가 생겼다. 편을 들지 않겠다고 결심한 에밀리아와도 말을 나눌 기회가 늘었다. 비슷한 취미를 가지고 있단 사실도 알아버렸다.

그리고 자신이 아련한 마음을 보내는 소년이, 그 눈에 누구를 비추고 있는지도 알고 있다.

그래서 렘에게 에밀리아는 여전히 거북한 심정이 들게 만드는 상대인 것이다.

"에밀리아 님을 좋아할 수도 없고, 싫어할 수도 없고. 렘은 어중간하네요……."

고요한 밤의 세계. 들리는 건 희미한 벌레 울음소리와, 곁에 있는 지룡의 숨소리뿐. 달빛만이 기댈 곳인 꿈과 현실의 애매한 장소. 자연히 사고가 두서없는 것으로 변전한다.

시간의 흐름이 완만하고, 달의 위치가 아무리 올려다봐도 변함없는 걸로도 느껴졌다.

밤이 길다. 혼자뿐인 밤은 철두철미하게 깊고 차가우며 끝이 없다.

별안간 렘은 등 뒤에 비호하고 있는 객차 안에 파고들고 싶은 충동에 쫓겼다.

스바루는 꿈도 꾸지 않을 만큼 깊은 잠 속에서만 평온한 얼굴이었다. 모포를 두른 그의 곁으로 몸을 밀어 넣고 그 온기를 공유할 수 있다면 얼마나 좋을까.

"아까까지, 그렇게 가까이서 만지고 있었는데…… 분에 넘치는 것도 정도가 있어요."

충동에 흔들리는 자기 자신을 나무라면서도 램의 마음은 계속 몽상을 그린다.

——차라리 모든 것을 내던져버려도 괜찮지 않겠느냐는 유혹이 솟는다.

이대로 저택에 돌아가봤자 스바루를 기다리는 건 이상과는 동떨어진 가혹한 현실이다.

지금이라면 용차를 몰아 어디로 가든 간에, 힐난하는 건 자신의 양심밖에 없다.

노잣돈도, 로즈월에게 받은 몫은 금액으로 따져 상당한 것이다. 이걸 들고 행방을 감추어 스바루와 둘이서 은둔하는 짓도 가능하리라.

스바루도 시간을 들이며 계속 상대하다 보면 언젠가는 어린아이 같은 상태에서 벗어나 자기 자신을 되찾고, 이전과는 다르더라도 같은 시간을 공유할 수 있을지도 모른다.

둘이 도망쳤다는 사실조차 모르는 사람들에게 둘러싸여, 회복한 스바루와 함께 새로운 생활을 시작한다. 훼방 따위 없는, 정인과의 아늑한 시간——.

"후후, 꿈같은 이야기네요……."

램은 고개를 젓고, 그러안은 무릎에 이마를 누르면서 자기 망상에 쓰게 웃었다.

그런 모든 것을 저버리는 선택 따위 할 수 있을 턱이 없다. 생각하는 것조차 죄악이다.

언니를, 람을 두고 저택을 떠나는 짓 따위 할 수 있을 리가 없다. 언니는 렘에게 정녕 반신(半身) 그 자체다. 게다가 남는 람에게 떨어질 부담은 상상을 초월한다.

다정하며 렘에게 무른 언니는 용서할 것이다. 그 때문에 더더욱 언니를 배신할 수는 없다.

로즈월이 렘에게 거금을 맡긴 것도, 충절을 신뢰해주고 있기 때문이다. 결벽적인 렘의 성격으로는 그 신뢰를 배신하는 짓을 할 수 있을 턱이 없다.

"무엇보다…… 스바루 군을, 이대로 놔둘 순 없으니까요."

애당초, 렘은 본인이 독점욕이 강한 성격임을 자각하고 있다.

할 수만 있으면 소중한 사람은 전원 자신의 수중에 놔두고 싶다. 타인에게 헌신하는 걸로 자신의 존재 가치를 실감할 수 있는, 타고난 메이드 체질이라고 해도 된다.

따라서 스바루를 뒷바라지하는 현재 상태는, 사실 렘에게는 고생이 아니다.

오히려 자신이 꼭 있어야 하는 스바루가 있어 충족감을 실감하는 나날이다.

하지만 이건 본래의 스바루가 아니다.

『스바루 군이, 특별하기 때문일까요.』

헤어질 적에 크루쉬의 물음에 대답한 말이 되살아났다.

그렇다. 그것이 전부인 것이다.

그의 웃음을 떠올린다. 그의 목소리를 떠올린다. 그의 말을 떠올릴 수 있다.

모든 게 다 정체된 나날 속에서, 체념 속에 숨 못 쉬고 있던 시간 속에서, 스바루가 렘에게 걸어준 말을, 뻗어준 손바닥의 온기를 기억하고 있다.

　스바루는 잘못된 길로 빠져 자포자기하려고 한 렘을 구해주었다.

　스바루는 단 하나의 판단을 그르쳐 렘이 저버릴 뻔했던 아이들을 구했다.

　스바루는 온몸에 마수의 저주를 받아 본인도 생사지경을 넘나들고 있으면서도, 렘도 람도, 누구도 저버리려고 하지는 않았다.

　그걸로 충분하다. 그것뿐인데, 그밖에 무엇이 필요한가.

　렘이 전심전력으로 나츠키 스바루에게 헌신하는데, 이 이상의 무엇이 필요하단 말인가.

　이 가슴을 뜨겁게 달구는 정념 말고, 무엇이 필요하단 말인가.

　진짜 그를 불러와 재회하기 위해서 자신의 모든 것을 내어 놓을 수 있다.

　왜냐하면 렘에게 나츠키 스바루라는 인물은 언제나——

　"오니들린, 대단한 사람이니까요."

5

렘은 아침 안개의 대기가 머금은 습기에 앞머리를 찰랑이며 천천히 고개를 들었다.

의식이 반각성했다고도 해야 할까. 수면과 각성의 틈바구니를 떠도는 감각에 취해 있는 렘을 체내 시계가 슬슬 출발할 시간이라며 깨우고 있었다.

야간에 두드러진 변화는 아무것도 찾아오지 않았고, 마수와 도적은 낌새도 보이지 않았다.

그렇다고는 해도 렘도 피로가 없지는 않은 모양이다. 비교적 안전하다고 확신한 다음에는 반각성 상태로 체력의 회복에 시간을 소비하고 있었다.

일어서서 아침의 선선한 바람 속에서 크게 기지개를 켰다.

해이하고 경망스러운 몸짓이다. 남의 눈이 있는 앞에선 절대로 하지 않지만, 지금은 아무도 볼 걱정이 없다. 기껏해야 곁에서 고른 숨소리를 내는 스바루 정도나——.

"스, 스바루 군?!"

놀라 펄쩍 물러선 렘은 바로 옆에 모포를 두른 스바루가 있었다는 사실을 깨달았다.

렘에게 기대고 있던 소년은 지지대를 잃고 그대로 초원에 넘어져 얼굴을 찡그리면서 꿈지럭거리는 참이었다.

당황해서 렘은 스바루의 모습과 등 뒤의 용차를 번갈아보았다.

"레, 렘이 자는 동안에 용차에서 내려와 곁에 와줬다……?"

입으로 말해 본 렘이 그 말에 매우 당황해버렸다.

스바루의 행동을 눈치채지 못했다는 사실에 섬뜩해하는 반면, 자신이 얼마나 스바루에게 마음을 터놓았는지를 깨달아 새삼스럽게나마 얼굴이 붉어졌다.

이건 즉, 스바루가 잠자리를 습격해도 저항할 수 없다는 뜻이다.

"……너무 부주의해요."

그런 소녀 같은 중얼거림과 함께 렘은 내심 스바루의 이 행동이 좋은 징후는 아닐까 생각했다. 용차에 얌전히 타고 있던 것의 연장선상이다.

웃거나 울고 있는 것 말고는 아무 반응도 없던 스바루. 그런 그가 자진해 용차에서 내려와 이렇게 의사 있는 행동을 실행한 것이다. 차츰 망가진 마음이 수습되기 시작해, 스바루라는 인격을 재구성해주는 건 아닐까. 렘은 그렇게 희망을 품었다.

"——좋아. 돌아가죠, 스바루 군."

변화가 생겼다면, 반드시 지금부터 좋은 방향으로 풀린다.

자신답지 않은 사고방식이지만 그것도 눈앞의 소년에게 감화된 결과일 것이다.

그리고 그 내면의 변화는 렘에게는 왠지 각별하게 여겨졌다.

어젯밤에 머리를 스친 생각은 나약한 마음과 피곤한 몸이 불러일으킨 악몽이라고 여기자. 완전히 잊고, 아무 일도 없었던 것처럼 밝은 미래를 그리자.

아직 잠든 상태의 스바루를 안아 들어 차부석에 재우고 나서 지룡을 깨운다. 눈을 뜬 지룡에게 망을 본 노고를 위로하고, 물을 먹인 다음 출발할 준비를 갖추었다.

스바루를 무릎 위에 안고 고삐를 잡아당기며 재출발. 수레바퀴가 천천히 회전하고 경치가 움직인다.

온 길은 대략 절반. 시간으로 따져보면 일고여덟 시간 정도가 될까.

비장감만을 품고 출발한 어제보다 기력·체력 모두 충실하다. 깊이 잠든 스바루의 옆모습을 바라보며 렘은 조급해지는 마음을 고삐에 전달해 속도를 올렸다.

달리는 용차의 희미한 진동. 몸을 트는 스바루를 고쳐 안은 렘은 그의 손에 자신의 손을 살그머니 포개고 손가락을 얽었다.

"가늘게 보이지만…… 역시 남자애 손이네요."

이 손을 잡고 도망칠 약한 마음을 포기했으니, 하다못해 닿고 싶다고 비는 약한 마음을 허락해주길 바란다. 악몽을 잊기 위한, 아주 소박한 의식.

"이 온기와, 곁에 와준 것……. 그것만 있으면, 렘에겐 충분."

그 이상을 바라는 것은 너무나도 이기적인 일이니까.

온기를 느꼈을 때의 마음과 의지해준 사실을 새긴 렘은 모든 것을 내어 놓을 수 있다.

——렘은 자신의 모든 것을 내어 놓을 수 있다.

6

──공기가 이상하다.

용차를 모는 렘이 그 사실을 깨달은 건, 잠자리가 불편한 듯한 스바루의 머리를 자신의 무릎 위에 싣고 부축하던 팔을 그의 흑발에 집어넣어 쓰다듬고 있었을 때였다.

어젯밤에 차분하게 생각할 시간이 있었기 때문일지도 모른다.

내면의 복잡한 감정에, 어느 정도의 납득을 얻은 렘은 심야에 용차에서 내려 스스로 곁에 온 스바루의 모습에 내심 어딘가 들떠 있던 면이 있었다.

그 때문에 이 비정상을 뒤늦게 눈치챈 거라면, 너무나도 미련했다.

"지나치게, 조용해……."

렘은 여태껏 한 번도 리파우스 가도에서 다른 용차와 엇갈리지 않았다. 가도의 정규도로는 벗어나 있어도 건너편까지 내다볼 수 있는 시야에 아무것도 비치지 않는 건 너무도 부자연스럽다.

왕도 방면으로 가는 행상인, 농기구를 손에 든 영민. 본래라면 가도에선 그런 사람 그림자를 드문드문 봐야 한다. 그런데 어제부터 가도는 무인인 것처럼 사람이 얼씬거리지 않는다.

지금만 봐도, 외딴길로 가고 있는 게 아닌데도 사람 하나 보이질 않는다. 더욱 이상한 점은 조금 전부터 벌레와 새의 울음소리마저 귀가 들리는 범위에서 사라진 것이다.

렘의 뇌리에 꺼림칙한 예감이 맴돈다.

이런 식의 고요는 야생의 생물들이 숨을 죽이고 있기 때문에 이루어진다.

그런 상황은 으레 인지를 넘어선 이변이 일어나는 전조니까.

언덕을 넘고 산길에 들어서서, 저택까지 거리가 줄어듦에 따라 위화감은 강해져간다.

렘은 잡고 있는 고삐에 불안을 담아 이미 필사적인 속도로 달리는 지룡을 한층 더 재촉한다.

무리를 시키고 있는 건 아는 바지만, 지금은 한시라도 바삐 이 불안의 정체를 확인해야 한다. 기우라면 그걸로 상관없는 것이다. 스바루에게도 지룡에게도 무리한 여로로 이끈 걸 사과하고, 렘 자신도 어젯밤과 같은 고민과 마주하면 그만이다.

그렇게 생각한 직후였다.

"──언니?"

별안간 렘의 마음에 오간 것은 자신의 것이 아닌 감정의 분출이었다. 견디기 어려울 정도의 불안과 분노, 격정이 흘러들어오다가 바로 사그라져 렘을 두고 간다.

람이다. 람에게서 온 공감각이 렘에게 흘러들어온 것이다.

평소부터 표면상으로는 태연히 굴고 있는 람이지만, 기실 속으로도 호담한 태도다.

기본적으로 동요하는 일이 없는 람이 동요하는 건 주인이 얽혔거나 렘이 얽힐 때뿐이다.

그런 람이 렘에게 공감각을 노출할 정도의 '격정'을 품었다. 그리고 즉시 그게 지워졌다는 건 렘에게 전해지지 않도록 자제했다는 뜻이다.

왕도에 있었더라면 때를 맞추지 못했을 언니의 궁지. 그러나 렘은 알아챘다. 람이 그것을 바라고 있지 않았더라도 손이 가닿는다. 때문에.

"어서, 돌아가야 해──!"

서둘러야 할 결정적인 이유를 얻고 손이 하얘질 만큼 강하게 고삐를 움켜쥔다.

초조감에 재촉받은 렘은 방금 느낀 주위의 위화감에 대해 주의하는 것을 한순간 잊었다.

표면상으로는 무표정을, 내심으로는 애써 냉정하기를 자신에게 타이르고 있는 그녀는, 기실 필사적이 되면 주위가 보이지 않는 결점이 있었다.

람에게도 몇 번쯤 지적 받고, 동료에게도 주의받았던 렘다운 결점.

그 결점은 이번에도 렘에게 이빨을 드러냈다.

──시간이 정체된 세계에서 렘은, 눈앞에서 지룡의 목이 날아가는 모습을 보았다.

제5장 『나태』

1

——달리던 지룡의 목이 밑동부터 날아간다. 이끌던 용차는 의지를 잃은 거체가 무너지는 것을 따라 길을 벗어나고, 크게 들썩이며 옆으로 굴렀다.

옆으로 쓰러진 차체가 화려하게 지면을 파헤치고 먼지구름을 피워 올리면서 굉음을 일으켰다. 객차가 찌그러지고 쓰러진 지룡의 몸이 수레바퀴에 말려들자 현장은 한순간에 참상으로 변모했다.

장소는 산속. 주위가 나무들에 둘러싸인 한적한 삼림지대다. 이미 용차는 메이더스령에 들어서서 앞으로 두 시간가량만 달리면 목적지에 도달했을 것이다.

하지만 용차는 중도에 끔찍하게 파괴되고, 헛도는 수레바퀴의 소리만이 허무하게 현장에 울려 퍼졌다. 시체가 된 지룡, 잔해로 변모한 차량. 피 냄새가 주위에 맴돌기 시작했다.

"……우, 으아."

그런 현장에서 용차로부터 내던져진 소년은 신음 소리와 함께 나뒹굴고 있었다.

　반쯤 허물어진 용차로부터 소년이 떨어진 곳은 길에서 벗어난 덤불의 한구석이다. 덩굴과 이끼가 낙하한 소년을 충격으로부터 지킨 것이리라. 소년은 기적적일 만큼 가벼운 상처로 그쳐 있었다.

　다만 그래도 무방비한 상태로 입은 상처가 아프지 않을 리는 없다.

　찰과상과 얼마간의 타박상. 다행히도 골절 및 대량 출혈을 일으킨 상처는 없긴 했으나, 그 고통들은 의지가 없는 어린아이를 웅크리게 만들기에는 충분하기 짝이 없었다.

　"아, 후우…… 욱, 흭……."

　수풀 위를 구르며 고통에 신음하면서 눈물을 흘리는 흑발 소년.

　땅바닥과 스친 이마는 피와 흙으로 더럽고, 눈물과 침이 볼썽사나운 몰골에 박차를 가하고 있다. 손발이 다 자란 어른의 추태로선 두고 보기도 어려워, 망가진 용차와 어우러져 비참한 사고를 강조한다.

　"―――."

　그 광경을 경치와 동화하듯 서 있는 검은 그림자들의 집단이 말없이 지켜보고 있었다.

　소년과 용차를 에워싸듯이 서 있는 그림자. 그 숫자는 가볍게 열을 넘고 있다. 그림자들은 목이 없는 지룡의 시체를 검사해, 확실하게 죽은 걸 확인하자 소년에게 주의를 집중했다.

그림자──흑의인들은 머리까지 후드를 푹 둘러쓰고 있어 그 얼굴과 성별마저도 분명치 않았다. 그림자들은 일렁이며 미끄러지는 듯한 움직임으로 소년을 에워싸는 범위를 좁혀간다.

"──라."

그리고 소리를 내지 않고 걷는 그림자 중 하나가 불쑥 무슨 말을 중얼거렸다.

한 명이 그 말을 입에 담자 잇달아 누군가가 비슷하게 그 말을 중얼거린다. 그러다가 속삭임은 끊어짐 없이 연거푸 이어지고, 소년을 에워싼 그림자들은 소리를 순환시키듯 윤창(輪唱)한다.

바람에 나뭇가지와 잎사귀가 흔들리는 소리와, 검은 그림자들의 속삭임──. 세계는 그것만으로도 완결하고 있다.

"──아그악, 아아! 아, 아악!"

차츰 그 속삭임을 듣고 있던 소년의 반응에 변화가 생긴다.

몸의 상처를 아파하던 소년은 몸을 뒤틀어 위를 보고 등을 펄떡여 뭍에 올라온 물고기처럼 버둥대며 괴로워한다. 괴로워하는 방식의 질이 조금 전하고 명확히 다르다.

그건 흡사 바깥쪽이 아니라 몸 내부에서 나오는 고통에 신음하는 듯했다. 체내에서 미쳐 날뛰는 어떤 존재가 내장을 모조리 먹고 있는 투로 괴로워하고 있었다.

아는 사람이 보면 그게 주위에 있는 그림자들의 속삭임에 반응하고 있노라고 깨달았을 것이다.

그림자들은 괴로워하는 소년을 내려다보며 그 주언(呪言)을 그치려 하지 않는다. 그저 신음하는 소년의 모습에 무슨 결론을 본 것처럼 그림자 중 한 명이 그 몸으로 손을 뻗었다. 다음 순간.

"──스바루 군을 만지지 마."

으르렁대며 날아온 철구가 소년── 스바루를 만지려고 한 그림자의 머리를 폭쇄했다.

날아가는 두개골의 파편이 주위에 흩어지고, 맥없이 주저앉는 그림자의 움직임에 쇠사슬의 경쾌한 음색이 뒤따른다. 사납게 꿈틀대는 은빛 뱀은 사냥감을 더 찾아 다른 그림자에게 날아들었다.

하지만 그림자 집단의 판단은 신속했다.

죽은 동료에게서 즉각 의식을 거두고 쇠사슬의 추가공격을 피하기 위해서 말도 없이 산개한다. 튕겨지듯 움직인 그림자들이 품속에서 뽑은 건 십자가를 본뜬 단검이었다.

악취미한 무기를 양손으로 잡은 그림자들은 각자의 사방을 커버하며 주위를 경계했다.

그림자들의 숫자는 11명. 즉시 사각을 없애고 기습에 대응하는 진형을 잡은 건 칭찬해 마땅하다.

그러나 그것도 습격자가 전후좌우라는 2차원으로 싸워주는 상대일 경우다.

"──쉿!"

그림자들의 상공. 나무들을 박차며 에이프런 드레스가 나부낀다.

발자국이 나무줄기에 남을 정도의 각력으로 소녀의 몸이 대각

선으로 사출된다. 어마어마한 속도로 아래쪽으로 도약한 소녀의 움직임은 소리를 알아챈 그림자가 위를 보는 것보다 딱 한 순간 더 빨랐다.

내리찍은 흉기인 손잡이 끝이 가없는 그림자의 머리를 수직으로 뚫었다. 날카로운 소리와 함께 정수리에 구멍이 뚫리고 피를 쏟아 내는 그림자가 휘청 쓰러졌다.

소녀는 그 몸을 걷어차 옆에 있던 다른 그림자의 시야를 막고 뒤로 뛰었다. 하지만 동료의 시체에 부딪힌 그림자도 주저가 없다. 두 자루 칼날이 호를 그리고 시체가 된 동료를 양단해 시야를 확보——직후에 그 그림자의 상반신이 회전하는 철구를 맞아 피보라로 변했다.

직선으로 철구를 내던진 그 자세로 소녀의 몸이 경직된다. 그림자들이 벌어진 간격을 누비고 발이 멎은 소녀를 노리며 일제히 십자검을 투척. 사방에서 짓쳐드는 칼날에 무방비하게 보이던 소녀는 품속에서 뽑은 왼손을 휘두른다. 소형의 철구가 단검을 깡그리 맞춰 떨어뜨렸다.

소녀의 기막힌 곡예 앞에 칼날을 던진 그림자들 쪽이 빈틈을 드러냈다. 1초도 안 되는 정체였지만, 지금의 소녀 앞에선 치명적인 시간이었다.

"흐아아아!"

입을 벌리고 이빨을 드러내며 소녀가 울부짖었다.

팽팽하게 뻗은 철구의 사슬이 큼직하게 뒤로 이끌리고, 반원을 그리는 파괴가 가로 일자로 숲을 쓸어 넘긴다. 쇳덩어리의 유린에 말려들어 새롭게 그림자 하나가 사지가 뜯겨 나가며 맞아죽었다.

목숨을 뺏고도 여전히 아름다운 파란 머리의 소녀. 그 이마에는 순백의 뿔이 튀어나와 있다.

단지 그 모습만으로도 거기 있는 소녀 모습을 한 괴물의 정체를 알 수 있으리라.

"스바루 군을, 건드리게 두지 않아요."

가련한 '오니'는 귀여운 얼굴을 피로 물들이고 형형하게 전의로 젖은 눈으로 그림자를 깔아본다. 하지만 그 위치는 그림자에 에워싸여 있던 스바루를 감쌀 수 있게 잡고 있었다.

말로 견제한 렘은 핏방울이 떨어지는 왼쪽 어깨를 무시하고 철구를 머리 위로 선회시켰다.

어깨의 상처는 용차가 쓰러질 적에 박살난 객차의 일부를 미처 피하지 못하고 입은 것이다. 렘 홀몸이라면 무사히 돌파할 수 있었겠지만, 스바루를 안은 렘은 그럴 수 없었다.

렘이 할 수 있었던 일은 자기 몸을 돌아보지 않고 스바루를 안전한 장소로 던져서 내리는 것뿐. 덤불에 스바루가 떨어진 결과를 지켜본 렘은 잔해가 된 용차와 운명을 함께했다.

그 결과가 이마의 열상과 왼쪽 어깨에 깊이 꽂힌 목재. 왼쪽 허벅지의 밑동 부근도 뼈에 금이 간 듯, 움직일 때마다 격통이 하얀 뺨에 마비를 일으켰다.

하지만 렘은 그런 부상들의 영향이 일절 느껴지지 않는 발걸음으로 앞으로 나서서 입을 열었다.

"마녀교도——!"

검은 그림자 집단을 노려보면서 증오에 가득 찬 목소리로 그렇게 내뱉는 렘.

피를 토하는 듯한 렘의 부름에 그림자들은 여전히 인간다운 반응을 하지 않는다.

그림자들은 변함없이 의식이 있는지조차 의심스러운 거동 그대로 렘과 대치 중이다.

이대로라면 끝이 나지 않는다. ——선수를 친 렘은 순간적인 판단으로 스스로 균형을 무너뜨렸다.

"——야압!"

머리 위로 선회시키던 철구의 궤도를 바꾸고, 이어서 사슬의 사정거리를 한계까지 뻗는다.

일격은 진로 위의 나무들을 부러뜨리고, 나무 파편과 흙덩어리를 흩뿌리면서 그림자로 날아간다. 그림자는 도약, 혹은 자세를 낮추어 달림으로써 이를 회피하고, 드러난 빈틈을 노려 렘에게 달려든다.

팔을 완전히 휘두른 자세로 있던 렘은 수중에서 벗어난 철구를 되돌리고자 팔을 당기는 동작과 함께 몸을 뒤틀었다. 그러나 철구가 돌아오는 것보다 흉인(凶刃)이 그 가슴을 헤집는 편이 빠르——

"——합!"

칼끝을 렘에게 대기 직전이던 그림자의 턱이 밑에서 솟구친 오니의 발끝에 날아갔다.

올려찼다는 둥 가벼운 표현이 아니다. 글자 그대로 아래턱이 날아갈 위력이다.

안면을 선혈로 물들인 그림자는 그래도 고통에 머뭇대는 시늉 없이 칼날을 찔러 넣었다. 치명상마저 개의치 않는 움직임은 이미 생물로서의 올바른 존재 방식을 훼손하고 있었다.

"―――."

그 생물 실격 그림자의 머리를 렘이 끌어당긴 철구가 바로 뒤에서 으스러뜨렸다.

렘은 피와 살점을 뒤집어쓰면서 되돌아온 철구를 왼손으로 잡았다. 가시 박힌 철구를 무난하게 잡고, 바로 옆으로 닥쳐들던 그림자의 안면을 그 왼쪽 철권으로 때려잡았다.

이걸로 도합 여섯 명. 처음의 열두 명에서 반수까지 자객을 줄인 렘은 어깨로 거친 숨을 쉬면서 남은 적을 향해 '오니'의 안광을 보냈다.

그 눈앞에 끝부분을 예리하게 세운 바위의 창이 쇄도. 목을 기울여 직격 직전에 회피. 회피가 늦었던 머리카락과 머리 옆이 도려지고 고통과 충격 때문에 시야가 새빨갛게 어두워진다.

머리의 충격으로 판단력을 빼앗긴 렘은 발밑이 별안간 질척이는 감각에 따라 도약해버린다. 날아오른 직후, 뒤늦게 따라붙은 사고가 판단 미스를 호소했다.

――원거리 공격 수단이 있는 적 앞에서 몸을 움직일 수 없는 하늘로 달아나는 미련함.

형성된 화구가 거목을 태우며 꿰뚫고, 하늘에 있는 렘을 노리

며 돌진해온다. 렘은 살갗이 고온에 익는 감각을 맛보며, 창졸
간에 왼손을 정면으로 내밀었다.

"휴마!!"

얇게 형성된 얼음막이 렘의 전방에 전개. 화구와 충돌한 순간
에 하얀 증기가 피어오르고, 불탄 물의 단말마가 고막을 쥐어뜯
는다. 하지만 어렴풋이 화구의 화세를 죽이긴 했으나 완전히 무
력화할 수는 없었다.

판단은 한순간이었다.

렘은 쳐든 왼쪽 주먹을 화구에 메다꽂아, 한 팔을 희생해 불길
을 폭발시켰다.

"──하윽!"

화구의 폭발을 공중에서 뒤집어쓰고 핑핑 돌며 날아간 렘의
몸이 나무둥치에 등부터 격돌한다. 굵은 뿌리가 뭉쳐진 곳 위에
떨어진 렘은 왼팔의 둔통에 고통의 비명을 지르며 몸을 일으켰
다.

타서 짓무른 왼팔은 보기에도 끔찍하고, 팔꿈치 앞부분은 아
픈 감각도 없다. 페리스와 비견될 만큼 실력이 좋은 치료술사에
게 맡기지 않으면 왼팔은 두 번 다시 움직이지 않을 것이다.

그만한 중상을 입었음에도 렘은 입술을 피 나도록 깨물어 의
식을 현실로 되돌렸다.

이를 앙다물어 신음을 죽이고, 배에 힘을 주어 앞을 보면 고양
된 전의로 고통을 잊게 할 수 있다. 포효를 터트려 자기 존재를
주장해서 그림자들의 주의를 조금이라도 더 자신에게 끌어들

인다.

그림자들의 의식에서 스바루의 존재가 사라지기를 기도하면서.

하지만.

"_____."

소리 없이 접근한 그림자의 손바닥이 렘의 몸통을 무시무시한 충격으로 등 뒤의 거목에 내동댕이쳤다.

내장이 꼬아 뭉개지고 가슴뼈가 삐걱대는 위력에 렘의 입이 대량의 피를 토해낸다.

토혈의 작렬감이 목을 태우고, 온몸을 울리는 고통에 몸이 가라앉는다. 무릎부터 허물어지던 몸이 다시 내지른 손바닥에 두개골이 찌부러지는 것을 우연찮게 회피. 등 뒤의 거목이 장저에 뻥 뚫리고 믿기지 않을 만큼 가뿐히 공중에 날아간다.

발구르기 한 방으로 지면을 함몰시킨 빈손의 그림자는, 명백히 다른 그림자와는 수준이 다르다.

무작정 추가타를 피해 구른 렘은 입에 남은 피를 내뱉고, 남기고 만 철구를 찾아 시선을 헤매고.

"아, 으?!"

얼굴 옆을 스치는 바위의 창을 피한 순간, 기우뚱한 몸의 등이 바윗덩어리에 직격했다. 등뼈가 극심하게 삐걱거리고, 작은 몸이 대지에 바운드되며 날려간다.

튕겨 날아간 쪽에서 렘을 기다리고 있는 건 빈손의 그림자다. 그림자는 그 손에 렘이 놓은 철구를 잡고 있어, 튕긴 그녀를 노리며 가시 박힌 흉기를 쳐들었다.

"──엘휴마!"

폐에 담아둔 영창을 터트린다. 토해낸 피가 마나의 간섭을 받아 얼어붙었다. 진홍의 얼음칼이 철구를 잡은 그림자의 팔을 찢어발기고, 우람한 팔이 무기를 떨어뜨렸다.

"크으르르릉!"

지면을 때려 자세를 제어한 렘의 오른팔이 땅에 떨어진 철구의 손잡이를 낚아챈다. 동시에 발로 차올린 철구를 그림자의 배후로 날려 사슬을 굵은 목에 휘감고, 바이스 같은 힘을 담아 조른다.

둔탁한 소리가 울리고 경골째로 그림자의 목이 뒤틀려 꺾였다. 180도 뒤로 돌아간 목을 본 렘은 강적을 무찌른 결과에 살짝 힘을 뺐다. 그 순간.

"큭──!!"

힘을 잃었어야 할 그림자의 몸이 움직이고 맹렬한 위력이 담긴 발차기가 렘의 몸통을 후려쳤다.

옆구리에 직격한 차기는 렘의 왼쪽 늑골을 모조리 부수고, 부러지기 직전이던 왼쪽 허벅지를 완전히 으스러뜨렸다. 그림자는 이 일격을 끝으로 마침내 절명했지만, 렘의 피해는 심대했다.

"으으, 아윽……."

렘은 신음과 피를 토하고, 써먹을 수 없어진 왼쪽 반신을 질타하면서 일어선다.

적의 집단 중에서 아마도 가장 노련했을 자는 처리했다. 나머지는 5명. 추가 공격이 없던 걸 보아 접근전이 특기인 자는 없다. 할 수 있다. 아직 할 수 있다.

──다가가서 전원의 목을 꺾는다.

하지만 오른쪽 반신밖에 움직이지 않는 상태로 할 수 있을까.

"무슨, 나약하게……!"

렘은 고개를 내저어 약한 소리를 억누르고, 꺾이려는 자신을 북돋았다.

할 수 있느냐 없느냐가 아니다. 해야만 하니까 하는 것이다.

왼쪽 반신이 죽었으면 어쨌다는 건가. 아직 몸의 오른쪽은 움직인다. 오른팔이 못 쓰게 되면 발로 밟아 뭉개면 되고, 오른발도 못 쓰게 되면 이로 물어 죽일 뿐.

마지막 한 명까지 남김없이 죽여서, 스바루만 살아남으면 렘의 승리다.

"─────."

자기가 싸우는 이유를 의식한 순간, 렘의 마음이 소중한 소년의 모습을 원했다.

렘은 자기 안에 있는 마지막 망설임을 없애기 위해 쓰러져 있는 스바루 쪽을 흘끔 보았다. 그 모습이나마 마지막으로 눈에 아로새겨, 마음을 태울 기폭제로 삼자.

그런데.

"──스바루 군?!"

없다.

아픔에, 고통에, 공포에 신음하고 있었을 스바루의 모습이 어디에도 없다.

초조한 마음에 렘은 주위에 시선을 던진다. 설마 전투의 여파에 말려들어 어디로 날아가버린 걸까. 그러나 찾아도 찾아도 그 모습이 눈에 띄지 않는다.

그리고 렘은 퍼뜩 눈치챘다.

"한 명, 모자라……?"

검은 그림자 집단의 남은 수는 다섯 명. 하지만 렘을 깔아보는 그 숫자가 지금은 네 명밖에 없다.

양손에 십자가를 매단 그림자들은 길을 차단하듯 막아서서, 렘의 시야로부터 멀어지는 동료를 감추려고 하듯이 슬슬 이동하기 시작했다.

스바루를 둘러메고 달아난 동료에게서 그녀를 떼어놓듯이.

"너희……는……."

떨리는 입술에서, 떨리는 목소리가 흘러나온다.

대량의 출혈로 핏기를 가신 입술은 넘치는 토혈을 염료 삼아 새빨갛게 물들어 있다. 그 처절한 전사의 분장 속에서, 렘은 그 귀여운 얼굴을 그야말로 귀신 같은 형상으로 바꾸며 말을 이었다.

"언니에게서 뿔을 빼앗고, 렘에게서 사는 이유를 빼앗은 것만으론 만족도 못 하고……."

철구를 움켜쥔 오른팔을 휘고, 한쪽 발을 굽혀 폭발력을 모은다. 전방의 그림자들이 선수를 치려는 듯 십자가를 찌르듯 세우고 덤벼든다. 순간.

"지금, 이 자리에서 죽으러 갈 이유마저 빼앗는 거냐——!!"

렘의 포효가 작렬하고, 대지가 날아갈 듯이 땅을 박찬 렘의 몸이 날아간다.

정면. 뛰어드는 렘의 전방에 더없이 큰 불꽃의 벽이 전개된다. 뚫고 지나가 그 건너편에 서 있는 그림자의 안면을 뭉개버렸다. 직후에 시야를 가득 메울 정도의 화구가 밀어닥쳤다.

"————!!"

외치는 소리가 울려 퍼지고, 아침 해가 내리쬐는 숲 속에 주황색 빛이 연쇄하며 부풀어 오른다.

고열이 불어 닥쳐 나무들을 불사른다. 한쪽 면을 초토화하는 열량에 세계가 단말마를 지르고——

——불탄 들판에 하얀 에이프런 드레스의 타고 남은 천이 날다가, 바람에 휩쓸려 덧없이 사라졌다.

2

그림자의 어깨에 둘러메어진 스바루는 저항 없이 들썩거리며 침을 흘리고 있었다.

용차에서 추락해 입은 상처. 그쪽 고통은 이미 거의 느끼지 않는다. 아예 느끼지 않는 건 아니지만, 외상이 어쨌든 아무 상관

없어질 정도의 고통으로 덧칠되어 있었다.

지금은 신음성을 터트리고 난동을 피울 기력마저도, 내장을 쥐어뜯는 괴로움에 빼앗긴 상태다.

용차 전복 현장에서 그림자 집단이 스바루를 둘러싸고 읊어댄 주언.

그 속삭임을 듣는 동안, 스바루는 몸의 내부에서 부풀어 오르는 꿈틀거리는 정체 모를 뭔가에게 뜯어 먹히는 듯한 상태가 되었고, 두개골 속에 이명이란 표현 가지곤 부족할 정도의 미쳐 날뛰는 소란이 벌어졌다.

저주처럼 누군가의 목소리가, 속삭임과는 다른 여자의 목소리가 한없이 반복해 들렸다.

그 목소리는 달콤하고 다정해, 고통을 덧칠하듯이 스바루라는 존재를 능욕하고 미치게 했다.

앞으로 조금만 더 그게 그대로 이어졌으리라 생각하면 오싹하다.

그 고통은 사람의 마음을 깨트리는 것이다. 사람의 마음을 뒤트는 것이다. 사람의 마음을 바꾸어버리는 것이다. 사람을 사람이 아니게 만드는, 그런 부류의 저주다.

"흐헤, 히히히, 헤히히히……."

순간, 기억이 났다는 양 광소가 입술 끄트머리로 침과 함께 흘러 떨어졌다.

꿈틀거리는 검은 뭔가의 잔향이 멀어지고, 의식이 내면의 고통에서 밖으로 향하기 시작했다. 망가진 마음은 자연스럽게 그

때까지 느낀 불쾌감을 잊고, 목전의 아픔에 흐느끼라고 요구하기 시작한다.

"으, 히극……. 아, 으으……."

몸 이곳저곳이 아파 스바루는 위로해줄 손바닥을, 목소리를, 온기를 찾았다.

하지만 숲을 헤치고 짐승길을 날아가듯이 달리는 그림자는 그런 스바루에게 눈짓조차 주지 않는다.

그림자는 꿈지럭거리는 스바루를 무시무시한 완력으로 붙잡고, 빼빼 마른 몸으로는 상상할 수 없이 날렵하게 숲 속을 바람처럼 달려 나가고 있었다.

표식 삼을 것도 없는 깊은 숲인데도 그림자는 뭔가의 인도를 받듯 거침없는 발걸음으로 주파했다. 그대로 십여 분 달렸을 즈음일까. 차츰 그 속도가 느려지고, 곧 완전히 발이 멈추었다.

멈춰 선 그림자의 정면에는 이끼에 덮인 바윗결이 눈에 띄는 암벽이 우뚝 서 있었다. 암벽은 고개 들고 봐야 할 만큼 높다. 도구의 보조 없이는 도저히 넘어서지 못할 자연의 요새였다.

길을 잘못 든 것일까. 그러나 그림자는 암벽을 앞에 두고도 당혹한 눈치를 보이지 않았다. 천천히 걸음을 나아가 바윗결 일부에 손바닥을 대었다.

"————."

피부에 희미하게 소름이 돋는 감각은 바로 옆에서 누가 마법을 행사했을 때의 감각과 가깝다.

벽을 만진 그림자의 눈앞에서 말 그대로 마법처럼 암벽을 이

룬 바윗덩이 중 하나가 사라졌다. 깜짝 놀랄 초상현상. 바윗덩이가 사라진 벽에는 휑하니 구멍이 뚫렸다. 아무래도 그 구멍은 동굴 같았다. 그림자는 스바루를 고쳐 메고는 그 구멍으로 몸을 밀어 넣었다.

동굴의 공기는 싸늘하니 차가우며 그림자의 보법도 있는 까닭에 정적으로 가득했다. 때때로 신음하는 스바루가 이를 망치지만 그림자는 신경 쓰는 기색도 없다. 십여 미터가량 나아가자 입구로 들어오는 빛이 사라졌다. 아마도 사라진 바위가 부활해 다시 동굴을 숨긴 것이리라.

입구 쪽의 빛이 사라져도 동굴 내의 시야는 확보되어 있다. 좁은 바위의 통로에 같은 간격으로 하얀 광석이 박혀서, 그림자의 길을 앞장서서 이끌듯 빛이 점등되어가는 것이다.

그 빛을 따라 동굴 안으로 안으로, 어둠으로 어둠으로 이끌려간다.

깊은 곳으로 나아갈수록 스바루의 몸 내부에서 스멀스멀 꿈틀거리는 검은 뭔가가 다시 들썩이기 시작했다. 이번엔 내장을 휘젓는 것이 아니라 스바루의 존재를 귀여워하듯 구석구석까지 빨아댄다.

사라지지 않는 고통과, 시간이 갈수록 더해가는 불쾌감. 어깨에 실린 스바루는 몸을 떨고, 눈초리 끝으로 눈물을 흘리면서 실실대는 웃음을 끊지 않았다.

이윽고 끝이 없게 느껴지던 바위의 회랑에도 끝이 찾아온다.

결정석의 빛이 살짝 강해, 통로와 비교하면 선명한 시각이 허용된 그 장소는 동굴 안에서도 유난히 커다란 공간을 차지한 천연의 회당이었다.

스바루는 그곳에서 이 세계의 진짜 '악의'와 얼굴을 마주한다.

"어허어?"
——깡마른 남자였다.
회당에서 그림자들에게 둘러싸인 그 남자는 다른 그림자들처럼 검은 법의로 몸을 두르고 있었다.
스바루보다 살짝 큰 키지만, 그 몸은 뼈와 거죽뿐인 죽은 사람처럼 여위었다. 심록의 머리카락도 생기 없이 퍼석퍼석해서, 보는 사람에게 불결감과 허약한 인상을 주었다.
——그 광기로 번들거리는 두 눈을 정면에서 보지만 않는다면.
스바루를 메고 온 그림자는 저항 없는 스바루를 회당의 벽에 구속한다. 쇠사슬 달린 고랑과 족쇄에 손발이 이어지고, 딱딱한 땅바닥에 내던져진 스바루는 멍한 표정이었다.
남자는 그런 스바루를 흥미롭게 눈을 부릅뜨고 관찰한다. 남자의 몸이 서서히 기울고, 비스듬해진 허리 위의 모가지도 같은 방향으로 90도 기운다. 파충류 같이 온도가 없는 시선이 서슴없이 꽂힌다.
"과아아여언……. 이건 참, 확실히 흥미롭군요."

핥듯이 스바루를 바라본 남자는 이해한 듯이 끄덕였다. 스바루를 데려온 그림자라고 여겨지는 자가 그 자리에 무릎 꿇고, 경모하는 자세로 남자의 다음 말을 기다리고 있었다.

한 명의 무릎 꿇는 행동에 이어 주위의 그림자들도 비슷하게 남자 앞에서 무릎을 꿇었다. 그러나 정작 남자는 무릎을 꿇는 주위에 아무 반응 없이, 혼자 생각에 잠기듯 오른손 손가락을 입속으로. 그대로 손톱을 깨물듯 가볍게 어금니가 입에 찔러 넣은 손가락 하나를 으깼다.

"당신…… 혹여, '오만'이 아니십니까?"

입 끝에 피와 살점을 매단 남자가 으깨진 손가락의 출혈을 개의치 않으며 물음을 던졌다. 하지만 상궤에서 벗어난 남자가 말을 거는 쪽인 스바루 또한 지금은 정상이 아니다.

눈을 피하고 싶어질 남자의 자해를 보면서 스바루는 실실 웃기 시작했다. 정상이 아닌 이들끼리 시선을 주고받고, 쌍방의 광기가 눈동자를 통해 상대를 휘저으려 든다.

"흠……. 대답, 들을 수 없나 보군요."

팽팽한 대항은, 남자 쪽이 몸을 일이키는 동작에 섞여 대수롭잖게 무너졌다.

남자는 기분이 상한 기색도 없이 잊고 있었다는 양 입술에서 손가락을 뽑고는, 그 피에 젖어 있는 손으로 자기 이마를 건드렸다.

"아, 그렇지요. 그러고 보니 실례를 하고 있었던 모양입니다. 저라는 자가 아직도 인사를 하지 않았잖습니까."

남자는 생뚱맞은 예의를 들고 나오며 흉흉한 미소를 지었다.

정상에서 벗어난 스바루의 웃음을 마치 친애의 증거로 받아들인 듯 우호적으로.

"저는 마녀교, 대죄주교───."

느릿하고 정중하게 허리를 굽힌 남자는 직함을 읊고, 이어서 고개만으로 앞을 바라본다.

그리고 이름을 밝혔다.

" '나태' 담당, 페텔기우스 로마네콩티……입니다!"

양손 손가락으로 스바루를 가리킨 남자는─── 페텔기우스는 낄낄 웃었다.

귀에 거슬리는 그의 홍소는 조용한 동굴을 쥐어뜯듯이 우울하고 끔찍하게 울려 퍼져 나갔다.

3

홍소가 어슴푸레한 동굴의 차가운 벽에 메아리치고 있었다.

낄낄 웃는 페텔기우스는 뭐가 그리도 우스운지, 피가 흠뻑 들러붙은 이를 드러내어 희열을 표출하고 있다.

그 웃음을 앞에 두고서도 웃음을 듣는 스바루 또한 메마른 웃음을 뺨에 매달고 있었다.

쇠로 된 구속구는 손발의 색깔이 바뀔 만큼 빡빡하게 죄여 있어서, 핏줄이 막힌 바람에 슬금슬금 저려온다. 환대한다는 둥의 취지로 끌려온 건 아닌 모양이다.

"아아, 해학적이군요! 제법제법제에법, 흥이 오르는 광경이에요. 실로, 실로실로실로실로오! 뇌가 떨려……!"

흥소를 머금은 페텔기우스는 오른손에서 뚝뚝 떨어지는 피로 암벽에 문양을 그렸다. 따로 의미 있는 형태가 아닌 그 문양은, 남자의 정신 상태를 상징하는 듯 음산한 벽화다.

현실을 직시하지 않고 실실 웃는 스바루와, 광기의 세계에 사는 주민인 페텔기우스.

현실감을 훼손하는 일그러진 두 사람의 대치는, 무릎 꿇은 그림자들 중 한 명이 끼어들어 중단된다. 키가 큰 그림자는 스바루를 데려온 자다. 그 그림자가 페텔기우스에게 무슨 말을 중얼거렸다.

"_____."

나직한, 페텔기우스에게만 닿는 벌레의 날개소리 같은 속삭임. 그 말을 들은 페텔기우스는 흥소를 거두고, 익살 부리는 듯한 시늉을 그만두며 목을 90도 기울였다.

"그렇습니까……. 아아, 그건 참 가슴이 설레는, 뇌가 떨리는 일이군……요!"

엇물리는 성조와 표정. 정색한 얼굴로 목소리를 까뒤집은 페텔기우스는 이번엔 무사한 왼손 손가락을 차례대로, 하나씩 주저 없이 깨물어 터트려간다. 뼈가 깨지고 살점이 으깨지는 소리가 울린다.

"아파…… 아파아파아파아파아파아파아파아파아파아파아프음!

아아, 생의 충족입니다!"

페텔기우스는 손가락이 으깨진 왼손을 털어 피보라를 흩뿌리며 천장을 쳐다보았다.

무감동하게 그를 보는 그림자가 다시 무릎 꿇으면서 속삭이는 말로 뭔가를 페텔기우스에게 전했다.

"왼손 약지가 괴멸! 아아, 그건 어찌나 감미로운 시련이랍니까! 이 정도까지 근면하게 일하고 있건만…… 오늘도 세계는 사랑이 무엇이냐를 나타내는 것에 무상합니다!"

"_____."

"아아, 그걸로 됐습니다. 왼손 약지의 남은 뼈는 저마다 중지와 검지에 합류. 손가락은 아직아직 아홉 개나 더 남았습니다. 아직 충애(忠愛)를 증명할 기회는 얼마든지 있지요."

그림자들 중 한 명을 독려하듯이 손을 뻗는다. 무릎 꿇은 그 머리에 피에 젖은 왼손이 오른다. 온몸을 떠는 그림자의 심중은 보이지 않지만, 페텔기우스의 행위에 감격하고 있는 것 같기도 했다.

"그렇습니다! 시련! 시련! 이것은 시련! 모든 것은 우리가 총애에 보답하기 위한 시련인 겁니다! 비추어라! 이끌라아! 아아, 뇌가 떨린다아!"

페텔기우스가 환희로 침을 튀기며 웃자 그림자들이 추종하듯이 박수 소리를 울렸다. 그들끼리만 알 수 있는, 기묘하고도 섬뜩한 집회.

그림자의 보고는 가냘파서 조용한 동굴 속임에도 쥐의 발소리

만큼도 들리지 않았다. 따라서 그 모습은 마치 페텔기우스의 1
인 연극 같이 우스꽝스럽기까지 한, 사악한 예술이었다.

"그건 그렇고, 저이! 아아, 저이입니다! 도대체, 저이는, 무엇
이랍니까?"

허리를 굽혀 몸을 낮추고 더욱 몸을 뒤튼 페텔기우스가 스바
루에게 얼굴을 들이댄다. 비릿한 숨이 지척에 닿는다. 스바루
는 그 미친 작태를 무감동한 눈으로 쳐다봤다.

"확실히, 확실히확실히확실히시리시리, 불가사의이, 불오
온, 불가해애……. 이 국면에서, 시련을 눈앞에 두고, 어이하
여 당신 같이 복음에 적히지 않은 존재가?"

"_____."

"용차! 아아, 지룡은 좋지요! 귀염성이 있고 충실하며, 무엇보
다 근면하게 따르고, 근면하게 일하며, 종으로서 근면하게 노
력하는 자세가 훌륭합니다!"

"_____."

"죽였다! 아아, 그 또한 좋습니다! 저이를 끌어내기 위해 어쩔
수 없이! 아아, 당신도 역시 근면하군요! 좋습니다! 제 양손의
손가락이라면 근면한 게 가장 중요합니다! 아아, 사랑이여! 삶
이여! 사람이여! 근면하여라!"

몸을 뒤로 젖히며 자칫 지면에 접촉할 만큼 흥분하는 페텔기우
스. 황홀한 표정을 띤 그는 당겨진 활처럼 반동으로 몸을 일
으켰다.

"제 손가락의 근면함이! 지룡이라는 근면 그 자체와 같은 생

물에게 이겼다! 아아, 뇌가 떨린다. 떨린다 떨린다 떨린다다다 다아아아아아아!"

정상인에겐 이해할 수 없는 광기에 흥분한 페텔기우스의 콧구멍에서 코피가 흘러나왔다.

페텔기우스는 입에 닿은 그것을 혀로 핥고 도취된 표정으로 느긋하게 말했다.

"아아…… 죽은 지룡은 실로 '나태' 하군요."

열기 담긴 눈으로 읊조린 페텔기우스가 절정한 듯이 몸을 떨었다.

법의의 소매로 난폭하게 코피를 닦은 페텔기우스는 긴 숨을 내뱉었다. 그리고 그때까지의 흥분한 기색은 어디 갔는지, 침착한 태도와 냉철한 음색으로 동굴의 입구 쪽을 가리키며 지시를 내렸다.

"즉각 용차를 파괴한 현장의 청소를. 다가올 시련의 날을 목전에 두고 우리의 존재가 노출되는 건 피하는 겁니다. 사람을 물리는 작업은 끝났을 테니 목격자 걱정은 없겠으나…… 동승자는? 제대로 처리해두었습니까?"

"＿＿＿＿."

"동승자는 한 명…… 파란 머리의 소녀. 왼손 약지의 손가락 끝이 덤벼 용차를 파괴. 저이를 확보할 적에 전투에 돌입, 약지는 그 소녀에게 패해 달아났다……. 소녀는 생사불명."

페텔기우스는 그림자의 보고를 받고 고개를 좌우로 꺾어 뚝뚝 소리를 냈다.

그는 그대로 생각에 잠기듯 시계의 진자처럼 목을 좌우 교대로 흔들다가, 뒤틀다가, 꼬다가, 돌리다가, 휘청이다가 마지막으로 덜컥 앞을 기울이며 입을 열었다.

"생·사·불·명……입니까."

어두침침한 목소리로 중얼거린 페텔기우스의 얼굴이 올라온다. 허한 눈동자가 그림자를 보았다.

"당신, '나태' 하군요?"

페텔기우스가 눈을 번쩍 뜨고 매섭게 그림자의 안면을 두 손으로 잡았다. 파괴된 양손 손가락이 그림자의 얼굴을 피로 더럽히지만, 페텔기우스는 이를 상관 않고 외쳤다.

"시련을, 앞에 두고, 불안요소를 남겼다! 그것이! 그것이 그것이 그것이이! 당신이 복음에 진지하게 보답하는 방식입니까! 아아, 나태해! 나태 나태 나태 나태애!"

뼈와 거죽뿐인 몸 어디에 그런 힘이 있는지 페텔기우스는 머리를 잡은 남자를 가볍게 휘둘러 등부터 지면에 메다꽂고 올라탔다. 그리고 눈물을 흘리며 천장을 쳐다봤다.

"그리고! 제 손가락의 나태는 저의 나태! 아아, 총애를 등진 제 몸의 나태를 용서해주소서! 이 몸 전부, 온 마음을 다해 근면하게 복음을 위해 살 것을! 그러해 마땅할 것을! 무익하게 소비한 미욱함을 용서받고 싶사옵니다!"

눈물을 철철 흘리는 페텔기우스 밑에서 던져진 그림자 또한 오열을 흘렸다. 비로소 사람다운 반응을 보인 그림자는 페텔기우스가 비키자 본인 또한 천장을 우러르며 기도를 바쳤다.

"사랑입니다! 사랑인 겁니다! 사랑에 보답해야만 하는 겁니다! 나태한 것은 용서받을 수 없다! 복음에 따라야 할진저! 내려주신 사랑에, 사랑하는 것으로 갚아야 할진저!"

"————."

"생사불명의 소녀를 찾아내는 겁니다! 살아 있으면 숨통을 끊고, 죽어 있다면 시체에서 목을 떼어내어 이리로 가지고 오는 겁니다! 사랑에, 보답하는 겁니다!"

쇳소리로 내리는 명령에 검은 그림자가 응답하고, 그림자들은 녹아들듯이 동굴의 어둠으로 사라진다.

그렇게 기척이 멀어지고, 페텔기우스는 잠시 멀뚱하니 그 자리에 무릎을 꿇은 채로 가쁜 숨을 내뱉고 있었다. 그 목이 빙글 스바루 쪽을 바라본다.

"그럼, 그럼, 그럼그럼그런데데데데데데."

무릎으로 선 자세로 페텔기우스는 쭈그려 앉은 스바루에게 기어갔다.

"당신은 결국, 대체 뭐랍니까?"

"으으, 아으⋯⋯."

"복음서에 인도를 받아 온 것도 아닌 것 같습니다만, 그 몸에서 풍기는 농밀하기까지 한 총애. 실로, 실로실로실로오, 흥미롭습니다!"

얼굴을 들이밀고 안구에 닿을 듯한 위치에서 혀를 내미는 페텔기우스. 스바루가 변함없이 이곳이 아닌 어딘가를 보고 있으려니, 페텔기우스는 희열을 감추지 않는 표정으로 박수를 쳤다.

"저는 '오만' 외의 얼굴은 안면이 있을진대, 그렇다고 이만한 총애를 받은 이가 복음과 무관하다고도 생각할 수 없군요."

그렇게 중얼거린 페텔기우스가 자신의 법의 품속에 손을 넣어 ──한 권의 책을 뽑아냈다.

검게 장정한 책이다. 사전만 한 크기로, 두께도 사전에 가까운 수준이다. 얼핏 단순한 애독서를 꺼낸 것처럼도 보이지만, 광인인 이상 그럴 턱이 없다.

"아아…… 복음을, 사랑을 느끼는 겁니다. 뇌가, 떨, 린다 아……."

페텔기우스는 사랑스럽게 책등을 손가락으로 어루만지고, 뜨거운 숨결과 시선을 책에 보냈다.

제목도 적히지 않은 책을 든 페텔기우스는 천천히 엄숙하게 페이지를 넘겼다.

"복음서에는 당신에 관해서 적혀 있지 않습니다. 물론 이 위대한 시련 앞에 생긴 문제도, 오늘의 사건은 아무것도! 그건! 다시 말해애!"

페텔기우스가 소리와 함께 책을 덮고, 덮은 그것을 내세우면서 침 튀기며 말한다.

"당신은, 하잘것없는 존재라는 뜻이지요! 복음서에 적을 필요도 없는 당신의 앞날은 제게 위탁되었다는 뜻입니다! 그토록 깊고 깊고 깊고 기이잎은 총애를 받아놓고서…… 어찌나 모순된 존재랍니까!"

관자놀이에 손가락을 찌르고 파헤쳐 버릴 듯한 기세로 손톱을 움직인다. 살갗이 찢기고 피가 배어나오는 흉행을 목도하고도 스바루는 여전히 반응하지 않는다.

실실 웃으며, 페텔기우스의 자해행위를 글자 그대로 보고 넘길 뿐이다.

"아 · 아 · 아 · 아 · 아아…… 무시는, 서운합니다! 이렇게나, 이렇게나! 저는 당신에게 호의적으로 대접해주고 있건만건만건만건만건마아아아아아안, 말입니다!"

말을 맺고 그 직후에 페텔기우스의 손이 스바루의 얼굴을 잡았다.

마음이 제자리에 없는 스바루의 얼굴을 고정해 억지로 자신의 두 눈과 마주 보게 한다.

넋을 놓은 상태인 스바루도 역시나 그 난폭한 소행에 얼굴을 찡그리며 저항하려고 하지만.

"──제 눈을, 보는 겁니다."

조용한 그 목소리는 다짜고짜 따르게 만드는 강한 힘이 담겨 있었다.

움찔 스바루의 몸이 떨고, 멍한 상태로도 지시대로 페텔기우스를 바라본다. 광기 어린 광채를 띤 회색의 눈이 스바루의 마음을 읽어맸다.

"대답하는 겁니다. 주의해서 대답하는 겁니다. 제 물음에, 요구에. 당신은 왜 이런 곳에 있고, 왜 그런 총애를 내려 받았는지. 복음서는 가지고 있지 않습니까? 그렇다면 직접 그분의 어심(御心)을 속삭임받은 적은 있는 겁니까?"

"으으, 아, 우아아……."

"끝이 안 나겠군요. 그렇다면 물음의 순서를 바꾸기로 하겠습니다."

질문을 연거푸 무시당한 페텔기우스는 목을 오른쪽으로 90도 기울인다. 얼굴을 옆으로 눕힌 상태로, 밑에서 올려다보듯이 스바루를 노려본다.

"여쭙겠습니다만."

"──아으으!"

페텔기우스는 혀를 뻗어 스바루의 왼쪽 안구를 핥았다.

스바루가 안구를 핥는 극상의 불쾌감에 몸을 뒤틀고, 수갑의 사슬소리를 울리며 페텔기우스에게서 거리를 벌리려 했다.

하지만 그것도 다음 한마디를 듣기 전까지의 일이었다.

"──왜, 당신, 미친 시늉을 하고 그러는 겁니까?"

4

"아아! 아아악!"

기분 나빠, 싫어, 무서워, 용서해줘, 살려줘, 무서워무서워무서워무서워.

무슨 말을 들었는지 모르겠다.

눈동자를 핥는 불쾌감에, 지그시 응시당하는 역겨움에, 눈에

어린 광기에 대한 거절감에 떨고 있었을 몸이 우뚝 멈췄다.

멍하니 입을 쩍 벌리고, 부릅뜨고 있는 한쪽 눈에 혀가 닿는 상태로.

"왜 당신, 미친 시늉을 하고 그러는 겁니까?"

반복되는 회색의 물음에 수갑이 채워진 팔을 내리찍으려 했다.

사슬이 팽팽해지고 자유로운 행동이 불가능해진다. 팔은 헛손질하고 땅바닥에 옆으로 나동그라졌다.

"끄으! 아으아아! 아이이이!"

"아뇨아뇨아뇨아뇨, 실제로 의문이랍니다. 어이하여 무엇 때문에 무슨 의미가 있어서, 그런 광기에 물든 듯한 연기를 하고 있는 겁니까?"

들어선 안 된다. 귀에 들여놓아선 안 된다. 아는 건 용납되지 않는다.

머리를 흔들고 손발의 구속구를 힘으로 우짖게 해 의식을 저 너머로 분리한다. 귀로부터 눈앞의 남자가 한 말을 말살하고, 자기 자신에게 듣는 것, 아는 것, 알아채는 것을 금지한다.

"무의식중에……라는 입맛에 맞는 도피로는 준비되어 있지 않습니다. 당신은 의식해서, 자기 자신을 이해한 다음에 광기를 가장하고 있는 것이지요."

"아앗! 끄어어! 끄라락!"

"당신의 광기는 너무 정상적입니다. 그렇게 똑똑하게, 얌전하게, 동정을 사듯이, 사랑을 구걸하듯이 미치는 것 따위 광기에 대한 실례 아니겠습니까."

소리 높여 목이 터질 만큼 절규해 남자의 말을 지우려고 시도한다.

하지만 남자는 그런 저항을 비웃듯이 고막의 틈새를 누비며 목소리를 끼워 넣었다.

"되다만 광인의 연기입니다. 진심으로 미치겠다면, 참 의미로 광기에 잠기겠다면, 타인의 눈 따위 의식해선 안 되지요. 세계는 홀로 완결하고 마음은 고독의 황야에 남겨놓아, 미친 자기 자신이 외딴 존재임을 이해해야만 하는 겁니다!"

"──브어! 브어어! 으어어어어!"

"아아, 해학적이도다, 해학적이랍니다! 당신은 왜 광인인 시늉을 하는 겁니까?! 정말로 외딴 존재 앞에선 그딴 허울은 당장 벗겨져! 우스워서 못 견뎌!"

괴롭다. 속이 울렁거린다. 가슴속에서 뭔가가 부풀어 올라 존재를 주장하고 있다. 아니, 그것은 처음부터 그곳에 있었다. 막아 놓고 안 보이는 시늉을 하고 있었을 뿐이다.

"긍휼하도다! 가엾도다! 비참하고 추하고 비천하고 왜소하며 죄 깊은 당신을, 저는 정녕 가엾이 여깁니다! 그만큼 사랑받고 있으면서, 대체 무엇을 거절할 필요가 있다는 말인가! 그저 주어진 사랑을 탐닉하지도 않고, 그렇다고 총애에 보답하지도 않으며, 정체 속에 풍화하기를 바란다는 겁니까! 아아, 그것은 어찌, 어찌나아!"

회색의 남자가 머리를 붙잡고, 난폭하게 휘둘러 벽에 내던진다. 기세 따라 암벽에 상반신이 내동댕이쳐져 불꽃이 튀고 머리에서 화려한 출혈이 발생했다.

상처의 고통과 굴욕에 신음하는 모습. 남자는 이를 먼지만큼도 배려하지 않고 즐겁게 높이 웃었다.

"아아, 아아, 아아, 당신…… '나태' 하군요!"

쨍강. 소리와 함께 머릿속에서 뭔가가 깨진 듯한 느낌이 들었다.

아무것도 듣지 못했다. 아무것도 들리지 않았다. 모든 건 광인의 헛소리다. 아무것도 정곡을 찌르고 있지 않고, 아무것도 진실에 도달하지는 못했다.

아무것도 모르는 그것은 변함없다. 그래야 마땅하다. 그랬을 터인 것이다. 그래야만 한다. 그렇지 않으면, 나는——.

"아아, 거기까지 하는 겁니다."

거무칙칙한 것이 흉중을 채워 당장에라도 폭발해버릴 것만 같았다. 그러기 직전에, 지금까지의 광태를 잊은 듯이 침착한 남자의 중얼거림이 잡아 세웠다.

만연하던 광기의 세계가 사라지고 살갗에 소름을 돋우는 위기감이 남자 내부에 켜켜이 쌓인다.

"너무, 그래, 너무너무너무우, 몰아 세워봤자 나중에 곤란할 뿐입니다. 잠시, 차분히, 진솔하게 자신의 총애와 마주하면, 저절로 대답이 나올 겝니다."

"아아…… 으그후욱……."

이 남자는 도대체 무슨 말을 하고 있는 걸까.

남자가 입에 담는 말은 하나부터 열까지 망언 그 자체다. 이해할 수 없다. 그런데도 남자는 마치 이쪽을 이해하는 것처럼 행동한다. 때로 어린아이의 손을 잡아주는 자상한 어른처럼, 때로 흔들다리를 건너는 조난자를 꾀는 악마처럼 행동한다.

이해를 할 수 없는 괴물. 자신과 남자와의 거리는 영원히 메워지지 않는 거리면 족하다.

돌아가기가 불가능해지는 분수령을 넘기 전에.

"아아, 바라건대…… 당신이 나태하지 않고, 근면하기를."

5

몰이해를 눈에 머금은 스바루에게 이해한다는 투로 말을 강요한 광인.

천장을 쳐다본 페텔기우스는 마치 기도하듯이 양손을 깍지 끼고 뭔가를 속삭였다.

그 시늉만큼은 주교의 이름에 걸맞은 품격이 넘치는 것처럼 보여서 해학적이었다.

"――어허어?"

한 차례 기도를 마친 페텔기우스가 뭔가를 알아채 돌아본다. 그의 눈길 앞. 동굴 안에 잇달아 떠오르는 건 밖으로 사라졌던 그림자들이다.

지면에서 돋아나듯 나타나는 그림자들. 그 숫자는 열을 가볍게 넘어선다. 그림자들은 그 자리에 무릎 꿇어 페텔기우스를 우러르며 지시를 기다리듯이 머리를 조아렸다.

"무슨 일입니까?"

"_____."

"이런, 소녀가 찾아오고 있습니까? 아아, 당신들은 그래서 돌아온 겁니까. 그건 좋아! 매우 좋습니다! 꼭, 꼭꼭꼭꼭 좀, 마중하고 싶군요. 제가 직접 마중을 해야만 하는 겁니다!"

희색을 터트리는 페텔기우스. 그 말의 의미가 전해지지 않는다.

그렇지만 스바루는 고열에 시달리듯 입을 열었다. 신음성밖에 새어 나오지 않는 입으로, 그러나 안쪽에서 치밀어 오르는 영문 모를 감각에 이끌려서. 하지만.

"——우."

입이 마치 뭔가 보이지 않는 사물에 막힌 양 소리가 나오지 않았다.

공포나 그 외의 감정 때문에 목이 멘 감각과는 또 다르다. 더 뚜렷하게 물리적인 간섭으로 입이 막힌 감각. 보이지 않는 손바닥을 입에 대고 있는 듯한 갑갑한 감촉에 스바루는 눈을 부릅뜬다. 돌아본 페텔기우스가 낄낄 웃었다.

"뭐, 그렇게 안달내지 않아도…… 시간은 있으니까 말입니다."

낄낄, 낄낄 하고, 페텔기우스의 메마른 웃음이 동굴에 메아리친다.

그 소리에, 귀를 때리는 불쾌한 울림에 스바루의 입은 갑갑한 감촉을 잃어도 아무 소리도 지어내지 못한다. 그저, 웃음도 울음도 금지된 것처럼 침묵하며 변화를 기다릴 뿐이다.

──고대하던 변화는 그 뒤로 약 한 시간도 지나기 전에 찾아왔다.

변함없이 침묵을 고수한 채로 무릎을 꿇고 있는 그림자들. 그것들 사이를 페텔기우스가 말없이 지그재그로 걸어 다니고, 발소리와 스바루의 거친 숨소리만이 홀의 대기를 흔들었다.

맨 처음 고개를 든 사람은 회당으로 통하는 회랑에 가장 가까이 있던 그림자였다.

그 인물의 움직임에 딸려가듯이 잇달아 광신자들이 고개를 쳐들었다. 그림자들의 움직임을 깨달은 페텔기우스도 비슷하게 동굴의 입구를 보며 웃었다.

입 끝이 찢어졌나 싶을 정도의, 환희 어린 표정이 떠오른다.

"온 모양이군……요."

페텔기우스의 희색으로 물든 중얼거림이 울려 퍼진 굉음에 덧칠되었다.

어마어마한 질량이 폭탄 같은 위력으로 깨지고 파괴되는 소리가 동굴의 차가운 공기를 세차게 뒤흔들었다. 연거푸 이어지는 소리는 딱딱한 지면을 타고 구르는 스바루에게도 닿아서, 그곳의 누구나 입구가 난폭한 노크로 짓뭉개진 상황을 감지하고 있었다.

그림자가 흐느적 일어나 품속에서 꺼낸 십자가를 손에 들고 자세를 잡는다.

십여 명이 뒤섞여 움직이기에, 동굴 내는 아무리 공간이 있어도 협소하다고밖에 말할 도리가 없다. 학교의 교실 두 개분 정도의 공간에 산개해 습격자에게 대응할 준비를 한다.

날건 뛰건, 무슨 일을 하기에는 넓이가 부족하다. 그리고 그점은 머릿수에서 딸리는 난입자에게는 득이 되는 조건이었다.

"──찾아, 냈어요."

으르렁대는 철구가 날아드는 검은 그림자를 한꺼번에 후려치고 벽에 수없이 붉은 얼룩이 진다. 최초의 한 방으로 세 그림자를 무찌른 철구는 닿은 생명을 모조리 앗아가는 필살의 무장이다.

회피 말고 선택지가 없지만 좁은 동굴에선 그마저 어렵다.

땅에 떨어진 철구가 바윗결을 깨트리고, 피와 살점에 범벅된 가시가 둔탁한 소리와 함께 지면을 파헤친다. 앞으로 발을 디딘 소녀는 파랗던 머리카락을 거무칙칙한 색깔로 물들이고, 형형하게 빛나는 두 눈으로 홀을 둘러본다. 그 눈이 엎어진 소년을 발견하자 입술이 떨면서 작게 숨을 들이켜고 소리를 낸다.

"다행이다, 스바루 군……."

스바루의 이름을 부르고 안도한 얼굴로 어깨의 힘을 뺀 오니──렘이다.

그 모습은 너무도 처참해서 장렬한 과정을 돌파한 티가 어른어른 드러나 있었다.

그녀의 온몸에는 피에 젖어 있지 않은 곳이 없다. 파란 머리는 거무칙칙하게 물들고, 에이프런 드레스는 타버려서 옛 자취를 찾아볼 수도 없다. 터지고 찢어진 치마 사이로 엿보이는 두 다리에는 열상이 여럿 새겨져 있으며, 왼팔은 눈을 돌리고 싶어질 만큼 끔찍한 화상을 입었다.

　피와 죽음의 향을 온몸에 두른 렘은, 그러고도 변함없이 스바루에게 꿋꿋한 미소를 보내고 있었다.

　"아아──. 이 얼마나 훌륭한 일입니까!"

　그리고 그런 렘의 처절한 모습 앞에서 페텔기우스가 갈채를 올렸다.

　그는 자신의 수하가 눈앞에서 렘에게 살해당한 사실도 잊고, 오히려 그 일을 자신을 북돋는 재료로 삼은 듯 흥분으로 뒤집힌 소리로 칭찬했다.

　"소녀가! 한 소녀가! 이만큼 상처 입고, 그러고도 전진한답니다! 무엇을 위해선가, 이 소년을 위해서입니다! 총애 받은 소년을 구출해내기 위해서 여기까지 하는 당신 역시! 사랑에 씌어, 사랑에 살고 있는 겁니다!"

　"장광설은 됐습니다, 마녀교도……."

　스바루와 렘 사이를 가로막듯이 서서 입 끝에 거품을 낼 만큼 쾌재를 외치는 페텔기우스. 렘은 그렇게 미친 작태를 드러내는 그를 차갑게 응시했다.

　"당신들은 메이더스령의 영주, 로즈월 님의 허가 없이 영지에 참람한 짓을 저지르는 불한당들. 이곳에 없는 주인을 대신해, 렘이 벌을 내리겠습니다."

　"그렇게 너덜너덜한 모습으로 말입니까? 할 수도 없는 짓을 자못 가능한 것처럼 말하는 건 그만두도록 하시지요. 애초에 당신은 이 소년을 데려가려고 왔을 뿐입니다. 듣기 좋은 가식적인 말은 그만두시지요."

주저앉은 페텔기우스가 스바루의 머리를 움켜쥐고 얼굴을 들어올렸다. 즐거운 듯 머리칼을 휘어잡은 채로, 싫어하는 스바루의 머리를 아래위로 흔들었다.

"……리지 마."

"뭐지요?"

"그 사람을 건드리지 말라고, 말했어!!"

페텔기우스의 망동에 렘의 표정이 확 격노로 채색된다.

냉담한 모습을 내팽개친 오니의 얼굴을 본 페텔기우스가 만족스레 웃었다.

"그래, 그래야 합니다. 훤히 드러낸 속내, 훤히 드러낸 마음, 훤히 드러낸 사랑! 사랑! 사랑! 사랑인 겁니다! 사랑이, 당신을 이곳으로 이끈 겁니다! 그것을 부정하는 것도, 꾹꾹 감추는 것도, 거짓으로 꾸미는 것도, 모든 건 사랑에 대한 배신! 모독! 아아, 나태합니다!"

"들어주지도 못할 상소리나 주워섬기고……!"

"방금 그 외침 소리는 좋았습니다. 그게 바로 당신의 본심인 겁니다. 당신은 쓸데없는 불순물을 전부 걷어내고, 순수하게 이 소년을 사모하는 마음만으로 이곳에 달려온 겁니다!"

페텔기우스는 노한 표정으로 입을 다문 렘을 몰아세운다. 그는 광기 어린 두 눈에 가엾어하는 빛을 머금고 렘을 바라보다가, 시선을 수중의 스바루에게 떨어뜨렸다.

"그 때문에 아깝습니다. 당신만한 사랑의 신도가…… 어이하여 이와 같은 자에게 고집하는지. 이 추태를, 광태를, 몽매를 가장하는 나약……. 그야말로 나태한 소행입니다!"

"네가 스바루 군의 뭘 알아! 제멋대로 지껄이지 마, 마녀교도!"

"발끈하는 본심으로는 인정하고 있는 건 아니렵니까? 이 소년이, 당신의 사랑이 갈 곳은…… 예전에 잃고, 끝나버렸음을."

"끝나지 않았어! 렘이 있어. 렘이 스바루 군의 말을 잊지 않아. 스바루 군의 손을 끌고 렘이 데려갈 거야. 렘이 있는 한, 스바루 군은 끝나지 않아!"

──매달리는 듯한 한때의 위안과는 다른 그 외침은, 렘 안의 강고한 진실이 얘기하게 만든 말이다.

렘이 외친다. 페텔기우스가 웃는다. 벽에 기댄 스바루가 천천히 얼굴을 든다.

"_____."

무언가가 스바루의 가슴속에서 소리를 지르고 있었다. 무엇이, 그리고 뭐라고 말했는지는 알 수 없다.

거절의 바다에서 한 점의 변화를 보는 스바루 앞에서 상처 입은 렘의 몸이 도약했다.

날아오른 렘을 쫓아 침묵을 지키고 있던 그림자들 또한 하늘로 뛰어올라갔다. 벽을 차고 렘에게 날아드는 두 그림자. 어둠에 녹아드는 십자의 칼날이 자그마한 소녀를 꿰어버리겠다고 짓쳐든다.

"렘과 스바루 군을, 훼방 놓지 마아!"

휘두르는 오른팔은 철구의 사슬을 휘감은 쇠사슬로 지켜지고 있다. 쇳소리와 함께 십자가가 튕기고, 그 기세에 얻어맞은 그림자의 안면이 푹 파였다. 또 한 명은 칼날이 튕겨나가면서도 렘을 찍어 누르려 했지만 뒤처져서 선회하던 철구가 부드럽게 뒤통수를 으깼다.

렘은 두 구의 시체와 함께 낙하해 홀의 중앙—— 광신자들 한복판에 착지한다.

"——엘, 휴마!"

그림자들이 쥔 칼날이 사방에서 렘을 찢어발기기 직전, 피를 토하듯이 렘이 외쳤다.

영창으로 말미암아 냉기가 용솟음치고, 렘의 발밑에 널브러진 시체가 튀어 올랐다. 아니, 시체에서 넘쳐 나오던 선혈이 얼어붙고, 붉은 얼음칼이 주위의 그림자에게로 그 날카로운 칼끝을 향한 것이다.

날아드는 기세를 타고 도리어 꿰여버리는 검은 그림자. 몸통이 꿰뚫려 움직임이 멎은 그림자를 렘의 주먹과 철구가 사정없이 때려 부순다.

"훌륭합니다. 훌륭하답니다! 당신은 나무랄 데 없이 훌륭합니다! 그런데 왜! 아아, 왜! 사랑을 받아들이지 않나! 인정하지 않나! 이야기하지 않나! 말로 하지 않으면 뜬구름 같은 구원을 얻을 수 없어! 그런데, 왜지요!"

"싸구려 말을 읊지 마! 구원이라면 렘은 이미 받았어! 그날 밤에 잃었을 것을, 그날 아침에 더할 나위 없는 형태로! 그러니까!"

광인의 목소리를 튕겨낸 렘의 눈이 올곧게 스바루를 꿰뚫었다.

"받은 모든 것에, 렘의 전부도 겹쳐서 갚겠습니다. 그러게 만드는 마음에, 그리고 싶은 마음에, 네가 외치는 싸구려 이름을 붙일 작정은 없어!"

회당에 있던 그림자들의 숫자는 대략 15명. 렘의 공격 앞에 벌써 그 절반 가깝게 목숨이 스러졌고, 남은 숫자로는 맹위를 떨치는 렘을 막지 못할 성싶었다.

렘의 우위는 의심할 여지가 없다. '오니'라는 종족의 강함은 진짜다.

그런데도, 왜일까.

"아아, 아아, 아아……."

얼굴을 잡고 포학에 시달리는 신자들을 보면서 뜨거운 한숨을 흘리는 페텔기우스.

그 모습이 비탄에, 공포에, 불안에 흔들리는 것이 아니라 순수한 흥분 때문에 나온다는 게 전달될 만큼 불안이 증대해가는 것이다.

스바루는 페텔기우스 옆에서 날뛰고 다니는 렘의 싸움을 보고 있다.

그 광경의 의미가, 그녀가 싸우는 이유가, 뇌에 천천히 침투해 오고 있다.

알 수 없다. 알고 싶지 않다. 알려고 하지 않았다.

그렇지만 전해지는 것이 있다. 피를 흘리고 상처를 입으면서도 계속 싸우고 있는 그녀를 보고 가슴속에서 솟구치는 충동이 있다.

그 불안을 입에 담으면, 어쩌면 그 말대로 해야만 한다.

하지만 그랬다간 자기 자신을 잃어버릴지도 모른다. 무엇이 옳고 무엇이 그르며, 왜 지금 이렇게 돼버렸는지 마주해야만 한다.

이를 두려워한 나머지, 자기애를 우선한 나머지, 스바루는——.

"뇌가, 떨린다."

말과 함께 페텔기우스는 일어섰다.

페텔기우스가 검은 법의의 옷자락을 펄럭이며 느긋하게 앞으로 나선다.

그 손은 신자들과 달리 아무것도 들고 있지 않다. 뿐만 아니라 천천히 펼친 손을 털어 긴장을 풀고 앞으로 나서는 모습에는 전의 한 점 없다.

뼈와 거죽만으로 이루어진 몸에다, 강한 것과는 무관하게 보이는 행동과 태도.

전진하는 페텔기우스를 깨닫고 또 한 명 검은 그림자를 때려눕힌 렘이 도약한다. 천장에 거꾸로 매달려서, 눈 아래로 다가드는 페텔기우스를 쏘아보았다.

찰나 뒤, 사출되는 렘의 일격은 페텔기우스의 홀쭉한 몸을 산산이 쳐부술 것이다.

하지만, 그런데, 왜.

이렇게나 꺼림칙한 예감이 마음을 어지럽히는가.

"스바루 군에게서——!"

떨어지라고 말하고 싶었던가. 그 렘이 하는 말의 뒷부분은 스바루의 귀에 들리지 않았다.

　그저, 그 잔향이 결정적으로 스바루의 마음을 울렸다.

　렘 본인도 의도한 타이밍은 아니었을 것이다.

　목소리는 스바루를 부른 것이 아니었다.

　하지만 거듭되는 소녀의 필사적인 외침이, 응고된 스바루의
마음을 풀었다.

　"――우."

　잠긴 목소리가 목 안쪽에서 희미하게 기어 나온다.

　그건 의미가 없는 단어의 파편이며 전하고 싶은 마음의 1밀리
도 실려 있지 않다. 그렇지만 스바루는 신음하면서, 얼굴을 들
어 올리면서 솟구치는 감정을 짧은 한 마디의 말에 실었다.

　"……렘."

　속삭이는 듯 허약한 목소리였다. 얼마 만에 그 이름을 입에 담
았는지 알지 못할 만큼.

　"아――."

　그런데도, 지워져버릴 듯한 가냘픈 목소리였는데도.

　바람에 쓸려가버릴 듯한 희미한 목소리가 그녀에게만은 닿은
것일까.

　천장을 붙잡은, 피에 젖은 소녀의 표정에 어렴풋이 부드러운
감정이 맺힌다.

　입술이 아주 살짝 풀어진다. 눈이 스바루를 비추고 환희로 빛
났다.

　"스바루 군――."

렘의 입술이 심신상실에서 현실로 회귀하는 스바루의 이름을 똑똑히 불렀다.

그리고.

──단 한순간에 온몸이 찢어발겨진 렘의 몸이 차가운 지면에 메다꽂혔다.

"……아?"

떨어진 렘의 몸에서 피가 번지는 광경을 본 스바루는 목소리를 잃었다.

땅에 엎드린 렘의 몸은 보기에도 끔찍하게 파괴되어 있었다.

동굴 안에 발을 디뎠을 때의 부상이야 귀여운 수준이다. 팔다리가 전부 다른 방향으로 돌아가고, 거인의 손끝이 후빈 듯한 상처가 몸통 앞뒤에 생겼다.

그리고 렘의 몸을 압도적인 파괴로 유린한 것은.

" '나태' 의 권능──."

중얼거리는 페텔기우스의 눈앞에서 손발이 파괴당한 렘의 몸이 떠오른다. 마법적인 간섭이 작용 중인 걸로는 보이지 않는다. 누가 둘러멘 것도 아니다.

그런데도 렘의 몸은 공중에 있었다. 마치 밑에서 뻗은 손이 들어 올린 것처럼.

"──보이지 않는 손입니다."

등 뒤에 렘의 몸을 띄운 페텔기우스가 돌아보며 얼굴 앞에다 두 손을 들어 올렸다.

렘의 주위, 손이 닿는 위치에는 아무도 없다. 건드리고 있지 않다. 괴이한 광경이다.

"닿지 않는 곳에 손을 닿게 하고, 움직이지 않는 몸으로 무언가를 행한다. 나태한 몸으로 근면하게 진력한다. ──아아, 내 몸의 '나태'함에, 뇌가, 떨리는, 심정입니다!"

스바루는 더 이상 움직이지 않는 렘의 최후를 멍청히 바라보며, 소리도 못 내고 있다.

눈을 크게 뜨고 호흡마저 잊으며, 스바루의 세계는 움켜쥐려던 현실감을 도로 상실한다.

의식이 어둠으로 흐려지고, 바닥없는 함정에 한도 없이 계속 떨어지는 듯한──,

"도망치는 건 용서 받을 수 없습니다."

현실도피는 난폭하게 앞머리를 거머쥐어 얼굴을 들게 하는 페텔기우스에게 저지되었다.

고통과 충격으로 얼굴을 찡그리는 스바루를 잡아 끈 페텔기우스는 자신의 배후로 내미려 했다. 구속구의 사슬이 한계까지 늘어나지만 페텔기우스는 그걸로 봐주지는 않는다.

쇠고랑이 살을 찢어 피가 흘러나오는 것도 마다 않고 스바루의 얼굴을 정면에다 고정했다.

"봐, 보십시오, 보는 겁니다. 소녀는 죽었습니다. 사랑에 목숨을 버렸습니다. 상처를 입으며 싸우고, 공포에 거슬러 앞으로 나왔다가, 바람을 이루지 못하고 끝난 겁니다."

"으아, 아……."

"보는 겁니다. 새기는 겁니다. 당신이 저지른, 소행의 결과 그
자체를."

"――아?"

부유하는 렘의 몸이 사슬의 범위 한계까지 끌려 나온 스바루
의 얼굴 앞으로. 그런데도 버둥대는 스바루를 바닥에 짓밟고,
얼굴을 두 팔로 잡아서 끌어 올린다.

피 범벅된 렘 앞에서 스바루는 광인의 비릿한 숨을 받으며 헐
떡거렸다.

"당신이 저지른 소행의 결과입니다. 당신은 아무것도 하지 않
고 '나태' 했다. 그 때문에 소녀는 죽은 겁니다! 당신이, 죽인 겁
니다!"

"……네에가."

"제 팔로! 제 손가락으로! 제 몸으로! 당신이, 당신이, 당신이
당신이당신이당신이시니시니이…… 죽인, 겁니다!"

노래하듯이 지껄이면서 페텔기우스가 렘의 몸을 이능의 힘으
로 가지고 놀았다.

공중에 누워 있던 자세가 바뀌며 렘의 몸은 실로 조종하는 인
형처럼 손발을 아래로 축 늘어뜨렸다. 그 뒤틀린 손발이 광인의
변덕에 끌려나와 춤췄다.

"……만둬."

뚝. 팽팽하던 뭔가가 끊어지는 소리가 났다.

스바루의 이마 부근과, 노리개가 된 렘의 몸의 근육이 불가(不

피)를 견디다 못해 단열을 일으킨다.

"아파 아파 괴로워 괴로워 힘들어 힘들어 살려줘 살려줘⋯⋯ 아아, 스바루 군?"

싸구려 도발이었다. 저차원적인 부추김이었다. 광인은 장난 삼아 렘을 유린하고 있다.

눈앞에서 그녀의 존엄이 아주 쉽사리 즐겁게 더럽혀지고 있다.

그것은, 그 광경은, 눈을 돌리는 걸 잊게 할 정도의 추악한 광경은.

"──페텔기우스으으으으으!!"

현실을 보는 걸 두려워하던 스바루가 제정신을 되찾게 해줄 만큼 썩은 내를 풍기고 있었다.

손을 뻗어 지근거리에 있는 목덜미를 물어뜯으려 했다. 하지만 사슬이 거치적거려 아주 약간 송곳니가 닿지 않았다. 앞으로 기울어지는 바람에 안면부터 지면에 고꾸라졌다.

코피가 나오고 앞니가 빠진다. 페텔기우스는 스바루를 내려 다보고 행복하게 웃었다.

"아아, 겨우 이름을 불러주신 모양이군요. 감개무량합니다!"

"죽인다, 죽여주마⋯⋯. 죽인다, 죽인다, 넌 죽인다. 죽여주 마. 죽여주겠어! 죽여서, 죽여서⋯⋯ 죽어, 죽이게 해, 죽어, 죽 어, 죽으라고오오오!"

"살기 위해서 누군가를 미워한다. 타인에 대한 강렬한 정념은 사랑과 표리일체! 아아, 어찌나 삐뚤고 훌륭하답니까! 저도, 손 가락끝도, 근면하게 일한 보람이 있었다고 해야겠지요."

"죽인다, 네놈은 죽인다. 렘을, 네가, 죽인다. 죽인다, 죽인다, 죽이게 해. 아악! 죽여주마! 죽이고, 죽인다! 죽어, 이 자식! 새끼, 아악! 죽으라고오!"

침을 튀기고 저주를 흩뿌리며 원망의 노호를 터트린다.

팔이 뜯어져도 된다. 발이 끊어져도 된다.

지금 이 자리에서 속박을 풀고 눈앞의 남자를 죽일 수 있다면 그걸로 족하다. 밉다, 밉다, 미워서 미치겠다. 죽어야 마땅하다. 살려둬서는 안 된다.

이 남자는 확실하게 지금, 이 순간에, 죽어야만 하는 것이다.

"이곳도 꽤나 더러워져버렸고, 슬슬 작별할 시간이군요."

격정에 온몸을 흔들어대는 스바루 옆에서 광소를 지운 페텔기우스가 느닷없이 읊조렸다. 그는 손짓해 살아남은 그림자들을 모으고, 무너져가는 동굴의 입구를 가리켰다.

"이곳은 버립니다. 손가락끝이 얼마 남았는지는 따지지 말고, 당신들은 왼손으로서의 역할을 속행. 다른 다섯 손가락과 합류합니다. ──시련의 결행일은 예정대로입니다."

"죽어! 죽어버려! 죽어, 죽어, 죽으란 말이야아!"

페텔기우스는 빠르게 지시를 내리고 손뼉을 쳤다. 그림자들은 그것을 신호로 사라져, 동굴의 어슴푸레한 어둠 속으로 녹아들었다. 그렇게 동굴에서 하나씩 생명의 기척이 사라져간다. 감히 페텔기우스마저 입구 쪽으로 발길을 돌려 느긋하게 떠나려 하고 있었다.

높은 발소리가 암벽에 울린다. 스바루는 멀어지는 등을 저주로 죽이겠다는 양 부르짖는다.

"거기 서, 씨발! 죽인다! 죽여준다! 거기서 죽어! 당장 죽어! 빨리 죽어! 죽어! 죽어! 죽어어!!"

"이크, 잊어버릴 뻔했군요."

살의의 절규도 이 광인에게 걸리면 가볍게 불러 세운 것과 다를 바 없는 반응이었다. 돌아본 페텔기우스는 자신을 노려보는 스바루에게 고개를 끄덕이고, 두 손을 자신의 가슴 앞에 교차시켰다.

"당신의 입장 말입니다만, 정말 모르겠습니다. 그러므로 판단은 그분의 어심에 따르기로 하고자 합니다."

광인은 목을 '끼득' 하고 뒤틀리다 끊어질 듯한 기세로 90도 기울이고, 음침한 웃음을 머금었다.

"손발이 묶여 방치되는 당신을 기다리는 건 죽음뿐입니다. 그러나…… 만약 이곳에서 당신에게 복음이 내려온다면, 당신은 살아나겠지요."

"뒈져! 지금 당장 죽어! 찢겨져! 날아가! 으스러져라!"

"살아난다면 당신은 동지. 못 산다면 그냥 지나가는 사람. 단순명쾌하지요?"

명안이라는 소리라도 하고 싶은 듯 페텔기우스가 명랑하게 말하고, 이번에야말로 스바루에게서 돌아섰다. 그 다리는 스바루의 모진 저주가 산들바람인 것만 같고, 가랑비가 갠 오후에 물웅덩이를 넘어가듯 가벼운 태도로 피웅덩이 위를 건넌다.

원래라면 그대로 페텔기우스는 스바루를 거들떠보지도 않으며 자취를 감췄으리라. 하지만 그렇게 되지는 않았다. 묵직한 물소리가 그의 의식을 옆으로 이끌었기 때문이다.

"──아아."

소리가 난 쪽을 본 페텔기우스는 그곳에 허물어진 파란 머리 소녀를 보고 끄덕거렸다. 인형놀이처럼 가지고 놀던 걸 깜빡하다가, 떠나기 직전에 내던져서 존재를 깨닫는다.

──그건 에누리 없이 인형 같은 취급이었다.

"당신 또한 사랑의 신도. 그렇습니다, 그렇군요. 당신은 매우 노력했어."

발을 멈춘 페텔기우스는 렘의 시체에 자세를 바로잡고, 십자를 긋는 듯한 동작을 했다. 그 말은 불과 몇 분 전까지의 그녀가 한 행동을 칭송하고 인정하는 것이었다. 하지만.

"당신은 사랑에 목숨을 바치고, 있는 힘껏 자신의 숙명에 저항했습니다. 그러나 마음이 못 미쳐 깨지고, 사랑은 갈 곳을 잃어 소원은 성취되지 못하고 허공을 맴돌았으니……."

칭찬을 뒤집은 말로 렘이 한 행위의 무위성을 한탄하고, 광인의 뺨이 조소로 일그러졌다.

"아아, 당신…… '나태' 하군요!"

이 이상 없을 형태로, 렘이라는 한 소녀의 존재를 모독해댔다.

"──!!"

포효가, 절규가, 동굴 안에 사납게 울려 퍼진다.

목이 멜 정도의 분노가, 말이 되지 않을 정도의 격정이, 피눈물이 흐를 정도의 원통함이 나츠키 스바루에게 사람 같지 않은 소리를 지르게 했다.

그 소리를 들은 페텔기우스가 최고의 칭찬을 받은 듯이 웃었다.

낄낄, 낄낄 하고.

"＿＿＿＿＿."

걸음은 멈추지 않는다.

그 등을 멈추게 하는 것은 물론이거니와 숨통을 멈추게 하는 것도 이룰 수 없다.

낄낄, 낄낄. 웃음소리가 언제까지고 한없이 들린다.

페텔기우스가 없어져도, 저주의 말이 닿을 수 없어져도, 동굴 안의 조명이 일제히 꺼지고 암흑에 시체와 함께 남겨지고도 사라지지 않는다.

낄낄, 낄낄 하고.

낄낄, 낄낄 하고.

──낄낄, 낄낄, 낄낄낄낄낄낄낄.

6

"죽인다, 죽인다, 죽인다, 죽인다, 죽인다, 죽인다, 죽인다."

어둑어둑한 암흑 속에서 타버릴 만큼 졸여진 증오가, 살의가 격화되어간다.

아무리 중얼거리고 수도 없이 토해내며 한도 없이 태워대도 증오는 끝이 없다.

"＿＿＿＿＿＿."

이렇게까지 누군가를, 타인을, 생물을 미워한 적은 한 번도 없었다.

이 세계에 온 이래로 형태 없는 운명인지 뭔지를 미워한 경험은 몇 번이나 있다. 스바루를 밑바닥에 메다꽂아서 무자비한 현실을 들이밀고, 잘못된 선택을 할 때마다 생명으로 대가를 치르게 하는 비정한 세계——. 미워한 경험도 저주한 경험도 두 손의 손가락만으로는 헤아리기 부족하다.

하지만 누군가 개인을 이렇게까지 증오한 적은 지금까지의 인생 중에 한 번도 없었다.

"페텔기우스…… 로마네콩티……!"

그 이름을 입에 담고, 그 모습을 감은 눈에 떠올리며, 그 째진 목소리를 고막에 되새겨, 그 존재를 뇌가 의식할 때마다 몸속에서 미쳐 날뛰는 분노의 불꽃이 온몸의 혈액을 끓어 올린다.

——그 남자는 도대체 뭐였던 걸까.

내력을 일절 알 수 없다. 스바루가 알 수 있는 건 페텔기우스가 상궤에서 벗어난 광인이자, 말이 통하지 않는 인간의 형상을 한 악마에 비열한이며 극악인이라는 사실.

스바루를 구해내고자 몸을 던진 렘을 해치고 그 생명과 명예를 능욕할 대로 능욕한 최악의 남자다. 살려두면 얼마나 피해를 낳을지 상상도 가지 않는다.

그러니까 죽인다. 죽여야만 한다. 이 손으로, 다른 사람에게 맡길 수도 없다. 페텔기우스는 스바루의 손으로 죽여야만 하는 것이다.

그러지 않으면 렘의 죽음에 어떻게 보답할 수 있으랴.

"죽인다, 죽인다, 반드시…… 내가, 이 손으로, 죽인다……."

스바루는 입 밖에 꺼내 살의를 긍정하며, 열심히 몸을 뒤틀어 수갑의 쇳소리를 냈다.

구속구에서 벗어나고자 힘으로 팔다리를 흔들어대기를 몇 번 씩 시도하고 있다. 애당초 빡빡하게 채워져 있던 까닭도 있어 스바루의 손발은 채워진 고랑에 참혹하게 상처 나고 있었다.

고통은 느끼고 있다. 격정이 그걸 잊게 해주지는 않는다. 하지 만 그 고통에 신경이 휘저어질 때마다 렘이 맛본 괴로움을 떠올 리며 이를 악물었다.

가령 손발이 뽑혀 속박에서 빠져나갈 수 있다면 그래도 상관 없다. 속박에서 달아날 수만 있으면, 움직이는 게 손가락 하나, 치아 하나더라도 페텔기우스의 숨통을 끊는다.

——이미 페텔기우스가 동굴을 떠난 뒤로 몇 시간이 경과했 다.

라그마이트 광석이 효력을 잃어 동굴에는 어둠이 내려앉았 다. 천연 동굴 안에 벌레 한 마리의 존재도 없는 건 무슨 이유인 가. 이곳에 있는 '생물'은 스바루뿐이었다.

"크——! 페텔기우스으!"

어둠과 무음을 의식하기 직전에 스바루는 미운 남자의 이름을 쥐어짜내어 자기 의사를 유지했다.

아무것도 보이지 않는 어둠 속. 자신의 존재 말고는 낌새조차 없는 세계. 거친 숨결, 심장 고동, 수갑이 스치는 사슬 소리, 뚝 뚝 떨어지는 물방울 소리———. 고독과 고립은 인간의 마음을 급격히 약하게 만든다.

만약 이대로, 아무것도 변하지 않는 채로 이 장소에 계속 방치된다면.

"으아아아! 페텔기우스! 페텔기우스으!!"

상상 때문에 정신의 균형이 무너지는 걸 거부하듯 스바루는 증오에 몸을 맡긴다.

바깥 세계로부터 분단되었다는 고독은 인간의 정신을 쉽사리 파괴하고 썩게 하며 종국으로 이끈다.

남겨진 공포를 뿌리치듯이, 그 사실로부터 눈을 피하듯이 절규한다.

증오를 외치고 있는 한 제정신으로 있을 수 있다.

미친 듯이 살의를 계속 품는 걸로 미치지 않고 있을 수 있다.

미치지 않고 있기 위해서 스바루에겐 증오가 필요했다.

———그 뒤로 더욱 몇십 시간이 경과했는지 스바루는 알 수 없다.

"시익, 식…… 주, 기히인……다."

의식은 각성과 무의식 틈새를 공허하게 떠돌고 있다.

피로가, 쇠약이, 마모가 스바루의 정신과 육체를 슬금슬금 몰아세워갔다.

구속구에 도전해대던 육체도, 한계를 넘어 혹사된 손발은 뇌의 지시를 받아들이지 않는다. 살점이 떨어지고 뼈까지 깎인 손목과 발목. 꿈지럭거리기만 해도 격통에 경련할 뻔했다.

——죽인다, 죽인다, 죽인다, 죽인다, 죽인다.

그래도 여전히 마음 밑바닥의 근원에서는 살의만이 끊임없이 솟구치고 있다.

몸도 머리도 말을 듣지 않는 지금, 마음만이 스바루를 지탱하고 있었다.

내버려져서 고독의 세계에 내쫓긴 뒤로 몇십 시간. 육체와 정신은 한계에 도달해 있었지만, 스바루는 의식을 닫으려 들지 않았다.

대죄주교. '나태'의 페텔기우스. 마녀교. 손가락. 오른손. 왼손. 보이지 않는 손. 검지. 약지. 소지. 근면. 나태. 나태. 나태 ——.

나열되는 키워드는 페텔기우스가 소리 높여 외친 망언에서 발췌한 것이다.

그 단어들에 무슨 의미가 있는지 죽어가는 머리로 떠올리면서 스바루는 조금이라도 의식을 붙잡아두기 위해, 증오를 곤두세우기 위해 페텔기우스를 계속 머릿속에 그렸다.

더 선명하게, 더 명확하게, 더 뚜렷하게 남자의 얼굴을 떠올려야만 한다. 목소리를, 모습을, 걷는 법을, 말하는 법을, 마냥 소중한 사람을 생각하는 것과 같은 벡터로 회상한다. 감정의 방향성만 다를 뿐이다. 영혼에 새겨 각성의 연료로 삼는 건 다를 바

없다.

스바루의 그 정신은 옆에서 보면 이미 광기의 차원에 도달해 있었다.

정신이 마모되어 마음이 사라져버리는 게 먼저일까.

혹은 의식의 각성에 몸이 따라잡지 못하고 육체가 쇠약사하는 게 먼저일까.

끝이 이미 결정된 길에서 어느 쪽 종착점에 이르느냐 만이 유일하게 남은 선택지. 의식을 붙잡아두는 일에는 이미 그만한 의미밖에 남아있지 않아야 했다.

발버둥질을 계속하는 스바루가 정말로 세계에 홀로만 있었더라면.

"——아?"

허약하게 호흡 중이던 스바루는 불현듯 어둠 속에서 위화감을 느껴 숨을 죽였다.

스바루는 얼굴을 들기도 힘겨운 목을 움직여 위화감 쪽을 쳐다보았다. 당연히 동굴의 어둠은 시야에 아무것도 비추지 않는다. 하지만 스바루는 그 어둠에서 뭔가의 기척을 느낀 것이다.

생겨난 기척은 천천히, 정말로 천천히, 조금씩, 기는 듯한 속도로, 그러나 확실하게 스바루 쪽으로 다가오고 있었다.

"————."

완전한 암흑 속에서 기척은 스바루의 위치를 알고 있는 것처럼 다가온다.

그 존재에 위기감과 초조감과 전율을 느낀다.

하지만 금세 스바루의 뇌리에 그 감각들과는 정반대의 다른 감각이 스쳤다.

——애당초 이 기척은 어디서 생겨난 것인가.

옷이 스치는 듯한 소리와, 지나치게 미약한 숨결. 거리적으로 꽤 가까워서 스바루로부터 몇 미터 정도밖에 떨어졌을 리 없다. 거기까지 생각하던 스바루는 번쩍 알아챘다.

입구를 경유하지 않고 갑자기 근거리에서 기척이 발생—— 아니, 숨을 되찾은 것이라면.

"레, 렘……?"

소리의, 기척의 가능성으로서 가장 높을 소녀의 이름을 불렀다.

이성은 그럴 리 없다고 스바루에게 호소해댄다.

아직 동굴의 시야가 확보되어 있었을 때, 스바루가 마지막으로 목격한 렘의 모습은 눈뜨고 볼 수 없을 끔찍한 상태였다. 거기서 숨이 돌아온다면 차라리 그녀에게 맞아죽은 다른 그림자 쪽이 가능성이 높다고 여겨질 정도다.

살아 있을 리 없다. 죽은 게 당연하다.

그런데도 스바루는 눈앞의 기척이 산 사람 것이라면, 렘이리라고 반쯤 확신하고 있었다. 죽은 사람이라면, 저승길에 마중 나올 역할 또한 그녀이리라.

어느 쪽이나 렘이다. 그렇다면 그 기척을 불안하게 느낄 이유라곤 없다.

"렘, 렘……?"

"————."

매달리는 듯한 부름에는 처연할 정도의 침묵만이 돌아온다.

그래도 기척은 스바루의 목소리에 목적지의 확신을 얻었는지 아주 약간이지만 기는 속도가 붙은 느낌이었다. 그것도 정말 사소한 변화에 불과했지만.

천천히, 천천히, 차가운 바위 바닥에 뭔가 질질 끄는 소리가 들린다.

스바루도 몸을 일으키고 수갑과 족쇄를 끌어 사슬 소리를 내며 한계까지 그녀에게 다가간다. 나아간 거리는 정말 조금이라, 답답하고 처량한 심정에 메말랐을 눈물이 다시 흐른다.

오열만은 참았다. 렘에게 들려주고 싶지 않다.

기는 소리만이 어둠 속에서 이어진다. 차츰 거리를 좁히고, 이내——

"레……."

기어오는 기척이 마침내 스바루의 몸에 도달했다. 상박 언저리에 뭔가가 스쳤다고 느낀 순간, 스바루는 즉각 그 손을 잡아 그녀의 이름을 부르려고 했다.

목이 얼어붙었다.

잡은 팔의 감촉이 너무도 가볍고 차가워서, 도저히 산 사람이라곤 느낄 수 없었기에.

"레, 렘……?"

무릎으로 선 스바루의 발밑에 엎드린 렘의 몸이 널브러져 있다. 호리호리한 그녀의 팔은 가늘게 떨고 있지만, 피의 온기를 잃고 얼음처럼 식어 있었다.

죽은 사람의 체온. 이승에 없는 상태. 렘은 그 끝나 있어야 할 몸을 끌어다가 끝까지 스바루의 몸에 매달렸다. 팔을, 어깨를, 가슴을, 목을, 확인하듯이 두 손으로 만지고 정면에서 안겨들 듯이 포개져오는 것이다.

"＿＿＿＿＿."

말없이 그 죽은 사람의 포옹을 받아들인 스바루는 무슨 일이 일어나고 있는지 알 수 없었다.

숨이 닿을 거리에서 자신을 안고 있는 몸은 렘의 것임이 틀림 없다. 그러나 닿은 그녀의 육체는 틀림없이 죽어 있어서, 마치 목숨의 잔불만으로 움직이는 듯한 비현실감이 있었다.

하지만 불쾌감은 없다. 렘이 하는 대로 스바루는 포옹을 받으며 조심조심 얼싸안았다. 생각해 보니 곁에 붙은 적은 많았지만, 이렇게 한 적은 한 번도 없었을지 모른다.

목숨이 다하는 최후의 순간에 렘이 자신을 요구해주는 것일까.

그렇다면 이런 걸로 그녀의 소원에 부응해주고는 있는 걸까.

렘이 이미 죽은 사람이라고 포기한 스바루의 마음이 팔로 전해졌을지도 모른다.

말없이 이어지던 차갑게 식은 포옹을 렘 쪽에서 끝을 냈다.

"렘?"

스바루를 안고 있던 렘의 몸에서 힘이 빠지고 허물어지듯 무릎 위에 떨어진다. 스바루는 당황해서 그 몸을 지탱하려고 했으나 다음 움직임 때문에 그러지 못했다. 왜냐하면.

"으——?!"

뻗으려던 팔이 렘에게 잡혀 땅바닥에 내리눌러진다.

앞으로 끌려 쓰러진 스바루는 렘의 갑작스러운 그 거동과 상상을 초월한 완력에 얼떨떨해지는 바람에 그녀의 다음 행동에 대한 반응이 늦고 만다.

땅바닥에 억눌린 스바루의 양팔 위로 뭔가 대량의 액체가 쏟아졌다.

끈적이며 쇳내가 나는 차가운 액체. 스바루가 그 정체를 렘이 토해낸 피라고 알아차린 건 이미 그 냄새에 한참 익숙해져버렸기 때문이다.

스바루의 등골에 타인의 피를 대량으로 뒤집어쓴 불쾌감이 내달렸다. 그러나 연달아서 일어난 변화가 그 부정적인 감정을 한순간에 지워 날렸다.

"——마."

속삭임이 희미하게 대기를 흔들고, 마나에 간섭해 효과를 나타냈다.

"으억——."

아픔이, 손목을 날카로운 날붙이로 도리는 듯한 격통이 스바루를 덮쳤다.

저도 모르게 허리가 휘는 고통은 손목부터 시작되어 상박과 어깨 언저리까지 일직선으로 관통한다.

무슨 일이 일어났는지 알 수 없다. 피를 뒤집어쓰고 느닷없이 아픔이 번졌다. 이대로는 양팔을 못 쓰게 되어버린다. 설마 렘이 자신을. 그런 전율이 내달린 직후.

——소리와 함께, 안쪽에서의 압박에 견디다 못한 수갑이 터지듯이 갈라졌다.

"——오."

금속이 부스러지고 파편이 떨어지는 경쾌한 소리가 동굴 안에 울렸다.

스바루는 급격히 누그러지는 고통에 거친 숨을 내뱉고, 팔 전체에 퍼진 해방감과 피부를 뒤덮는 화상 같은 아픔을 느꼈다. 자유로워진 양팔의 손바닥을 오므렸다 펴서 움직이는 것을 확인한다.

그리고 이해했다.

"렘, 너……."

렘이 토해낸 피를 마법으로 얼려서 그 압력으로 수갑을 파괴한 것이다.

당연히 마법의 영향을 직접 받은 스바루의 양팔도 무사하지는 못하다. 그래도 손목은 돌아가고 손가락도 스바루의 뜻에 따른다. 고통을 도외시하면 평소대로 움직일 수도 있으리라.

즉, 렘의 의도는 성공한 것이다.

"레……?"

감사의 말을 터트리려다가 스바루는 자신의 팔에 가벼운 몸이 부딪히는 걸 받았다.

가볍다. 너무나도 가볍다. 대량의 피를 잃어 지금 그야말로 마지막 의식마저 풍전등화다.

"렘…… 기다려, 렘. 기다려…… 날…….."

'두고 가지 마.' 라고 말하고 싶었는가.

'미워하고 있는 게 아닌가.' 라고 묻고 싶었는가.

그 어느 쪽이 진의이든 자신본위인 감정에 스바루는 절망했다.

이 지경에 이르러서도 아직 자기 자신이라는 약한 생물을 지키려고 하는 비열함에.

렘이 글자 그대로 죽음을 뒤집어서 스바루를 구원해주었건만.

"──군."

"렘?"

렘의 입술이, 죽은 이의 차가운 입술이 뭔가 의미 있는 말을 엮으려 하고 있었다.

말 한마디 꺼낼 여력조차 아끼며 움직이지 않는 몸과 몽롱해지는 의식으로 마력을 가다듬는다. 사력 이상의 사력을 다해 목적을 달성한 소녀가 마지막으로 뭔가를 남기려 하고 있었다.

반드시 들어야만 한다고, 스바루는 그 몸을 끌어안았다.

떨리는 입술에 귀를 대며 일언일구를 영혼에 새겨 넣기 위해서.

그녀가 남긴 말. 그것은.

"살, 아요."

"─────우."

"저, 말…… 조아……."

죽었다.

지금, 렘이 죽었다.

　스바루의 팔 안에서 가볍던 몸이 무거워진다. 무거워져도 여전히 가벼운 몸이, 완전히 영혼이 빠져버린 몸이, 그 너무도 가벼운 무게가 스바루의 온몸에 얹히고 있었다.

　마지막으로 렘은 더듬거리며 스바루에게 '살아요.' 라고 말한 것이다.

　——통곡이 어두운 동굴 안에 꼬리를 끌고 울려 퍼졌다.

7

　남은 족쇄를 푼 스바루가 동굴을 나온 건 렘의 죽음으로부터 다시 몇 시간 뒤였다.

　스바루는 수갑에서 벗어나 자유로워진 양팔로, 가까운 그림자의 시체에서 십자검을 빼앗았다. 그걸 사용해 긴 시간을 들여 족쇄를 벗겼다.

　"……가볍다."

　살점이 떨어진 발목을 움직이자 발을 디딜 때마다 의식이 하얘질 정도의 격통이 퍼진다. 그따위 무시하면 그만이다. 안아든 렘의 유해를 지탱하는 건 충분히 가능하다.

　부서진 십자검을 벽에 내던진다. 충격을 받은 벽의 라그마이트 광석이 하얗게 발광해 동굴에 빛이 넘쳤다. 눈꺼풀을 태우는 감각을 맛보며 스바루는 팔에 안긴 렘의 머리를 한나절 남짓 만에 빛 속에서 보았다.

살며시 눈물이 나왔다.

──팔 안의 그녀가 얼마나 끔찍한 상태였던가. 스바루는 그 모습을 잊을 수 없다.

"가자, 렘."

빛을 의지해 어둑한 동굴을 빠져나가 좁은 회랑을 통해 출입구로 간다. 들어올 적에 바위로 막혀 있던 출입구는 동굴의 안쪽에서라면 투과하듯이 지나갈 수 있었다.

아마도 마법으로 시야를 속이는 장치일 것이다. 신기루⋯⋯라기보다 홀로그램에 가까운 것일까. 이를 확인할 기력도 고찰할 이유도 스바루에겐 없었다.

밖에 나온 스바루를 맞이한 건 라그마이트 광석의 인공적인 빛이 아닌, 진짜 태양이 빚어내는 주황빛 햇살이었다. 내리쬐는 저녁놀의 빛에 세계가 타오른다.

숲의 저 너머, 언덕 너머로 저물어가는 저녁놀이 지평선을 가득 메우며, 하루의 역할을 마치는 마지막 인사로서 자기 자신을 태우는 불꽃과 같은 색으로 세계를 물들이고 있던 것이다.

빠져나온 곳은 등 뒤의 암벽에 온통 나무들만 무리 지었을 뿐이라 낯설다.

가볍게 주위를 둘러봐도 숲길이나 가도처럼 제대로 된 길은 눈에 띄지 않는다. 잠복해 있던 패거리가 패거리다. 사람 사는 곳과 상당한 거리가 있을 건 예상해두어야 했으리라.

"하지만, 걷겠어⋯⋯."

목적하는 장소는 변함없다. 메이더스령, 로즈월의 저택이다.

의식이 애매의 구렁에 빠져 있던 무렵, 렘은 스바루를 데리고 저택으로 향했었다.

용차에 실려 렘의 무릎에서 평온을 향수하던 기억을 파헤친다.

렘이 떠올라 감사와 미안함으로 마음이 옥죄듯이 아프다.

페텔기우스를 떠올리고 증오와 원한으로 몸이 터질 듯이 뻐걱거렸다.

분노가, 슬픔이, 증오가, 친애가 스바루를 지탱하고, 스바루를 살리고 있었다.

가는 길은 정처 없으며, 이끄는 것 또한 아무것도 없다.

그래도 스바루의 의식은 저항하고, 다리는 정처 없는 목적지를 찾아 내디디고 있었다.

──어쩌면 그건 스바루에게 내려온 기적이었을지도 모른다.

누구 손도 빌리지 않고 무엇에 의지하지도 않고서 스바루는 목적지에 도착해 있었다.

굶주린 마음이 한마음으로 소원한 것이 이루어졌다면, 정녕 기적이라 불러야 하리라.

이 세계에 온 이후로 처음으로 세계는 스바루에게 기적을 선사했다.

운명을 관장하는 신이 존재한다면 이제야 스바루에게 미소를 보여준 것이다.

그리고 스바루는 깨우쳤다.

"——하."

운명을 관장하는 신이 있다면 그건 페텔기우스와 같은 식으로 웃고 있으리라고.

——언젠가 본 것과 완전히 같은 지옥이 마을을 유린하고 있었다.

불타 무너진 집들에, 피로 물든 마을 사람. 저항도 헛되이 목숨을 빼앗긴 유해가 마을 중앙에 아무렇게나 모여서 시체의 산을 쌓고 있었다.

오른쪽을, 왼쪽을 본다. 매캐한 불의 손길과 자욱한 시체 냄새. 생존자를 기대할 여지도 없다.

마을 사람의 유해를 보고 스바루는 깨달았다. 저번 세계와의 차이를.

"페트라, 밀드, 류카, 메이나, 카인, 다인……"

아이들의 끔찍한 주검 또한 이 시산혈해의 일부에 적을 올리고 있던 것이다.

"_____."

렘을 안아든 채로 스바루의 무릎에서 힘이 빠진다.

그 자리에 허물어지며 팔 안의 차가운 몸을 강하게 껴안고, 오열을 흘렸다.

무엇을, 하고 있었던 것일까.

왜 이렇게 되리라 알고서도 간과해버린 것일까.

짐승길을 지나 마을 방향에서 연기가 오르는 것을 발견할 때까지, 스바루는 이 마음을 깨트리는 지옥의 풍경을 완전히 뇌에서 망각하고 있었다.

아니, 눈을 돌리고 있던 것이다. 스바루는 렘의 죽음으로 비탄에 잠기는 시늉을 하며, 페텔기우스에 대한 끝없는 증오를 변명 삼아서 이 지옥을 떠올리는 행위를 거절했다.

나츠키 스바루는 또다시 자기애 때문에 현실에서 도망치려고 한 것이다.

그 결과가 눈앞의 광경이다.

아이들이 이곳에 죽어 있는 까닭은 지난 회라면 아이들을 지켰을 렘이 마을에 도착하지 못했기 때문이다. 어른들은 아이들을 도망쳐 보내지도 못하고, 노리개처럼 살해당하는 어린아이들의 모습을 그 눈에 새기며 고통 끝에 목숨을 빼앗겼다.

구원은 아무것도 없다. 스바루가 이 참극을 간과한 전말은 절망과 원한뿐이다.

내쳐야 할 현실이 스바루의 마음을 좀먹어간다.

지금, 알았다. 전부, 알았다.

──페텔기우스다.

마을 사람을 죽이고 아이들을 죽이고 렘을 죽인 건 그 남자다.

한 번뿐만 아니라 두 번씩이나 놈은, 광인은, 용서받지 못할 짓을 저지른 것이다.

"——하."

방침은 정해졌다. 해야만 하는 일을 알았다.

"페텔기우스……."

페텔기우스를 죽여야 한다. 죽이고, 죽이고, 모조리 죽여서, 그 세포 한 조각까지 남기지 않고 불살라서, 존재를 지워 없애야 한다.

그러지 않으면 죽음에 보답할 수 없다.

사고가 증오 일색으로 물들어 시야 전부가 새빨개졌다.

부족한 피 대부분이 머리에 올라 코로 넘쳐 나오고 있는 걸 알수 있었다.

코피를 거칠게 닦으며 렘을 더럽히지 않도록 고쳐 안고 일어섰다. 무릎은 떨리고 발목은 덜컥거려 서는 거나 걷는 거나 신기할 지경이다.

"죽인다, 죽인다, 죽인다, 죽인다, 죽여주마……."

그렇지만 걸을 수 있다면, 전진할 수 있다면 숨통을 물어뜯어주마.

스바루는 살의로 도배된 의식을 질질 끌어 저택 쪽으로 갔다.

마을의 지옥은 지켜봤다. 다음은 저택. 저택에서 무엇이 기다리고 있었던가. 죽기 직전, 재시도하게 되기 직전. 무슨 일이 있었던가, 기억은 금이 가 있어서 분명치 못하다.

저택에 도착해서 결정적인 뭔가를 보고 마음이 산산이 깨져버렸던 것 같다. 그게 무엇인지 필사적으로 떠올리려고 뇌신경을 태우다가 기억해냈다.

렘이 죽어 있는 걸 발견했었다.

그리고 그 경험이라면 이번에는 이미 끝나 있다.

"크하."

자연히 비웃음이 넘쳐 나왔다.

정말로, 정말로 아무것도 변함이 없지 않은가.

순서가 틀어져 있을 뿐이다. 일어난 사건은 아무것도 변하지를 않았다. 이 정도까지 무의미하게 재시도의 시간을 보낸 적이 일찍이 있었을까.

어떤 전개였더라도 죽음을 거친 스바루는 뭔가를 얻어왔을 터.

하지만 자기만의 우리에 틀어박혀 아무것도 구원해내지 못하고 다시 지옥에 마주한 지금의 자신이 무엇을 획득했는가. '사망귀환'을 허비한 자신에게 무슨 가치가 있는가.

"――――."

살의는 어느덧 누구를 향하고 있는지 알 수 없어지기 시작했다.

페텔기우스. 그 이름만이 스바루를 지탱하고 있었다. 그러면 될 거다. 죽이고 싶은 건 그놈일 거다. 그놈을 죽이면, 죽이고, 죽이자.

그놈을 죽인 다음에 '――――'도 죽으면 좋을 텐데.

'――――'가 뭐냐. 그놈도 죽이면 되나. 그래, 죽어버리면 돼.

사고에 노이즈가 끼기 시작하고 스바루의 의식은 점멸하기를 반복한다.

스바루는 제정신과 광기 틈새에 다시 마주 서면서 핏발 선 눈으로 앞을 보았다.

설령 무슨 일이 있을지라도 지금은 저택에 향하는 게 선결 사항이라며, 여느 때처럼 눈앞의 문제를 뒤로 미루는 선택지를 고른다. 그리고.

『————!!』

비탈을 다 오른 순간, 스바루는 로즈월 저택이 붕괴하는 광경을 보았다.

거센 소리와 먼지구름이 터져 오른다. 지붕이 내려앉고 옥외 난간이 와해되어간다.

창문 유리가 일제히 깨지며 반짝이는 파편을 뿌리고, 금이 간 하얀 벽이 소녀의 비명 같은 소리와 함께 찢어발겨졌다.

문 앞에까지 도착해 있던 스바루는 그 압도적인 파괴를 멍청히 쳐다보았다.

폭탄을 사용한 해체공사를 실행한 듯이 저택은 한순간에 윤곽을 잃었다.

낯익은 건물은 형태를 잃고 정성껏 가꾸어져 있던 정원은 잔해로 메워져 저택이었던 흔적이 모조리 사라져간다.

"무, 무슨 일이……."

기억을 더듬는다. 하지만 이런 경험의 기억은 없다. 기억에 없는 일이 일어난 것인가. 혹은 죽는 순간의 충격이 너무 강렬해, 파괴에 말려들어 죽은 사실을 잊고 있는 것인가.

당혹감에 무릎이 후들거리고 있는 뇌리에 깡마른 남자의 광소가 스쳤다.

　마을의 살육이 그 광인의 소행이라면, 그 흉행의 창끝은 저택에도 돌아갔으리라. 그렇다면 이 파괴 또한 페텔기우스가 저질렀다는 말인가.

　"도대체 무슨 짓을 하면 이렇게……."

　이해를 초월한 광경에 스바루는 렘을 안은 채로 하얀 숨결을 토해냈다.

　불안감에 팔 안의 감촉을 보다 강하게 찾으니, 유해의 냉기가 손바닥을 타고 가슴속에 더한 서글픔을 흘려 넣는다. 몸서리치고, 식어버린 폐가 아파서 기침했다.

　뒤늦게 때를 놓치고서야 스바루는 간신히 깨달았다.

　──거칠게 내뱉은 자신의 숨결이 하얗게 보였다는 사실을.

　"──?!"

　눈치채고 보니 피부를 찌르는 듯한 고통이 온몸을 둘러싸고 있었다.

　뱉은 숨결은 하얗고, 들이켜는 공기는 눈보라를 빨아들인 것처럼 내장을 얼렸다. 내부부터 몸이 살해당하는 감각에 스바루의 본능이 요란하게 생명의 경보를 울렸다.

　무슨 일이, 일어나고, 있는지, 알 수 없다.

　온몸의 체온을 빼앗기는 바람에 서 있기도 어려워져 허물어졌다.

　그 자리에 쭈그려 앉아 땅바닥에 앞을 보고 쓰러지기 전에 렘을 안은 채 옆으로 기울인다. 그것이 마지막 저항이었다. 쓰러진 몸이 심지까지 얼어붙고 손발이 미동도 하지 않았다.

손발에 의사가 전파되지 않으며 의식이 육체에서 괴리되어가는 감각. 스바루는 이를 알고 있다. 이미 몇 번씩 경험한 적 있는, 결코 익숙해지지 않는 적막감과 무력감.

다가드는 종언에 조금이나마 저항하고자 스바루는 뇌신경에 명령해 온몸에 지시를 보냈다. 어딘가 일부라도 움직일 수 있는 장소를. 감고 있던 오른쪽 눈꺼풀 뒤에 안구가 가까스로 살아 있었다.

오른쪽 눈꺼풀을 필사적으로 움직여 어떻게 숨이 붙은 안구로 내려앉은 저택의 방향을 쳐다보았다. 위치가 고정되어 아마 다시는 움직이지 않으리라. 하얗게 뿌예지기 전에, 뭔가.

"……아."

──그것은 붕괴한 저택의 잔해 위에 서 있는, 한 마리의 짐승이었다.

회색의 체모가 온몸에 흐르는, 금색으로 빛나는 눈을 가진 신성한 짐승.

사지를 딛고서 길고 긴 꼬리를 출렁이는 모습은 너무나도 침착해서, 지나치게 신비적이었다.

그리고 무엇보다 그 짐승은 저택으로 착각할 만큼 강대한 체구를 지니고 있었다.

"_____."

그 모습을 멀찍이서 본 스바루는 저택이 붕괴한 원인을 깨달았다.

저 짐승이 저택 안에서 갑자기 나타난 것이다. 안쪽에서 저만한 거체가 출현하면 저택은 당연히도 그 압력을 버텨내지 못한다.

『＿＿＿＿＿.』

몸부림치고 주위를 굽어보는 회색 짐승. 얼굴 생김새는 고양잇과 맹수하고 가까울까.

거수(巨獸)는 날카로운 이빨을 내비친 구강으로 하얀 눈보라 같은 숨결을 토해내어, 세계를 순백의 눈으로 치장하며 살아 있는 존재 전부를 얼리는 지옥으로 뒤바꾸어간다.

저건 뭐란 말인가.

그렇게 생각하던 시야가 마침내 하얗게 흐려지고, 호흡이 정지한 것도 뒤늦게 알아챘다.

얼어붙을 추위도 어느새 느껴지지 않는다. 오히려 온기마저 느껴진다.

그 온기에 모든 것을 맡겨버리고 싶다는 유혹이 어른거린다. 스바루는 몸을 불사를 정도의 증오도, 영혼을 찢어발길 듯한 비애도, 전부 다 잊는다.

잊고 잊어서, 의식은 망각의 저편으로. 얼어붙을 듯한 따스함의 저편으로.

『잠들라——. 나의 딸과 함께.』

잠에 빠지기 직전, 누군가의 목소리를 들은 듯한 느낌이었다.

낮고, 사나운 목소리. 그러나 덧없고 서글프며, 왠지 들은 적이 있는 듯한 목소리.

알 수 없다. 알 수 없다. 전부 다, 아무래도 상관없어지는 고요함 속에서.

나츠키 스바루가 녹는다. 녹고, 녹고, 녹아서, 사라졌다.

8

──정신이 드니 의식은 깊디깊은 어둠 속에 있었다.

혼망하게 퍼지는 흑암 속에서 의식은 변화를 찾아 시선을 돌렸다.

한없이 이어지는 칠흑은 세계의 종단까지 이어져 있는 것 같기도 하다. 어쩌면 세계가 손이 닿는 범위에서 완결되어 있지 않을까 싶은 폐쇄감도 품고 있었다.

이곳이 어디인가. 어째서 이런 곳에 있는가.

그런 의문이 떠오르지만 애초에 그것부터 이상한 소리다.

그렇게 생각하고 있는 자신이 대체 누구인지 그걸 모르는 판국에.

의식만이 공허하게 떠돌아, 의식을 지탱하는 육신의 그릇에는 의사가 전해지지 않는다.

서 있다. 땅에 발이 붙어 있다. 그러나 발밑이라고 의식하는 뭔가는 시야를 가득 메운 어둠과 동화해 있어서, 말 그대로 발디딜 곳조차 불확실하게 만들고 있었다.

──불현듯 어둠만이 퍼져 있는 세계에 변화가 생긴다.

음영이 일렁이듯 찌그러지기 시작하며 아무것도 없는 공간에 균열이 생기기 시작했다. 소리 없는 공간 단열이 흑암의 세계를 가르고 무(無) 속에서 다른 무와 연결된다.

찰나의 변조. 그 직후에 균열을 벌리며 나타난 건 하나의 사람 그림자였다.

『―――――.』

여성의 그림자 같다.

그것을 '그것'이라고 인식한 순간, 말로 할 수 없는 감정이 의식의 태반을 지배했다.

폭발적으로 부풀어 오르는 격정에 촉구당한다. 그 그림자에게 달려가 가는 몸을 끌어안고, 목덜미에 입술을 맞추어 내가 나임을 발산해버리고 싶다.

그런데도 달려가는 다리가, 끌어안는 팔이, 입을 맞출 입술이, 증명할 내가 없다.

원통해서 눈물을 흘리고 싶어도 감정을 표현할 방법마저 알 수 없다.

알 수 없다. 알 수 없다. 아무것도 알 수 없다.

하지만 그림자는 그런 이쪽의 감정을 이해해준 것처럼, 천천히 양팔을 뻗쳐 줄어들지 않는 거리를 알아서 줄여주었다.

그 두 손이 천천히, 확실하게 얼싸안을 수 있는 거리까지 다가온다.

닿은 손끝에서 행복감이 넘쳐 나오고 의식 구석구석까지 환희로 세포가 끓었다.

그리고.

『──사랑해.』

9

의식이 시간을 거슬러 올라가 육체에 머무른 순간에 스바루는 화려하게 넘어지고 있었다.

"와악?! 혀, 형씨, 왜 그래?!"

카운터 너머에 서 있는 카도몬이 아무 조짐 없이 길 위에 나뒹군 스바루를 보고 크게 당황해 몸을 앞으로 내밀었다.

대비도 못 하고 넘어져 무의미한 상처를 만든 스바루는 얼굴을 찌푸리면서 대답했다.

"아니……. 잠깐 발이 미끄러졌어."

"미끄러졌다기보다 한쪽 발이 없어진 거 아닌가 싶은 기세던데? 서는 법이나 걷는 법 멀쩡한 거야? 상식 외의 부분도 잃어버리면 슬슬 못 어울려준다."

"상식 외는 뭐야? 내가 상식 모르는 무뢰한처럼 들리는뎁쇼?"

"파락호란 점은 다를 바 없잖아. 번듯한 복장으로 출입하게 됐어도 마찬가지지. 오히려 상대하기 어려워져서 귀찮은 상대란 느낌은 들지만."

말투 한 번 지독한 카도몬에게 혀를 차서 불만을 표명.

그때, 스바루는 갑자기 소매를 끄는 감촉을 느껴 돌아보았다.

무심코 숨을 집어삼켰다.

"스바루 군, 괜찮아요?"

그런 말과 함께 스바루의 찰과상에 손바닥을 대고 있는 소녀의 모습이 거기 있었다.

그녀는 마법으로 스바루의 상처 치료를 시작하고, 자신을 빤히 응시하는 스바루의 시선에 고개를 갸웃했다. 고운 청발이 어깨 위로 살랑거리는 모습. 그 모습을 본 스바루의 가슴에 격정이 오갔다.

뇌리를 넘나드는 기억, 기억, 기억의 탁류. 스바루는 되돌아오는 의식이 덧칠되고, 밀어닥치는 감각을 맛보면서 꼼짝 않고 눈을 부릅떴다.

무슨 말을 하면 되는지, 무슨 말을 하려고 생각했는지 알지 못하는 채로 입을 열었다.

"_____."

순간적으로 이름을 부르려고 했으나 말라붙은 혀는 순간적으로 소리를 구체화하지 못했다.

의식이 헛돌고, 가슴이 찌부러져버릴 정도로 감정이 부풀어 오른다.

스바루는 애가 타서 입술을 깨물고, 떨리는 입술로 소녀의 이름을 불렀다.

"레, 엠……."

입안에서만 맴도는 말. 닿을지 말지 애매하기 짝이 없는, 불완전한 부름.

똑바로 들렸는지 불안해서 스바루는 즉시 또 한 번 그 이름을 부르려고 숨을 들이켰다.

"——네, 렘이에요."

대답은 있었다.

다시 부르기 전에 소녀는—— 렘은, 스바루의 치졸한 부름에 미소 지으며 화답했다.

렘은 스바루의 부름에 확실하게 대답했다.

"렘."

"스바루 군?"

"렘, 렘. ……렘."

몇 번씩 이름을 불린 렘은 난처한 듯이 미간을 좁히고 있다.

미심쩍게, 이상하게 여기고 있다. 그걸 알아도 우러나오는 감정이 멈추질 않는다.

이름을 부르고 눈앞의 렘이 반응해준다. 그뿐인 사실이 기뻐서.

그뿐인 광경이, 이렇게 다시 눈앞에 있어주는 것이 행복해서.

자신이 무자비하게 죽은 것이 이토록 기쁘게 느껴진 건 처음이었다.

"왜 그래요? 마치 죽은 사람이랑 만난 것 같은 얼굴인데. 걱정하지 않아도 렘은 여기 똑똑히 있어요. 스바루 군의 렘이랍니다."

렘치고는 드물게 농담하는 투로 미소를 보냈다.

그만큼 그녀에게는 지금 스바루의 초췌한 모습이 애처롭게 비친 것이리라. 그리고 렘이 주워섬긴 '죽은 사람이랑 만난 것 같다.'라는 말은 전혀 웃을 수 없다.

정말로, 전혀, 일절, 웃을 만한 말이 아닌 것이다.

"렘, 렘은…… 렘은……."

"쉽지 않네요. 어두워진 얼굴보다 웃는 얼굴 쪽이 훨씬 스바루 군다워요. 그래서 웃게 해드리려고 했는데."

렘이 안타깝게 눈을 내리깐다. 그러는 중에 스바루의 상처 치료가 말끔히 끝났다.

치료를 확인한 렘이 "끝났습니다."하고 닿아 있던 손가락을 떼려 했다.

"스바루 군?"

스바루는 그 멀어지려는 손가락을 붙잡아 온기를 놓치지 않으려 했다.

막무가내인 스바루의 거동에 렘은 놀란 표정을 지었지만, 바로 그녀는 스바루의 표정에 사무치는 감정이 짙게 떠올라 있는 걸 알아챘다.

"정말, 왜 그러세요? 스바루 군 쪽에서…… 그, 이렇게 해주는 건 기쁘지만, 너무 갑작스러워서 놀란다고요."

"가늘어. 작아. ……따뜻……하구나."

손 안에 쏙 들어가는 렘의 자그마한 손가락을 확인한다.

부드러운 온기, 생명의 증명. 핏기도 생명도 잃은 딱딱한 감촉과는 다르다.

살고 있다. 살아 있다. 살아주고 있다.

당연하기 그지없는 사실이, 부스러진 스바루의 마음을 위로해준다.

"작은 거 살짝 신경 쓰고 있으니 그런 말 자꾸 듣고 싶지 않아요. 스바루 군이라면 상관없지만요. 그리고 따뜻한 건 당연하죠. 살아 있으니까."

그 한마디에 스바루는 퍼뜩 얼굴을 들어 렘을 보았다.

정면으로 둘의 시선이 얽히고, 렘은 파란 눈에 옅게 자애를 띠고 있었다.

"불안해졌어요? 하지만 렘은 이곳에 있잖아요. 스바루 군이 목숨 걸고 구해줬어요. 그러니까 괜찮아요."

──아니다. 그게 아닌 것이다.

스바루는 렘을 죽게 했다. 죽였다. 두 번이나, 무자비하게, 잔혹하게.

첫 번째야 혹 스바루는 관계없다고 할 수 있을지도 모른다. 그러나 두 번째는 다르다. 두 번째는 변명할 여지 일절 없이, 렘은 스바루를 위해서 죽은 것이다.

스바루를 지키기 위해서, 스바루를 구하기 위해서, 스바루를 위해서, 목숨을 다 내어 놓고, 다 내어 놓아버렸는데도 목숨을 더 쥐어짜내어 스바루를 위해 죽은 것이다.

눈앞의 렘은 그 사실을 모른다.

스바루만이 그 사실을 알고 있었다.

"_____."

정신이 드니 스바루는 렘의 자그마한 손을 움켜쥐고, 얼굴이 보이지 않도록 고개 숙이고 있었다.

그런 스바루의 태도에 렘은 자기가 뭔가 스바루를 곤란하게 만들어버렸나 싶어 불안하게 손가락을 떨었다.

그러나 그것도 한순간.

"괜찮아, 괜찮아. 괜찮아요."

손끝을 통해 렘은 스바루가 겁먹고 있는 걸 눈치챘다.

그래서 다정하게 어린이를 달래듯이 비어 있는 쪽의 손으로 스바루의 등을 두드렸다.

쓰다듬듯, 다독이듯. 스바루가 고개를 들 때까지.

줄곧 다정하게, 줄곧 아끼듯이.

10

"뜨거운 와중에 미안한데, 거기서 염장질해대면 장사 못 해먹는다."

가게 앞에서의 한 장면을 바라보고 있던 카도몬이 두 사람을 내쫓으면서 그렇게 말했다.

평소의 스바루라면 "딱히 우리가 있든 없든 관계없이 원래부터 장사로서 성립되지 않잖아!"라느니 말하며 역린을 건드렸을 참이지만, 지금의 스바루는 손을 이끄는 렘을 따라 바삐 그 자리를 벗어날 뿐이다.

진심으로 방해된다는 생각에 비키게 할 거였으면, 카도몬의 행동은 15분가량 늦다. 스바루가 진정되기를 기다린 다음에 장사 의식을 발휘하는 구석에서 그의 타고난 선량함이 있다.

다만 지금의 스바루에게는 그 배려를 알아챌 여유가 없었다.

지금 스바루의 속내를 지배하고 있는 감정은 단 하나뿐.

──죽인다. 죽인다. 죽인다. 죽인다. 죽인다. 죽인다. 죽인다. 죽인다. 죽인다. 죽인다. 죽인다.

'사망귀환'을 거쳐 세계를 재시도해도 사라지지 않는 증오뿐이니까.

페텔기우스 로마네콩티.

그것이 이번 스바루의 운명 앞에 드리운 적의 이름이다.

결코 용서받지 못할 대죄를 범하여 렘과 마을 사람을 학살한 최악의 광인.

그 남자를 죽이는 거야말로 스바루가 '사망귀환'의 힘으로 이룩할 사명이다.

"⋯⋯스바루 군, 잠깐 괜찮아요?"

손을 이끌어 가게 앞에서 스바루를 데리고 나온 렘이 발을 멈추고 있었다.

내심의 검은 감정과 어울리던 스바루가 돌아보는 렘에게 "왜 그래?" 하고 가볍게 어깨를 으쓱이며 물었다. 그녀는 스바루를 지그시 응시하다가 오뚝한 코를 작게 까닥였다.

"아뇨……. 렘의 착각일지도 몰라요. 그냥 조금, 스바루 군에게서 그…… 좋지 않은 향이 강해진 느낌이라."

"좋지 않은 향……이라."

그녀의 지적에 자신의 팔에 코를 묻지만, 좋지 않은 향인지 뭔지는 판별할 수 없다.

렘의 얘기인 이상, 스바루에게서 풍기는 향은 '마녀'의 향임이 분명할 것이다. 돌이켜보면 페텔기우스도 스바루의 체질에 관해 머리가 이상한 자기 이론을 읊고 있었던 것 같다.

"역시 내 '사망귀환'은 마녀와 관계가 있는 건가……?"

'사망귀환'을 털어놓으려고 할 때마다 스바루를 둘러싼 마녀의 기척은 강해진다.

마수의 숲에서는 반대로 그 현상을 이용하기도 했지만, 그 뒤의 번잡한 사정에 묶이는 바람에 깊이 따지진 않고 방치해버렸다.

결론을 내리는 걸 무의식이 기피하는 것 또한 혹시 마녀의 힘 가운데 일부일지도 모른다.

그렇게 생각에 잠긴 스바루를 렘이 걱정스러운 눈으로 보았다.

렘에게 심려를 끼치는 건 스바루가 바라는 바가 아니다. 일단 고민을 뒷전으로 미루기로 했다.

"이상한 표정 짓지 마, 렘. 귀여운 얼굴이 다 망그러지고 장래가 어두워진다."

"죄송해요. 렘은 걱정이 많아서, 도통……."

스바루는 입을 우물거리는 렘을 무슨 말을 해야 안심시킬 수 있을지 고민했다.

그리고 곧장 연결되어 있던 손을 가볍게 들어 올리며 말했다.

"그럼, 자. 내가 어디로 가버릴 것 같아서 불안하면, 이렇게 붙잡아두고 있어줘."

"네?"

"힘으로 겨루면 이기지도 못 하고, 그거라면 안전할 것 같잖아?"

언외로 쑥스러움을 감춰가며 하는 발언에, 렘은 연결된 손과 스바루를 번갈아 보고 말했다.

"네."

미소와 함께 끄덕이고, 앞도 뒤도 아니라 스바루의 옆에 서는 렘.

그렇게 두 사람은 나란히 걷기 시작한다. 살짝 고개 숙여 지그시 잡은 손을 바라본 렘은 입을 단단히 다물고 아무 말도 없이 스바루의 걸음에 속도를 맞추었다.

스바루는 그런 기특한 그녀를 데리고 연결된 손바닥으로 전해지는 따뜻한 감촉에 뺨의 힘을 풀면서——— 살의와 증오를 계속 끓어 올리고 있었다.

손과 손은 연결되어 있는데 그 마음은 정반대 방향으로 나아가고 있다.

나츠키 스바루의 마음은 어둡고 응어리진, 깊은 곳으로, 한없이 깊은 곳으로 흘려 들어가고 있었다——.

《끝》

후기

굿 애프터눈! 굿 이브닝! 굿 모닝!

5권 구입해주셔서 감사합니다! 나가츠키 탓페이, 혹은 네즈미이로네코입니다!

무슨 일이든 인사는 중요하죠. 참고로 제 직장은 아침이건 낮이건 밤이건 간에 인사는 '안녕하세요'로 통일되어 있습니다. 그리고 '잠깐 화장실 다녀오겠습니다'를 의미하는 은어는 '5번 다녀오겠습니다'입니다. 딱히 5권을 염두에 둔 말은 아닙니다.

『Re : 제로부터 시작하는 이세계 생활』도 벌써 5권째에 돌입했습니다.

시리즈 다섯 번째 권쯤 되면 슬슬 이야기 핵심에 돌입해 있기도 하고 주인공과 히로인의 감질나는 연애 상황이 꼬이고 마구 더 꼬이는 등 격동의 내용이 예감되지요.

하나! 이 작품에선 양해 바랍니다! 이야기가 핵심에 돌입하기는커녕 겨우 떡밥을 깔기 시작한 직후이기도 하고, 주인공과 히로인이 감질나게 연심을 부딪치는 줄 알았더니 출발점으로 돌아가는 등, 다섯 번째 권치고는 전혀 자리를 못 잡고 있습니다.

애초에 작가의 사생활부터 전혀 자리를 못 잡고 바쁜 판국인데 이야기 속 캐릭터들에게 훈훈 라이프를 보내게 해줄 만한 정신적인 여유가 없습니다.

매 권 같이 후기에 쓰고 있지만 5권 작업도 매우 혹독한 환경에서 집필할 것을 강요받았습니다.

먼저 여름. 한여름입니다.

이미 이 글자만 봐도 웬만한 어른은 쭉 뻗습니다. 그러니까 저도 뻗습니다. PC가 비명을 지르는 작열 속인데 작업 효율이 오를 리가. 올해 여름은 선선할 거라고 기대를 부추긴 사람은 어디의 누구였던가. 노스트라다무스냐. 우리 할머니냐.

그리고 여름 외의 혹독한 요소는 격동. 격동입니다.

일본 여름이면 늘 찾아오는 오봉이라는, 조상님 혼령을 맞이하기 전에 이쪽 먼저 혼령이 돼버릴 이벤트가 낀 데에다 '온통 인생 첫 경험뿐' 인 여름이기도 했습니다.

　'첫 사인회' '첫 TRPG' '첫 과금' 으로 내용도 가지각색이어서 저마다 다른 즐거움과 수고를 만끽해버렸습니다.

　사인회 즐거웠어요! 아마 작가가 제일 즐겼을 겁니다. 만약 기회를 또 얻을 수 있으면 회장에 오신 여러분과 더욱더 한 몸이 될 수 있는 수단을 준비하겠다고 맹세합니다.

　과금에 관해선 묻지 말아주세요. 사랑에 살아간 결과입니다. 후회는 없다.

　그럼 작품 내용을 언급하지 않은 채 행을 소비했는데, 여느 때와 같이 감사의 말에 들어갑니다.

　담당자 이케모토 씨에겐 매번 그렇지만 계속 폐만 끼치고 있습니다. 아침 네 시 반쯤에 용건을 완전 엇갈려가며 메일을 주고받은 헛고생을 잊을 수 없습니다. '그냥 전화하면 되잖수' 라는 결론에 이르지 못하고 마지막 메일을 반나절씩 방치해서 죄송합니다! 돈가스랑 낙지덮밥 맛있었어요! 잘 먹었습니다!

일러스트의 오츠카 선생님도 저의 작렬하는 막무가내 요구에 늘 재빨리 대응해주셔서 감사할 말도 없습니다. 신 캐릭터 두 명의 회심 어린 모습과 표지의 크루쉬 님의 자태에는 감격하기만 할 뿐입니다. 앞으로도 잘 부탁드리겠습니다.

디자이너 쿠사노 선생님. 이번에도 표지 그림이 너무 꽝장해서 '로고 넣을 데 어디 있나…….' 라는 작가의 싸구려 불안을 확 날려주셨습니다. 과연 대단하세요.

또, 리제로의 만화판도 시작되어 제1장을 월간 코믹 얼라이브에서 마츠세 다이치 선생님이. 제2장을 후게츠 마코토 선생님이 빅 간간에서 연재를 해주고 계십니다. 이 아이나 저 아이나 표정 풍부하게 그려져서, 작가한 보람을 느낍니다. 감사합니다!

매 권이 그렇지만 이 작품은 정말로 많은 분들의 협력이 있어서 출판될 수 있습니다. MF문고 편집부 여러분, 영업 담당님, 교열 담당님에 각 서점에도, 정말 신세를 지고 있습니다.

무엇보다 따뜻한 메시지와 팬레터를 주시는 독자 여러분께서 받쳐주어 작가가 글을 쓸 힘을 받고 있습니다. 진심으로 감사합니다.

그럼 이만, 다음 6권—— 제일 중요한 권에서 만날 수 있으면 좋겠습니다.

2014년 8월, 나가츠키 탓페이
《여름 방학의 끝을 슬퍼하는 초등학생의 목소리를 들으면서》

오토

"자, 마침내 와버렸군…… 이 광고 페이지라는 이름의 자유 공간이! 본편에서 뜻대로 안 풀린 일이 지나치게 많은 이상, 난 여기서 해볼 수밖에 없다고! 안 그래?"

"안 그래도 뭐고 본편은 한창 큰일인 와중에, 전 아직 출연이 별로 없어서 솔직히 얘 누구냐 하는 느낌이 장난 아니라고 생각하는데 출장해도 되겠어요?!"

"이번엔 소식이 엄청 많으니까, 장삿속도 있고 본편에 영향이 덜 가는 네가 뽑힌 거디! 나랑 너의 숨이 딱 맞는 연계를 보여주자고, 오토!"

"말은 그렇게 해도요…… 아니지, 맺고 끊는 게 중요!

소식 전달하겠습니다! 어디 보자, 우선은 월간 코믹 얼라이브에서 호평 연재중인 만화판 리제로의 1권이 동시 발매되었습니다. 초회 한정판은 단편 소설 부속으로 얄밉게 신규 일러스트가 딸린 디자인이에요!"

"만화판 얘기를 하자면 10월부터 월간 빅 간게임에서도 리제로 제2장의 연재가 시작되지! 마츠세 선생님 판과 후게츠 선생님으로 두 번 맛있는 리제로라 이거야."

"얼라이브에선 매달 단편 소설도 연재하고 있고, 그 단편과 신규 에피소드를 모은 리제로의 단편집 발매도 11월에 예정되어 있습니다. 숨 쉴 틈도 없군요."

"소식 전하는 데에 휴식 좀 했으면 하는 바지만, 아직 더 몰아친다고. 그래, 리제로 프로젝트의 새로운

Re: Life in a different world
from zero

스바루

Subaru

전개── 미니스톱과의 합동 프로젝트가 말이지!"

"뭐, 뭐라고─!"

"기대한 거랑 같은 반응 고맙다! 전국의 미니스톱, 로손 두 곳의 편의점에서 리제로의 오리지널 상품을 판매한다! 여기서만 손에 넣을 수 있는 팬 상품이 줄줄이! 자세한 내용은 큰 소리로 하긴 좀 부끄러우니까, 다음 페이지로 확인하러 고고."

"이야기가 너무 대단해서 버림받은 기분인데, 그런 것만 말고 본편의 정보도 부탁해요. 아니 그보다 현 상황 타파는 언제 뜨는 거예요? 다음 6권은."

"문고 제6권은 2015년 3월에 발매할 예정이야. 기다리게 만들어 미안하지만 이 6권에도 러버 스트랩 부록 특장판의 발매가 결정됐다고. 문고뿐만 아니라 만화와 월간 코믹 얼라이브에도 첨부되어서, 제각기 다른 그림들을 모아 합체시킬 수 있다는 멋지게 무적스러운 완성도!"

"마지막까지 완전히 소식만 전했지만, 예약 마감이 빠른 것도 있으니 주의해주세요. 자세한 내용은 나 츠키 씨 말대로 빈틈없이 다음 페이지에 있습니다."

"오오, 과연 빈틈 있어 파산 직전인 상인의 말은 무게가 다르군. 감탄했어!"

"마지막의 마지막에 사람 깎아내리고 끝내는 건 관두지 그래요?!"

Re : 제로부터 시작하는 이세계 생활 〈5〉

2015년 02월 25일 제1판 인쇄
2022년 02월 28일 16쇄 발행

지음 나가츠키 탓페이 | **일러스트** 오츠카 신이치로 | **옮김** 정홍식

발행 영상출판미디어(주)
등록번호 제 2002-000003호
주소 21315 인천광역시 부평구 부평대로 283 A동 702호
전화 032-505-2973(代) | **FAX** 032-505-2982

ISBN 979-11-319-0571-5
ISBN 979-11-319-0097-0 (세트)

Re: Life in a different world from zero 5
ⓒ Tappei Nagatsuki 2014
Edited by MEDIA FACTORY
First published in Japan in 2014 by KADOKAWA CORPORATION, Tokyo.
Korean translation rights arranged with KADOKAWA CORPORATION, Tokyo.

 노블엔진(NOVEL ENGINE)은 영상출판미디어 (주)의 라이트노벨 및 관련서적 브랜드입니다.

나가츠키 탓페이
작품리스트

◆